Peter Pan 피터 팬

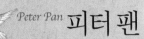

Peter Pan 피터 팬

제임스 매튜 배리 지음 | 김민지 일러스트 | 정지현 옮김

Contents

창문이 활짝 열리더니
소년이 방 안으로 사뿐히 내려앉았다.

잠에서 깬 소녀는 그 소년이 피터 팬임을
단번에 알 수 있었다.

이미 밤이었다.
네버랜드에 대한 꿈을 꾸고 있는
아이들은 생각보다 가까운 곳에 있었다.
피터는 그 아이들에게 전부 말을 걸 수 있었다.

NEVERLAND

네버랜드에서는 어떠한 모험이
아이들을 기다리고 있을까?

01

피터의 등장

아이들은 모두 자라 어른이 된다. 딱 한 명만 빼고 말이다. 아이들은 머지않아 자신들이 어른이 된다는 사실을 알게 된다. 웬디 역시 우연한 계기로 그 사실을 알게 되었다. 두 살이 되던 해 어느 날, 정원에서 놀고 있던 웬디는 꽃을 한 송이 꺾어 엄마에게 달려갔다. 그때 웬디는 무척 사랑스러워 보였다. 그 모습을 본 달링 부인이 "아, 네가 영원히 이 모습 그대로라면 얼마나 좋을까!" 하고 외쳤기 때문이다. 엄마와 나눈 대화는 그게 전부였지만, 그 일을 계기로 웬디는 자기가 어른이 된다는 사실을 알게 되었다. 누구나 두 살이 지나면 알게 된다. 두 살은 끝의 시작이니까.

웬디의 가족은 14번지에 살았다. 웬디가 태어나기 전까지만 해도 달링 부인이 집안의 주인공이었다. 달링 부인은 한없이 낭만적이며 새침한 입매가 매력적인 여인이었다. 그녀의 낭만적인 심성은 마치 미지의 동양에서 온 상자 같았다. 상자 속에 더 작은 상자가, 그 속에 더 작은 상자가 들어 있어 꺼내도 꺼내도 새로운 상자가 나오는 작은 상자 말이다. 그녀의 새침한 입술에는 특별한 키스가 하나 있었는데, 웬디조차 받아 보지 못했다. 그 키스는 부인의 입가 오른쪽에 붙어 있어 빤히 보이는데도 말이다.

달링 씨가 그녀를 아내로 맞이한 사연은 이러했다. 달링 부인이 아가씨였던 시절, 수많은 신사들이 동시에 그녀를 사랑했고 청혼을 하기 위해 다들 그녀의 집으로 달려갔다. 달링 씨는 마차를 타고 제일 먼저 달려간 덕분에 그녀를 차지할 수 있었다. 그는 아내의 모든 것을 가졌지만 가장 안쪽에 있는 상자와 입가의 키스만은 가질 수 없었다. 달링 씨는 그 상자에 대해서는 알지도 못했고, 얼마 지나지 않아 키스를 얻는 것도 포기했다. 웬디는 나폴레옹이라면 그 키스를 얻을 수 있을 거라고 생각했다. 하지만 나폴레옹도 그 키스를 얻으려고 하다가 불같이 화내며 문을 "쾅" 닫고 나가 버렸으리라.

달링 씨는 웬디에게 엄마가 자신을 사랑할 뿐만 아니라 존경한다고 자랑스럽게 말하곤 했다. 그는 주식이니 지분이니 하는 것에 대해 아는, 유식한 사람이었다. 물론 그런 것에 대해 완벽히 아는 사람은 없겠지만 그는 정말로 아는 듯했다. 주식이 올랐다느니 지분이 내려갔다느니 하는 말을 종종 했는데, 어느 여자라도 그를 존경하지 않을 수 없었다.

하얀 드레스를 입고 결혼한 달링 부인은 처음에는 마치 놀이라도 되는 듯 즐거워하면서 완벽하게 가계부를 썼다. 싹눈양배추 하나도 빠뜨리는 법이 없었다. 하지만 머지않아 양배추가 몽땅 빠지기 시작하더니 대신 얼굴 없는 아기의 그림이 등장했다. 그녀는 합계를 내야 할 때마다 그런 그림을 그렸다. 그것이 그녀의 계산법이었다.

먼저 웬디가 태어났고, 그 뒤로 존과 마이클이 차례로 태어났다. 웬디가 태어나고 1~2주일 동안 달링 부부는 과연 웬디를 키울 수 있을지 의문스러웠다. 웬디는 먹여 살려야 할 또 하나의 식구였기 때문이다. 달링 씨는 웬디가 태어나서 무척 자랑스러웠다. 하지만 존경할 수밖에 없는 인물인 그는 애원하듯 바라보는 아내의 손을 잡은 채 침대 끄트머리에 걸터앉아서 비용을 계산하고 있었다. 달링 부인은 앞날이야 어찌 되든 부닥쳐 보고 싶었지만 그건 달링 씨의 방식이 아니었다. 그의 방식은 펜과 종이로 직접 계산해 보는 것이었다. 아내가 이런저런 참견을 하여 헷갈리게 하면 그는 처음부터 다시 계산했다.

달링 씨는 아내에게 간곡히 부탁했다.

"지금은 방해하지 말아 줘요. 지금 나한테는 1파운드 17실링이 있고 사무실에 2실링 6펜스가 있지. 사무실에서 커피를 안 마시면 10실링을 아낄 수 있으니까. 다 합하면 2파운드 9실링 6펜스가 되는군(1파운드는 20실링 – 옮긴이). 그리고 여기 당신 돈 18실링 3펜스가 있으니까 그것까지 합하면 3파운드 9실링 7펜스가 되고. 또 내 수표책에 있는 5파운드를 합하면 8파운드 9실링 7펜스가 되고……, 저기 움직이는 게 누구지? …… 8파운드 9실링 7펜스, 점 찍고 7을 옮기고……, 말 좀 걸지 말아요. 그리고 저번에 집에 온 남자에게 당신이 빌려 준 1파운드까지 합하면……, 조용히 좀 해라, 아가야. 점 찍고, 아이고, 애 좀 저리 데려가요. 저런, 기어코 일을 저질렀군! 내가 9파운드 9실링 7펜스라고 했나? 그래, 9파운드 9실링 7펜스라고 했지. 자, 그럼 우리가 9파운드 9실링 7펜스로 1년 동안 버틸 수 있을까?"

"그럼요, 버틸 수 있고말고요, 조지."

달링 부인이 외쳤다. 무조건 웬디를 키우려는 부인과 다르게 달링 씨는 언제나 논리적으로 생각하려고 했다.

"볼거리도 생각해야 하오."

달링 씨는 협박하다시피 아내에게 경고하더니 다시 계산을 하기 시작했다.

"볼거리는 1파운드, 물론 내 짐작이지만, 어쨌든 최소 30실링은 넘겠지……. 조용히 해요. ……그리고 홍역은 1파운드 5실링, 독일 홍역은 10실링 6펜스니까 다 합하면 2파운드 15실링 6

펜스군. 손가락 좀 흔들지 말아요. 그리고 백일해는 15실링이라고 치면……."

달링 씨는 계산을 계속했다. 매번 합계가 다르게 나왔다. 마침내 볼거리를 12실링 6펜스로 낮추고 두 종류의 홍역은 하나로 합쳐 치료하기로 한 끝에 그는 웬디를 키우기로 결정했다.

나중에 존이 태어났을 때도 한바탕 똑같은 소동이 벌어졌다. 막내 마이클이 태어났을 때는 더욱 심했다. 존과 마이클도 키우기로 결정 났다. 머지않아 세 아이는 나란히 미스 풀섬의 유치원에 다니게 되었다. 보모와 함께 말이다.

달링 부인은 무엇이든 깔끔하게 정돈된 것을 좋아했고 달링 씨는 무엇이든 이웃들과 똑같이 해야 속이 시원했다. 그랬기에 그들에게도 당연히 보모가 있었다. 하지만 세 남매의 우유 값을 대느라 형편이 빠듯했던 그들은 나나라고하는 점잖은 뉴펀들랜드종 개를 보모로 삼게 되었다. 나나는 부부가 데려오기 전까지 떠돌이 개였다. 하지만 나나는 언제나 아이들을 소중하게 생각했고 주로 켄싱턴 공원에서 유모차 안에 있는 아이들을 바라보며 시간을 보냈다. 부부가 나나를 알게 된 장소도 거기였다. 하지만 아기 보는 데 무심한 보모들은 아이들에게 관심을 보이는 나나를 싫어했다. 나나가 그들을 집까지 쫓아가 여주인들에게 보모들이 게으르다고 일러바쳤기 때문이다. 이렇듯 나나는 어디에 내놔도 손색이 없는 보모였다. 목욕 시간마다 빈틈없이 척척 아이들을 목욕시켰고 한밤중에 조금이라도 칭얼대는 소리가 들리면 벌떡 일어났다. 물론 나나의 개집은 아이들 방에 있었다. 나나는 기침 소리만 듣고도 치료를 받아야 할 상태인지, 아니면 목에 수건만 둘러도 되는 상태인지 알아내는 특별한 재능이 있었다. 나나는 대황잎 같은 오래된 민간요법은 철석같이 믿었지만 세균이니 뭐니 하는 신식 의학은 무시했다.

나나가 아이들을 양 옆에 세우고 유치원으로 데려가는 모습은 마치 예절 교육 시간 같았다.

아이들이 얌전히 굴면 조용히 걸었지만 줄에서 벗어나면 머리로 엉덩이를 밀어서 제자리로 돌아오게 했다. 나나는 존이 축구하는 날이면 어김없이 스웨터를 챙겼고, 비 올 때를 대비해 언제나 우산을 입에 물고 다녔다. 미스 풀섬의 유치원 지하실에

는 보모들을 위한 대기실이 있었다. 다른 보모들은 벤치에 앉아 있었고, 나나는 바닥에 엎드려 있었다. 다른 점은 그것뿐이었지만, 보모들은 나나가 자기들보다 사회적으로 열등한 존재인 것처럼 무시했고, 나나는 그들의 가벼운 대화를 경멸했다.

나나는 달링 부인의 친구들이 아이들의 방을 구경하러 오는 것을 매우 싫어했다. 하지만 그들이 올 때면 제일 먼저 마이클의 턱받이를 벗겨 파란 장식이 달린 새 턱받이를 해주었고, 웬디의 옷매무새를 고쳐 주었으며, 잽싸게 존에게 다가가 머리카락을 매만져 주었다.

나나만큼 아이들을 잘 보살피는 보모는 없었다. 달링 씨도 그 사실을 잘 알았지만, 이따금씩 이웃들이 뭐라고 수군댈지 불안해 했다.

달링 씨에게는 지켜야 할 체면이 있었던 것이다.

나나가 달링 씨를 신경 쓰이게 만드는 일은 또 있었다. 달링 씨는 가끔씩 나나가 자신을 존경하지 않는다고 느꼈다. 달링 부인은 "나나가 당신을 얼마나 존경하는데요, 조지."라고 남편을 안심시켰고 아들에게는 애교를 떨라는 신호를 보냈다. 그러면 아이들은 귀여운 춤을 추었다. 가끔 달링 집안의 유일한 하녀인 리자도 함께했다. 리자는 이 집에 처음 들어왔을 때 열 살이 넘었다고 맹세했지만, 기다란 치마에 하녀용 모자를 쓴 모습은 영락없는 꼬맹이였다. 아이들이 춤추는 모습은 너무도 흥겨웠다!

가장 즐거워하는 사람은 달링 부인이었다. 신이 난 부인은 한쪽 발로 서서 빠르게 돌았다. 보이는 것이라고는 입가의 그 특별한 키스뿐이었다. 그때 누구라도 재빨리 달려들면 그녀의 키스를 가질 수 있을 것 같았다. 피터 팬이 나타나기 전까지 달링 가족은 조용하고 행복한 시간을 보냈다.

달링 부인이 처음 피터라는 이름을 알게 된 것은 아이들의 머릿속을 정리할 때였다. 훌륭한 엄마라면 밤에 잠든 아이들의 머릿속을 뒤져서 낮 동안 마구 어질러진 생각들을 정리해 놓는다. 다음 날 아침을 위해서. 만약 밤새 깨어 있으면(물론 그럴 수는 없겠지만) 여러분은 그 모습을 볼 수 있을 것이다. 게다가 무척 재미있어 보일 것이다. 머릿속 정리는 서랍 정리와 비슷하다.

여러분의 엄마는 무릎을 꿇고 앉아 여러분의 머릿속 생각들을 정리한다. 도대체 어디서 주워 왔을까 궁금해하며 좋은 생각과 나쁜 생각을 나누기도 한다. 어떤 생각은 마치 귀여운 새끼 고양이라도 되는 것처럼 뺨에 대보고, 또 어떤 생각은 얼른 안 보이는 곳으로 치워 버린다. 여러분이 아침에 일어나면, 잠자기 전까지만 해도 있었던 심술궂고 못된 생각은 작게 접힌 채 머릿속 맨 아래 칸에 놓이고 예쁜 생각들이 맨 위 칸에 펼쳐져 기다리고 있을 것이다.

사람의 머릿속을 그린 지도를 본 적이 있는지 모르겠다. 의사들은 가끔씩 신체의 특정 부위를 지도로 그린다. 물론 그것도 무척 재미있는 일이다. 특히 의사들은 복잡할 뿐만 아니라 쉴 새 없이 돌아가는 아이들의 머릿속을 지도로 그리려고 애쓴다. 그 지도에는 카드에 적힌 체온 기록처럼 지그재그로 선들이 잔뜩 나 있다. 아마 그 선들은 섬에 나 있는 길일 것이다. 네버랜드는 언제나 섬이니까.

네버랜드 앞바다 여기저기에서는 찬란하게 물보라가 일고, 산호초와 빠르게 달리는 배가 보인다. 야만인들과 외딴 굴들, 재봉사인 땅속 요정들, 강이 흐르는 동굴, 여섯 명의 형을 둔 왕자들과 쓰러져 가는 오두막집, 매부리코를 가진 꼬부랑 노파도 한 명 있다. 물론 이게 다라면 쉽게 지도로 그릴 수 있으리라. 하지만 아이들의 머릿속에는 너무나 많은 것이 들어 있다. 처음 학교에 간 날, 종교, 아빠, 둥근 연못, 바느질, 살인, 교수형, 동사, 초콜릿 푸딩 먹는 날, 멜빵바지 입기, 99까지 세기, 혼자서 이 뽑고 받은 3펜스 등등. 이 모든 것이 네버랜드의 일부인지 아니면 다시 꼼꼼히 들여다보아야 할 또 다른 지도인지 모두 복잡하고 알쏭달쏭하기만 하다. 아이들의 머릿속은 한순간도 멈추지 않으니 온통 뒤죽박죽일 수밖에.

물론 네버랜드의 모습은 아이들마다 다르다. 이를테면 존의 네버랜드에는 호수가 있고, 그 위를 날아다니는 홍학이 있다. 그리고 존은 홍학에게 총을 쏜다. 아직 어린 마이클의 네버랜드에는 홍학이 한 마리 있고 그 위로 호수가 날아다닌다. 존은 모래밭에 있는 거꾸로 뒤집혀진 배 안에서 살았고, 마이클은 원형 천막에서 살았으며, 웬디는 나뭇잎으로 엮은 집에서 살았다. 존은 친구가 하나도 없었고, 마이클은 밤에만 친구가 있었으며, 웬디는 부모에게 버림받은 늑대를 애완용으로 키웠다. 하지만 전체적으로 보면 그들의 네버랜드는 한 가족처럼 닮아 있었다. 만약 섬들을 한 줄로 세워 놓는다면 코를 비롯한 여기저기가 닮은 것을 알 수 있으리라. 이 마법의 해안가에 아이들은 끊임없이 조각배를 갖다 댄다. 어른들도 한때는 그곳에 간 적이 있다. 지금은 더는 그곳에 갈 수 없지만 여전히 파도 소리를 들을 수는 있다.

즐거운 섬들은 많지만, 가장 아늑하고 아담한 섬은 네버랜드다. 네버랜드는 모험과 모험 사이가 지루하게 멀거나 넓지도, 불규칙하게 뻗어 있지도 않으면서도 꽉 들어찬 느낌이다. 낮에는 의자와 테이블보를 가지고 놀아도 전혀 위험하지 않지만, 잠들기 2분 전에는 본색을 드러낸다. 그래서 밤이면 아이들 방에 등을 켜놓는 것이다.

달링 부인은 아이들의 머릿속을 여행할 때 가끔씩 이해할 수 없는 것들을 발견했다. 그중에서도 피터라는 이름이 가장 알쏭달쏭했다. 달링 부인이 아는 피터라는 사람은 한 명도 없었는데, 그 이름은 존과 마이클의 머릿속 여기저기에서 튀어나왔다. 심지어 웬디의 머릿속은 어느새 '피터'라고 갈겨쓴 글씨로 가득

차기 시작했다. 그 이름은 다른 말들보다 굵은

글씨로 쓰여 있어서 더욱 눈에 띄었다. 달링 부인은

그 글씨체가 왠지 모르게 건방져 보인다고 생각했다.

"맞아요. 걔가 좀 건방져요."

피터에 대해 계속 꼬치꼬치 물어보는 엄마에게 웬디도 그 점

이 안타깝다는 듯이 인정했다.

"그런데 그 애가 도대체 누구니, 얘야?"

"걔는 피터 팬이에요. 엄마도 알잖아요."

처음에 달링 부인은 무슨 말인지 몰랐지만 어린 시절을 곰곰이 떠올려 보니 요정들과 함께 산다던 피터 팬이 생각났다. 죽은 아이가 하늘나라로 갈 때 무섭지 않도록 피터 팬이 함께 가준다는 등 당시에 들었던 해괴한 이야기들도 기억났다. 그때는 물론 달링 부인도 피터 팬이 있다고 믿었다. 하지만 이제 어른이 되어 결혼까지 한 그녀는 그런 사람이 과연 존재하는지 의문스럽기만 했다.

달링 부인이 웬디에게 말했다.

"하지만 지금쯤 피터 팬은 어른이 되었을 텐데."

"아니에요. 걔는 자라지 않았어요. 딱 나만 한걸요."

웬디가 자신 있게 말했다. 덩치는 물론 생각하는 수준도 전부 비슷하다는 뜻이었다. 웬디도 자기가 그걸 어떻게 알고 있는지 몰랐다. 그냥 알았다.

달링 부인은 남편에게 의논했지만 달링 씨는 피식 웃을 뿐이었다.

"잘 들어요. 그건 나나가 애들 머릿속에 집어넣은 허튼 소리에 불과해요. 개들이나 할 생각이란 말이오. 그러니 그냥 내버려 둬요. 저절로 잠잠해질 테니까."

하지만 달링 씨의 말대로 되지는 않았다. 머지않아 그 문제의 소년은 달링 부인을 깜짝 놀라게 했다.

아이들은 아무리 이상한 일을 겪어도 아무렇지 않게 받아들인다. 예를 들어 숲속에서 죽은 아빠를 만나 함께 재미있게 논 아이가 일주일 뒤에야 불쑥 그 이야기를 꺼내기도 한다. 웬디가 어느 날 아침, 달링 부인을 불안하게 만든 이야기를 꺼낸 것도 그런 식이었다. 아이들 방에 간밤에는 분명히 없었던 나뭇잎이 떨어져 있었다. 고개를 갸우뚱하는 달링 부인에게 웬디는 빙긋 미소를 지으며 말했다.

"또 피터 짓인 게 분명해요!"

"그게 무슨 말이니, 웬디?"

"바닥을 닦지 않다니 정말 못됐다니까."

깔끔한 성격의 웬디가 한숨지으며 말했다.

웬디는 피터가 가끔씩 한밤중에 찾아와 침대 발치에 앉아 피리를 불어 주는 것 같다고 말했다. 잠에서 깬 적은 없어서 그걸 어떻게 아는지 모르겠지만 웬디는 그냥 안다고 했다.

"무슨 말도 안 되는 소리니, 애야. 문을 두드리지 않으면 아무도 집 안에 들어올 수 없어."

그러자 웬디가 말했다.

"그 애는 창문으로 들어오는 것 같아요."

"애야, 여기는 3층이잖니."

"엄마, 창가 아래에도 나뭇잎들이 떨어져 있지 않나요?"

그것은 사실이었다. 정말로 창문 근처에 나뭇잎들이 떨어져 있었다.

달링 부인은 어떻게 생각해야 할지 알 수 없었다. 꿈이라고 가볍게 넘기기에는 웬디의 말이 너무도 그럴 듯했다.

"애야, 왜 진즉 말하지 않았니?"

달링 부인이 목소리를 높여 물었다.

"깜빡했어요."

웬디는 아무렇지 않게 대답하고 얼른 아침을 먹으려고 했다.

웬디는 꿈을 꾼 게 분명했다. 하지만 정말로 나뭇잎들이 있었다. 달링 부인이 자세히 살펴보았더니 잎맥이 선명하게 드러나 보였다. 영국에서 볼 수 있는 나뭇잎은 확실히 아니었다. 그녀는 초를 들고 바닥을 기어 다니면서 수상한 발자국이 없는지 살펴보았다. 부지깽이로 굴뚝 안을 쑤셔 보고 벽을 두드려 보기도 했다. 또 창문에서 줄자를 늘어뜨려 높이를 재보았더니 무려 30피트(약 9미터 – 옮긴이)나 되었다. 게다가 발 디딜 홈조차 없었다.

역시 웬디는 꿈을 꾼 게 분명했다.

하지만 웬디는 꿈을 꾼 게 아니었다. 이튿날 밤부터 아이들의 대모험이 시작되었기 때문이다.

바로 그날 밤, 아이들은 평소와 마찬가지로 잠자리에 들었다. 나나가 쉬는 날인지라 달링 부인이 아이들을 목욕시키고 자장가를 불러 주었다. 아이들이 차례로 엄마의 손을 놓고 꿈나라로 빠져들었다. 편히 잠든 아이들의 모습을 보면서 달링 부인은 걱정스러운 마음을 내려놓으며 미소 지었다. 그런 다음 난롯가에

앉아 바느질을 했다.

　그것은 마이클이 생일날 입을 셔츠였다. 벽난로는 따뜻했고 취침등 세 개는 방 안을 은은하게 비추고 있었다. 달링 부인이 바느질감을 무릎 위에 떨구는가 싶더니 이내 고개를 꾸벅거렸다. 오, 얼마나 우아하게 꾸벅거리는지! 부인은 곧 잠이 들었다. 평온하게 잠든 네 명을 보라. 침대에는 웬디와 마이클 그리고 존이, 난롯가에는 달링 부인이. 취침등이 네 개였다면 좋았을 것이다.

　달링 부인은 자는 동안 꿈을 꾸었다. 꿈속에서 네버랜드가 가까이 다가오더니 이상한 소년이 나타났다. 그러나 부인은 놀라지 않았다. 아이가 없는 여자들의 얼굴에서 소년의 얼굴을 언젠가 본 적이 있는 듯했기 때문이었다. 아마도 아이가 있는 여자들의 얼굴에서도 보았는지도 모르겠다. 꿈속에서 달링 부인은, 소년이 네버랜드를 감싸고 있는 얇은 막을 찢어 버리자 웬디와 존, 마이클이 그 틈새로 안을 들여다보고 있는 모습을 보았다.

꿈 자체는 특별할 것이 없었다. 하지만 부인이 꿈꾸는 동안 창문이 활짝 열리더니 소년이 방 안으로 사뿐히 내려앉았다. 소년의 옆에는 주먹만 한 크기의 이상한 불빛이 있었는데 마치 살아 있는 물체처럼 방 안을 빠르게 돌아다녔다. 그 불빛이 달링 부인을 잠에서 깨운 듯했다.

부인은 외마디 비명을 지르며 깨어나 소년을 보았다. 그 소년이 피터 팬임을 단번에 알 수 있었다. 여러분이나 나나 웬디가 보았더라면 피터 팬이 달링 부인의 특별한 키스와 무척 닮았다는 사실을 알았으리라. 잎맥이 선명한 나뭇잎과 나무의 수액으로 만든 옷을 입은 소년은 사랑스러웠다. 하지만 가장 눈길을 끄는 것은 피터 팬의 이가 전부 젖니라는 사실이었다. 피터 팬은 달링 부인이 어른인 것을 보고는 작은 진주알 같은 이를 뽀드득 갈았다.

02

그림자

"꺅!" 달링 부인이 비명을 질렀다. 그러자 초인종 소리에 답하 듯 문이 열리더니 밤 마실 갔던 나나가 들어왔다. 나나가 소년 을 향해 으르렁거리며 달려들었지만 소년은 잽싸게 창밖으로 뛰어내렸다. "꺄악" 달링 부인은 또 비명을 질렀다. 이번에는 피 터 팬이 죽었다는 생각에 충격을 받아서였다. 부인은 곧바로 거 리로 달려 나가 소년의 시체를 찾아보았지만 보이지 않았다. 위 를 살펴봐도 깜깜한 밤하늘에 별똥별인 듯 반짝이는 불빛 말고 는 아무것도 보이지 않았다.

부인이 아이들 방으로 돌아와 보니 나나가 뭔가를 물고 있었 다. 그것은 소년의 그림자였다. 아까 소년이 창문으로 뛰어내리 는 순간 나나가 재빨리 창문을 닫았는데, 소년은 무사히 빠져나갔지만 그림자는 미처 빠져나가지 못한 채 창문이 "쾅" 닫혀 버린 것이다.

달링 부인은 그림자를 자세히 살펴보았다. 별로 특별할 것 없는 평범한 그림자였다. 나나는 그림자를 어떻게 해야 할지 잘 알고 있었다.

'분명 그림자를 찾으러 다시 올 거야. 아이들을 괴롭히지 않도록 가져가기 쉬운 곳에 둬야 해.'

나나는 그림자를 창밖에 걸어 놓았다.

하지만 달링 부인은 창문에 걸린 그림자를 그대로 내버려 둘 수 없었다. 마치 창밖에 빨래를 걸어 놓은 것처럼 보여 집의 수준을 떨어뜨렸기 때문이었다. 부인은 그림자를 남편에게 보여 줄까도 생각했다. 하지만 달링 씨는 존과 마이클에게 사줄 겨울 외투값을 계산하고 있었다. 정신을 집중하기 위해 머리에 젖은 수건까지 둘렀다. 그런 남편을 방해할 수는 없었다. 게다가 "이게 다 개를 보모로 두었기 때문이야."라는 대답이 돌아올 게 뻔했다.

달링 부인은 그림자를 둘둘 말아 서랍 안에 숨겨 두기로 결심했다. 나중에 남편에게 말할 기회가 올 때까지. 아휴!

그 기회는 일주일 뒤에 찾아왔다. 평생 잊지 못할 금요일이다. 이렇게 운명적인 날은 항상 금요일인 법이다.

"금요일에는 특별히 더 신중했어야 했는데."

달링 부인은 그날 이후 남편에게 이렇게 입버릇처럼 말하곤 했다. 그럴 때면 나나는 항상 부인의 손을 잡고 있었다.

달링 씨의 대답은 언제나 똑같았다.

"아니, 아니오. 모든 게 내 탓이오. 전부 나 조지 달링의 책임이란 말이오. 메아 쿨파, 메아 쿨파(Mea culpa, Mea culpa, 라틴어로 '내 탓이오, 내 탓이오.'라는 뜻—옮긴이)."

달링 씨는 고전적인 교육을 받은 사람이었다.

달링 부부는 밤마다 앉아서 그 불행한 금요일을 떠올렸다. 어찌나 자주 곱씹었던지, 그날 밤에 일어난 세세한 일들 하나하나까지 머릿속에 선명하게 새겨져 있었다.

"27번지의 저녁 식사 초대를 거절했어야 했는데."

달링 부인이 말했다.

"내 약을 나나의 밥그릇에 붓지만 않았다면."

달링 씨도 말했다.

"내가 그 약을 좋아하는 척이라도 할걸."

나나가 눈물 젖은 눈으로 말했다.

"내가 파티를 좋아해서 그런 거예요, 조지."

"내가 쓸데없는 장난을 했기 때문이오, 여보."

"제가 별것도 아닌 일에 소란을 피웠기 때문이에요, 주인님."

그러고는 너나 할 것 없이 일제히 울음을 터뜨리기 일쑤였다. 나나는 생각했다.

'그래. 맞아. 주인님은 나 같은 개를 보모로 두지 말았어야 했어.'

그럴 때마다 나나의 눈물을 손수건으로 닦아 주는 것은 주로 달링 씨였다.

"그 악마 같은 녀석!"

달링 씨가 소리 질렀다. 나나도 동조하며 "컹컹" 짖어 댔다. 하지만 달링 부인은 결코 피터를 탓하지 않았다. 부인의 오른쪽 입가에 있는 무엇인가가 피터를 나무라는 것을 원하지 않았기 때문이었다.

달링 부부는 텅 빈 아이들 방에 앉아 그날 저녁에 일어난 끔찍한 사건을 하나하나 곱씹곤 했다. 그날 저녁은 다른 날과 마찬가지로 평온하게 시작되었다. 나나는 목욕물을 받아 놓고 마이클을 등에 태워 욕실로 데려가는 중이었다.

"난 안 잘 거야."

마이클이 끝까지 우기며 소리쳤다.

"싫어, 싫어, 나나. 아직 6시도 안 됐잖아. 흥, 난 이제 널 미워할 거야. 나나, 난 목욕 안 할 거란 말야. 안 해. 안 한다고!"

그때 하얀 야회복을 입은 달링 부인이 들어왔다. 부인이 일찍 야회복을 차려입은 이유는 야회복 차림에 아빠가 선물한 목걸이를 하고 있는 엄마의 모습을 웬디가 무척 좋아하기 때문이었다. 부인은 웬디의 팔찌까지 차고 있었다. 웬디는 자기의 팔찌를 엄마에게 종종 빌려주었다.

웬디와 존은 엄마 아빠 놀이를 하고 있었다. 둘은 웬디가 태어
난 날을 흉내 내고 있었다.

"달링 부인, 좋은 소식을 전해 주겠소. 당신은 이제 엄마가 된
다오."

존은 달링 씨가 실제로 그랬을 법한 말투로 말했다.

엄마 역의 웬디는 실제로 달링 부인이 그랬을 것처럼 기뻐서
춤을 추었다.

존이 태어나는 대목에서는 아들이라는 이유로 더욱 요란하게
기뻐하는 흉내를 냈다. 그때 목욕을 마친 마이클이 나왔고 자기
도 태어나게 해달라고 졸랐다. 하지만 존은 더는 아이를 원하지
않는다고 냉정하게 말했다.

마이클의 표정은 울음을 터뜨리기 일보 직전이었다.

"아무도 날 원하지 않아."

야회복을 입은 달링 부인은 가만히 보고 있을 수 없었다.

"난 원해요. 난 셋째 아이를 원한답니다."

그러자 마이클이 별로 희망적이지 않은 얼굴로 물었다.

"아들이요? 딸이요?"

"아들이지요."

그러자 마이클은 엄마의 품으로 달려와 폭 안겼다. 생각해 보
면 달링 부부와 나나에게 별것 아닌 일일 수도 있지만, 그게 마

이클의 마지막 모습이라고 하면 이야기는 달라진다. 달링 부부는 계속 그날 일을 떠올렸다.

"그때 내가 폭풍우처럼 들이닥쳤지. 그렇지 않소?"

달링 씨가 자책하며 물었다. 사실 그때 그는 정말로 폭풍우 같았다.

달링 씨에게도 변명의 여지는 있었다. 그때 그는 파티를 위해 옷을 차려입는 중이었는데 넥타이를 매기 전까지만 해도 모든 일이 순조로웠다. 믿기지 않지만 주식과 지분에 대해 도통한 이 남자는 넥타이만큼은 제대로 매지 못했다. 이따금씩 쉽게 해낼 때도 있었지만 체면이 좀 구겨지더라도 애초에 매듭이 지어진 넥타이를 사용하는 편이 집안 전체를 위해 더 좋을 것 같은 날도 있었다.

바로 그날 저녁이 그랬다. 한 손에 구겨진 넥타이를 쥔 달링 씨가 아이들 방으로 들이닥쳤다.

"무슨 일 있어요, 여보?"

"있고말고!"

달링 씨가 버럭 소리를 쳤다.

"이 넥타이, 이 넥타이가 문제란 말이오!"

그는 심하다 싶을 정도로 투덜거리기 시작했다.

"넥타이가 안 매진단 말이오! 내 목에는 안 매지는데 침대 기둥에는 매진다니까! 나 원 참, 침대 기둥에는 스무 번이나 맸는데, 내 목에는 한 번도 맬 수 없다니! 맙소사! 세상에 이럴 수가!"

달링 씨는 아내의 반응이 시큰둥하다는 생각에 한술 더 뜨기 시작했다.

"당신, 내가 경고하겠는데 내가 넥타이를 매지 못하면 오늘 저녁 모임에는 안 갈 거요. 오늘 저녁 모임에 안 가면 내일부터 사무실에도 안 나갈 거고. 내가 사무실에 안 나가면 당신과 나는 굶어 죽고 아이들은 길거리에 나앉게 될 거요."

하지만 달링 부인은 조금도 흔들리지 않고 말했다.

"여보, 내가 한번 해볼게요."

사실 달링 씨는 부인에게 그 부탁을 하러 온 거였다. 달링 부인은 능숙하게 남편의 넥타이를 매주었고, 아이들은 빙 둘러선 채 자신들의 운명이 결정되는 모습을 지켜보았다. 아내가 너무도 쉽게 넥타이를 매는 모습에 분개할 남자들도 있겠지만, 달링 씨는 그러기에는 타고난 성품이 좋았다. 그는 방금 불같이 화낸 사실도 잊어버리고 아내에게 고마움을 표시했고, 마이클을 등에 업고 춤추듯 방 안을 돌아다녔다.

"아, 그때 얼마나 즐겁게 뛰놀았는지!"

달링 부인이 회상했다.

"그게 마지막이었지!"

달링 씨가 괴로워했다.

"아, 조지, 마이클이 갑자기 나한테 '엄마, 절 어떻게 알게 됐어요?'라고 물었던 거 기억해요?"

"기억나고말고!"

"정말 사랑스러운 아이들이었는데. 그렇지 않아요, 조지?"

"소중한 내 새끼들. 이제는 모두 사라져 버렸다니."

그날의 즐거운 놀이는 나나가 등장하면서 끝이 났다. 운 나쁘게도 달링 씨는 나나와 부딪치는 바람에 바지에 온통 개털이 묻고 말았다. 그 바지는 새 것이었다. 게다가 그것은 달링 씨가 난생 처음으로 구입한 수술 장식이 달린 바지였다. 그는 입술을 꽉 깨물고 눈물이 나오려는 걸 애써 참았다. 물론 달링 부인이 곧바로 바지를 털어 주었지만 그는 개를 보모로 둔 게 실수라는 타령을 또 늘어놓기 시작했다.

"조지, 나나는 정말 훌륭한 보모예요."

"그건 그렇지. 하지만 가끔 나나가 애들을 강아지 보듯 하는 것 같아서 불편하단 말이오."

"그럴 리가요, 여보. 나나는 애들이 사람이란 걸 알아요."

"난 모르겠어. 난 모르겠어."

달링 씨가 생각에 잠긴 채 말했다. 달링 부인은 지금이야말로 그 소년에 대한 이야기를 꺼낼 기회라고 생각했다. 달링 씨는 처음에는 콧방귀를 뀌었지만 아내가 보여 준 그림자를 보자 사뭇 심각해졌다.

"내가 아는 사람은 아니군. 하지만 악당같이 보이는데."

그가 그림자를 자세히 살펴보며 말했다.

"우리는 계속 그림자에 대해 말했고, 나나가 마이클의 약을 가지고 들어왔지. 나나, 네가 이제 약병을 물고 다닐 일도 없겠구나. 다 내 잘못이야."

달링 씨가 당시를 떠올리며 말했다.

달링 씨는 강인한 남자였지만 약에 관해서라면 누가 봐도 어리석게 행동했다. 그에게 약점이 하나 있다면 자신이 평생 약을 무서워하지 않고 용감하게 먹었다고 생각한다는 점일 것이다. 그래서 마이클이 나나가 물고 있던 약숟가락을 피하자 꾸짖기 시작했다.

"남자답게 행동해야지, 마이클."

"싫어요, 싫어요."

마이클이 버릇없게 소리쳤다. 달링 부인이 마이클에게 줄 초콜릿을 가지러 나가자, 달링 씨는 아내가 너무 무르다고 생각했다.

"여보, 애 응석을 너무 받아 주지 말아요."

그는 아내의 등 뒤에 대고 소리쳤다.

"마이클, 아빠가 너만 했을 때는 척척 약을 잘 받아먹었단다. '엄마 아빠, 빨리 나으라고 약을 주셔서 감사합니다.'라고 인사까지 했지."

달링 씨는 자신이 진짜 그랬다고 믿었다. 어느새 잠옷으로 갈아입은 웬디도 그렇게 믿었다. 웬디는 마이클에게 용기를 주려고 이렇게 말했다.

"아빠, 아빠가 가끔 드시는 그 약은 훨씬 더 쓰죠, 그렇죠?"

"그럼, 엄청 쓰지. 마이클, 내가 그 약병을 잃어버리지만 않았어도 지금 당장 너에게 시범을 보여 줬을 텐데."

달링 씨가 의기양양하게 말했다.

하지만 사실 달링 씨는 약병을 잃어버리지 않았다. 한밤중에 몰래 옷장 꼭대기에다 숨겨 놓았다. 하지만 그는 성실한 리자가 약병을 발견하고 세면대에 도로 갖다 놓은 사실을 알지 못했다.

"약병이 어디 있는지 알아요, 아빠."

언제나 도움이 되고 싶어하는 웬디가 소리쳤다.

"제가 가져올게요!"

웬디는 아빠가 말리기도 전에 약을 가지러 가버렸다. 달링 씨는 순식간에 이상할 정도로 기분이 가라앉았다.

"존, 그 약은 정말로 끔찍하단다. 역겹고 끈적거리고 달착지근하지."

달링 씨가 몸서리치며 말했다.

"금방 끝날 거예요, 아빠."

존이 쾌활하게 말했다. 곧바로 웬디가 약이 든 유리컵을 들고 달려왔다.

"최대한 빨리 왔어요."

웬디가 숨을 헐떡거리며 말했다.

"그래. 정말 기가 막히게 빠르더구나."

달링 씨의 말투는 부드러웠지만 원망이 담겨 있었다.

"그럼 마이클 먼저."

그가 완강하게 말했다.

"아빠 먼저요."

의심 많은 마이클이 말했다.

"너도 알다시피 아빠는 아프지 않잖니."

달링 씨가 협박하듯 말했다.

"어서요, 아빠."

존이 재촉했다.

"넌 가만히 있어라, 존."

달링 씨가 발끈했다.

웬디는 이해되지 않는다는 표정으로 말했다.

"전 아빠가 약을 바로 드실 줄 알았는데요."

"그게 중요한 게 아니야. 중요한 건 마이클의 숟가락에 담긴 약보다 내 컵에 담긴 약이 더 많다는 거지."

자존심이 센 달링 씨는 이제 자기 분에 못 이겨 씩씩거렸다.

"그러니까 공평하지 못하잖니. 아빠는 죽는 한이 있어도 이렇게 말할 거다. 이건 불공평해."

"아빠, 전 아빠가 먹기만을 기다리고 있어요."

마이클이 차갑게 말했다.

"네가 기다린다니 잘 됐구나, 나도 기다리고 있단다."

"아빠는 겁쟁이예요."

"그럼 너도 겁쟁이지."

"전 하나도 무섭지 않아요."

"아빠도 무섭지 않단다."

"그럼 약을 드세요."

"그럼 너도 약을 먹어라."

그때 웬디가 좋은 방법을 생각해 냈다.

"둘이 동시에 약을 먹으면 어떨까요?"

"좋아. 준비됐니, 마이클?"

웬디는 "하나, 둘, 셋!"을 외쳤고, 마이클은 약을 꿀꺽 삼켰다. 하지만 달링 씨는 등 뒤로 약을 숨겼다. 마이클은 원망에 가득 찬 비명을 질렀고, 웬디도 "악, 아빠!" 하고 소리쳤다.

"'악, 아빠!'라니 무슨 뜻이니? 소란 좀 피우지 마라, 마이클. 아빠도 약을 먹으려고 했단다. 그런데 그게, 그만……, 빗나가 버렸구나."

아이들은 더는 아빠가 존경스럽지 않다는 눈초리로 무섭게 쳐다보았다.

"얘들아, 내 말 좀 들어 보렴."

달링 씨는 나나가 욕실로 들어가자마자 아이들에게 간절하게 말했다.

"방금 아주 재미있는 장난이 생각났다. 아빠 약을 나나의 밥그릇에 붓는 거야. 그럼 나나는 우유인 줄 알고 먹겠지?"

약은 우유처럼 흰색이었다. 하지만 아이들은 아빠가 제안한 장난거리가 전혀 재미있다고 생각하지 않았다. 그저 나나의 밥그릇에 약을 붓는 아빠를 원망스럽게 바라볼 뿐이었다.

"정말 재미있겠지."

달링 씨가 아이들 눈치를 보며 말했다. 그때 달링 부인과 나나가 들어왔고, 아이들은 아무 말도 할 수 없었다.

"나나, 착하지."

달링 씨가 나나를 쓰다듬었다.

"네 밥그릇에 우유를 조금 부어 놓았단다, 나나."

나나는 꼬리를 흔들며 밥그릇으로 달려가 핥아 먹기 시작했다. 잠시 뒤 나나는 달링 씨를 쳐다보았다. 화난 표정은 아니었지만 눈이 빨개지더니 뚝뚝 눈물을 흘렸다. 그렇게 훌륭한 개가 흘리기에는 너무도 안쓰러운 눈물이었다. 그러고는 자기 집으로 기어 들어갔다.

달링 씨는 너무도 창피했지만 그대로 물러서지 않았다. 무거운 침묵 가운데 달링 부인이 밥그릇에 대고 냄새를 맡았다.

"맙소사, 여보, 이건 당신 약이잖아요!"

"그냥 장난 좀 친 거야."

달링 씨가 소리 질렀다. 달링 부인은 존과 마이클을 달랬고,

웬디는 나나를 껴안았다.

"꼴좋군. 내가 가족들을 재미있게 해주려고 이런 짓까지 하다니."

달링 씨가 씁쓸하게 말했다.

웬디는 여전히 나나를 껴안고 있었다. 달링 씨가 고함을 질렀다.

"그래, 나나를 달래 주라고! 날 달래 주는 사람은 아무도 없군. 아아! 난 돈이나 벌어 오는 사람인데 누가 날 달래 주겠냐고! 안 그래?"

"조지, 목소리 좀 낮춰요. 하인들이 다 듣겠어요."

달링 부인이 간절하게 말했다. 어찌된 일인지 달링 부부는 하나밖에 없는 하인 리자를 하인들이라고 불렀다.

"들으라고 해! 어쨌든 저 개가 내 아이들 방에서 주인 행세하는 꼴은 한시도 못 봐주겠어!"

아이들은 훌쩍거렸고, 나나는 애원하듯 달링 씨에게 달려갔지만, 달링 씨는 손을 저어 나나를 쫓아 버렸다. 그는 이제야 다시 권위를 되찾은 기분이었다.

"소용없어. 소용없다고. 이제부터 네가 있어야 할 곳은 마당이야. 이제부터 널 마당에 묶어 놓을 거야."

"조지, 조지, 제가 말한 소년 생각나죠?"

달링 부인이 속삭였다.

그러나 달링 씨는 아내의 말을 듣지 않았다. 그는 이 집안의 주인이 누구인지 확실히 보여 주겠다는 생각뿐이었다. 달링 씨는 나나가 자신의 명령을 듣고도 자신의 집에서 꼼짝하지 않자, 이번에는 달콤한 말로 꾀어 낸 다음 거칠게 붙잡아 끌고 나갔다. 그는 자신의 행동이 부끄러웠지만 지금 와서 멈출 수도 없었다. 이 모든 상황은 가족들에게 존경과 사랑을 받고 싶어하는 그의 성격에서 비롯된 것이었다. 나나를 뒷마당에 묶은 그는 비참한 기분이 되어 복도로 가서 얼굴을 감싸고 앉았다.

한편 달링 부인은 평소와 달리 침묵 속에서 아이들을 침대에 눕히고 취침등을 켰다. 밖에서 나나가 짖는 소리가 들려오자 존이 훌쩍였다.

"마당에 묶여서 우는 거야."

하지만 똑똑한 웬디가 말했다.

"저건 나나가 슬플 때 내는 소리가 아니야."

웬디는 앞으로 무슨 일이 일어날지 전혀 모른 채 말을 이었다.

"저건 위험을 느꼈을 때 내는 소리야."

위험이라니!

"정말이니, 웬디?"

"그럼요."

달링 부인은 몸을 떨면서 창가로 다가갔다. 창문은 꽉 잠겨 있었다. 밖을 내다보니 온통 별로 가득한 밤하늘이 보였다. 별들은 이 집안에서 무슨 일이 벌어질지 궁금하다는 듯 집 주위에 몰려 있었다. 그러나 달링 부인은 그 사실을 알아차리지 못했고 작은 별 한두 개가 자신에게 윙크했다는 사실도 몰랐다. 하지만 왠지 모를 두려움에 오싹해져 소리쳤다.

"아, 오늘 밤에는 파티에 가지 않으면 좋을 텐데!"

이미 반쯤 잠들었던 마이클도 엄마가 심란해하는 것을 알고 물었다.

"엄마, 취침등이 켜져 있으면 아무도 우리를 해치지 못하지요?"

"그렇단다. 취침등은 엄마가 아이들을 지키기 위해 남겨 두고 가는 눈 같은 거란다."

달링 부인은 침대를 오가며 마법을 걸듯 노래를 불러 주었다. 어린 마이클이 엄마를 안으며 말했다.

"엄마, 전 엄마가 좋아요."

그것은 아주 오랫동안 마이클이 남긴 마지막 말이 되었다.

27번지는 몇 미터밖에 떨어져 있지 않았다. 거리에 눈이 조금 쌓여 있었기 때문에 달링 부부는 신발을 더럽히지 않으려고 눈을 피해 걸었다. 텅 빈 거리에서 별들만이 그들을 지켜보고 있었다. 별은 아름답다. 하지만 별은 그 어떤 일에도 나서지 못하고 그저 지켜보기만 해야 한다. 그건 그들이 오래전에 저지른 잘못 때문에 받게 된 벌이다. 그 잘못이 무엇이었는지 아는 별은 하나도 없었다. 별들은 나이를 먹으면 눈이 침침해지고 말수도 적어지지만(별들은 반짝이며 대화를 나눈다), 어린 별들은 여전히 호기심이 많다. 별들은 몰래 뒤에서 다가와 입김을 훅 불어 별빛을 꺼버리곤 하는 피터를 별로 좋아하지 않았다. 하지만 별들 역시 장난을 매우 좋아해 오늘 밤만은 피터의 편이 되어 어른들을 골탕 먹이고 싶었다. 달링 부부가 들어서며 27번지의 문이 닫히자 은하수에서 가장 작은 별이 소리쳤다.

"지금이야, 피터!"

03

떠나자, 어서!

　달링 부부가 나간 뒤 세 아이의 침대 옆에 놓인 취침등은 한동안 밝게 빛을 비추었다. 작은 세 취침등이 피터가 올 때까지 깨어 있었더라면! 웬디의 취침등이 눈을 깜박이더니 하품을 했고, 나머지 두 취침등도 따라 하품을 했다. 그리고 벌린 입을 채 다물기도 전에 세 취침등은 모두 잠들어 버렸다.

　이때 방에 또 다른 불빛이 나타났다. 취침등보다 천 배는 더 밝은 빛이었다. 그 빛은 아이들 방의 서랍이란 서랍을 전부 뒤지고 다녔고, 옷장에도 들어가 주머니를 죄다 뒤집어 놓았다. 피터의 그림자를 찾기 위해서였다. 매우 빨리 날아다녀서 불빛처럼 보였지만 잠깐 멈춰 설 때 보니 요정이었다. 겨우 손바닥만 한 크기의 소녀 요정이었다. 소녀 요정의 이름은 팅커 벨로,

얇은 나뭇잎을 네모나게 잘라 만든 옷을 입고 있었다. 그 옷 때문에 한결 날씬해 보였다. 사실 팅커 벨은 약간 통통한 편이었다.

잠시 뒤 작은 별들이 입김을 훅 불자 창문이 활짝 열리더니 피터가 들어왔다. 피터의 손에는 요정 가루가 잔뜩 묻어 있었다. 오는 길 중간중간 팅커 벨을 들어 줘야 했기 때문이었다.

"팅커 벨."

아이들이 잠든 것을 확인한 피터가 부드럽게 팅커 벨을 불렀다.

"팅크, 어디 있니?"

팅커 벨은 항아리 안에 들어가 있었다. 한 번도 항아리 안에 들어가 본 적이 없는지라 완전히 푹 빠져 있었다.

"거기서 얼른 나와. 내 그림자 찾았어?"

피터가 묻자 황금 종이 울리는 듯 아름다운 "딸랑딸랑" 소리가 들려왔다. 바로 요정들의 언어였다. 평범한 아이들은 이 소리를 들을 기회가 없을 것이다. 하지만 만약 듣게 된다면 예전에 한 번 들어 본 소리일 것이다.

팅크는 그림자가 큰 상자 안에 있다고 말했다. 큰 상자란 옷장 서랍을 말했다. 피터는 서랍장으로 달려가 왕이 백성들에게 동전을 던지듯 양손으로 안의 내용물을 마구 헤집어 내던졌다. 이내 그림자를 발견한 피터는 너무 흥분한 나머지 팅커 벨이 안에 있는 줄도 모르고 서랍을 닫아 버렸다.

피터는 몸에 그림자를 갖다 대면 물방울 두 개가 합쳐지는 것처럼 착 달라붙을 거라고 생각했다. 하지만 그렇지 않았다. 피터는 욕실에서 비누를 가져와서 그림자를 붙여 보려고 했지만 아무 소용이 없었다. 피터는 몸을 떨며 바닥에 주저앉아 울음을 터뜨렸다.

피터의 울음소리에 잠에서 깬 웬디가 침대에 일어나 앉았다. 웬디는 낯선 아이가 방바닥에 주저앉아 우는 모습을 보고도 전혀 놀라지 않았다. 오히려 설레는 기분이었다.

"얘, 왜 울고 있니?"

웬디가 친절하게 물었다.

피터는 요정들의 의식에서 예의범절을 배운 터라 예의 바르게 행동할 줄 알았다. 피터는 자리에서 일어나 멋지게 고개 숙여 인사했다. 기분이 좋아진 웬디도 답례로 침대에서 예쁘게 고개 숙여 인사했다.

"넌 이름이 뭐니?"

피터가 물었다.

"웬디 모이라 안젤라 달링."

웬디가 자랑스럽게 대답했다.

"네 이름은 뭐니?"

"피터 팬."

웬디는 이미 그 소년이 피터라고 확신하고 있었지만, 이름이 너무 짧다는 생각이 들었다.

"그게 다니?"

"응."

피터가 약간 날카롭게 대답했다. 그는 자기 이름이 좀 짧다는 사실을 처음으로 알았다.

"미안해."

웬디 모이라 안젤라가 말했다.

"상관없어."

피터가 숨을 크게 들이마시며 대답했다.

웬디는 피터에게 어디에 사는지 물었다.

"오른쪽에서 두 번째, 아침이 올 때까지 똑바로 쭉."

"정말 재미있는 주소구나!"

피터는 풀이 죽었다. 그게 재미있는 주소라는 걸 처음으로 알았기 때문이다.

"아니, 재미있지 않아."

"그러니까 내 말은, 그게 편지가 배달되는 주소니?"

웬디는 피터가 손님이라는 사실을 떠올리며 친절하게 물었다.

피터는 웬디가 편지 얘기를 하지 않았으면 했다.

"난 편지 같은 건 받지 않아."

피터가 삐딱한 말투로 말했다.

"하지만 너희 엄마는 편지를 받으실 거 아니니?"

"난 엄마가 없어."

피터가 말했다. 피터는 엄마가 없을 뿐만 아니라 엄마가 있었으면 좋겠다고 생각해 본 적도 없었다. 피터는 엄마가 뭐 그리 중요한 사람이라고 다들 난리인지 이해할 수 없었다. 하지만 웬디는 비극의 주인공을 마주하고 있는 느낌이었다.

"아, 피터. 그래서 울고 있었던 거구나."

웬디는 침대에서 내려가 피터에게 달려갔다.

"난 엄마가 없어서 운 게 아니야."

피터가 화난 듯 말했다.

"난 그림자가 안 붙어서 운 거야. 아니, 난 울지 않았어."

"그림자가 떨어졌니?"

"응."

구질구질해진 채로 바닥에 놓여 있는 그림자가 웬디의 눈에 들어왔다. 웬디는 피터가 매우 가여워 보였다.

"이럴 수가!"

하지만 피터가 비누로 그림자를 붙이려고 했다는 사실에 이내 웃음이 나왔다. 남자아이들은 다 저렇다니까!

다행히 웬디는 곧바로 방법을 알아냈다.

"그림자를 꿰매야 해."

웬디가 약간 잘난 체하듯 말했다.

"꿰매는 게 뭔데?"

피터가 물었다.

"넌 정말 무식하구나."

"아니, 그렇지 않아."

하지만 웬디는 피터가 아는 게 없다는 사실에 내심 기분이 좋아졌다.

"꼬마 신사님, 내가 널 위해 그림자를 꿰매 줄게."

웬디는 키가 자기와 비슷한 피터에게 이렇게 말하고 반짇고리를 꺼내 그림자를 피터의 발에 꿰매 주었다.

"좀 아플 거야."

웬디가 피터에게 겁을 주었다.

"난 절대로 안 울어."

마치 평생 한 번도 운 적이 없다는 말투였다. 피터는 이를 악물고 울음을 참았다. 좀 구겨지긴 했지만 곧 그림자가 제대로 움직이기 시작했다.

"다림질을 할 걸 그랬나."

웬디가 다정하게 말했다. 하지만 피터는 남자아이들이 그러하듯 겉모습은 아무래도 좋은 듯 잔뜩 신이 나서 날뛰었다. 심지어 피터는 이게 다 웬디 덕분이라는 사실도 잊어버렸다. 자기가 그림자를 붙였다고 생각한 피터는 "아, 난 정말 똑똑하다니까!" 하고 외쳤다.

좀 창피한 일이지만 이런 자만심이야말로 피터가 가진 가장 큰 매력이었다. 솔직히 세상에 피터만큼 건방진 소년은 없었다.

하지만 웬디는 어이가 없어서 한동안 할 말을 잃었다.

"넌 정말 뻔뻔하구나. 그래, 난 한 게 아무것도 없지!"

웬디가 비꼬듯 소리쳤다.

"조금 있어."

피터는 무심하게 대답하고는 계속 춤을 추었다.

"조금이라고!"

웬디는 기가 막혔다.

"난 이제 아무 쓸모도 없으니 이만 사라져 주지."

웬디는 최대한 품위를 잃지 않도록 애쓰며 침대로 달려가더니 얼굴까지 이불을 뒤집어쓰고 누웠다.

피터는 웬디의 눈길을 끌기 위해 일부러 떠나는 척을 했다. 하지만 별 소용이 없어 보이자 이번에는 침대 끝에 걸터앉아 발로 웬디를 툭툭 쳤다.

"웬디, 나와 봐. 웬디, 난 내가 뭘 잘했다고 생각하면 마구 소리를 질러."

여전히 이불을 뒤집어쓰고 있었지만 웬디는 귀를 쫑긋 세우

고 있었다. 어떤 여자라도 반하지 않을 수 없는 목소리로 피터
는 계속 말을 이었다.

"웬디, 여자아이 한 명이 남자아이 스무 명보다 나아."

아직 어리긴 했지만 그 순간만큼은 웬디는 숙녀였다.

웬디는 이불 위로 고개를 내밀었다.

"정말 그렇게 생각해, 피터?"

"응, 그래."

"그렇게 말해 주다니 넌 정말 다정하구나. 그럼 다시 일어날
게."

웬디는 일어나 피터 옆에 앉았다. 이어서 피터가 원한다면 키
스해 주겠다는 말도 했다. 하지만 키스가 뭔지 모르는 피터는
기대에 찬 표정으로 한 손을 내밀었다.

"너 키스가 뭔지 당연히 알고 있겠지?"

놀란 웬디가 물었다.

"네가 줘야 알지."

피터가 퉁명스럽게 말했다. 웬디는 피터의 기분이 상하지 않
도록 골무를 주었다.

"이제 내가 너한테 키스해 줄까?"

피터가 물었다.

"네가 그러고 싶다면."

웬디는 약간 새침하게 대답하면서도 기다렸다는 듯이 피터를

향해 얼굴을 돌렸다. 그러나 피터는 달랑 도토리 단추 하나를 웬디의 손에 떨어뜨렸다. 웬디는 얼굴을 슬며시 돌렸다. 그리고 피터의 키스를 줄에 끼워 목걸이로 쓰겠다고 다정하게 말했다. 웬디가 도토리 목걸이를 하기로 한 것은 행운이었다. 그 덕분에 나중에 웬디가 목숨을 구하게 되니 말이다.

사람들이 처음 만나 자신을 소개할 때 으레 서로 나이를 묻듯이, 무엇이든 격식 차리기를 좋아하는 웬디도 피터에게 몇 살이냐고 물었다. 피터에게는 결코 유쾌한 질문이 아니었다. 그것은 마치 영국 왕에 대해 공부한 사람에게 문법 시험을 내는 것과 같았다.

"몰라. 하지만 꽤 어려."

피터가 거북해하며 대답했다.

사실 피터는 자기 나이를 알지 못했다. 그저 짐작할 뿐이었다. 그래서 이렇게 아무렇게나 대답해 버렸다.

"웬디, 난 태어난 날 바로 집을 나와 버렸거든."

웬디는 놀라면서도 호기심이 생겼다. 그래서 훌륭한 응접실 매너에 맞게 자신의 잠옷을 살짝 만지면서 피터에게 좀 더 가까이 앉아도 된다는 표시를 했다.

"내가 도망친 이유는 엄마와 아빠의 이야기를 들었기 때문이야."

피터가 나지막한 목소리로 설명하기 시작했다.

"엄마와 아빠는 내가 어른이 되면 무엇이 될지 말하고 있었어."

이윽고 피터의 목소리가 격앙되었다.

"난 어른이 되기 싫어. 언제나 어린아이인 채로 재미있게 놀고 싶어. 그래서 난 켄싱턴 공원으로 도망쳤고 요정들하고 살게 된 거야."

웬디는 피터를 존경스러운 눈으로 쳐다보았다. 피터는 자신이 도망쳐서 감탄한 거라고 생각했지만, 사실 웬디는 피터가 요정을 알아서 감탄한 것이었다. 집 안에서만 살아온 웬디였기에 요정 이야기를 듣자 귀가 번쩍 뜨였다. 웬디가 요정에 대해 꼬치꼬치 캐묻자 피터는 깜짝 놀랐다. 사실 피터에게 요정은 자신의 일을 방해하는 성가신 존재였고, 피터는 가끔씩 요정을 때려 주곤 했었다. 하지만 피터도 기본적으로 요정을 좋아하여 웬디에게 요정의 탄생에 대한 이야기를 들려주었다.

"웬디, 갓난아기가 처음으로 웃으면 그 웃음이 천 개의 조각으로 부서져서 깡충깡충 뛰어다녀. 그게 바로 요정이 되는 거야."

빤한 이야기였지만 대부분 집에서만 지낸 웬디에게는 흥미롭기만 했다.

피터는 이야기를 계속했다.

"그러니깐 아이들의 수만큼 요정들이 있어야 해."

"있어야 한다고? 그럼 없다는 뜻이야?"

"요즘 애들은 아는 게 많잖아. 그래서 금방 요정을 믿지 않게 되지. 아이들이 '난 요정을 믿지 않아.'라고 말할 때마다 어딘가에서 요정이 하나씩 죽고 말아."

요정에 대해 많은 이야기를 했다고 생각한 순간, 피터는 문득 팅커 벨이 너무 조용하다는 생각이 들었다.

"도대체 어디로 간 거지."

피터가 자리에서 일어나 팅크를 불렀다. 웬디는 설렘으로 가슴이 떨리기 시작했다.

"피터, 설마 이 방에 요정이 있다는 건 아니겠지!"

웬디가 피터를 붙잡으며 물었다.

"방금 전까지만 해도 여기 있었어. 혹시 무슨 소리가 안 들리니?"

둘은 같이 귀를 기울였다.

"딸랑거리는 종소리밖에 안 들리는데."

"그게 팅크 소리야. 그게 요정들의 언어거든."

"나도 팅크 소리가 들리는 것 같아."

그 소리는 옷장 서랍에서 들려왔고 피터의 표정이 환해졌다. 피터는 그 누구보다 더없이 기쁜 얼굴이었고, 너무도 사랑스러운 소리를 내며 웃음을 터뜨렸다.

피터는 여전히 웃음기를 머금고 "웬디, 내가 팅크를 서랍에

넣고 문을 닫았나 봐."라며 속삭였다.

피터가 서랍에서 꺼내 주자 가여운 팅크는 성질이 나서 고함을 지르며 방 안을 날아다녔다.

"그렇게 말하지 마."

피터가 쏘아붙였다.

"물론 내가 잘못했어. 하지만 네가 서랍에 있는 줄 내가 어떻게 알았겠어?"

웬디는 피터의 말이 귀에 들어오지 않았다.

웬디가 소리쳤다.

"아……, 피터. 그녀가 가만히 있었으면 좋겠어. 내가 볼 수 있도록!"

"요정들은 거의 가만히 있지 않아."

하지만 웬디는 잠깐 쉬기 위해서 뻐꾸기시계 위에 내려앉는 사랑스러운 물체를 놓치지 않고 볼 수 있었다.

"아, 사랑스러워라!"

웬디가 소리쳤다. 하지만 팅크는 여전히 화가 나서 표정이 일그러져 있었다.

"팅크, 여기 있는 숙녀분이 널 자기 요정으로 삼고 싶대."

피터가 상냥하게 말했다.

하지만 팅커 벨은 건방진 표정으로 쏘아붙였다.

"팅커 벨이 뭐래, 피터?"

피터는 요정의 말을 해석해 주었다.

"팅커 벨은 무례하거든. 너더러 덩치만 크고 못생긴 여자애 래. 그리고 자기는 내 요정이라나."

피터는 팅크와 말싸움을 벌였다.

"넌 내 요정이 될 수 없다는 걸 알잖아, 팅크. 난 신사고, 넌 숙 녀니까."

그러자 팅크는 "바보 멍청이."라고 내뱉고는 욕실로 사라져 버렸다.

"팅크는 평범한 요정이야. 항아리와 주전자를 고치는 일을 해 서 팅커 벨이라고 부르는 거야."

피터가 미안해하면서 설명했다.

웬디는 피터와 함께 나란히 안락의자에 앉아 더 많은 질문을 쏟아 내기 시작했다.

"네가 지금은 켄싱턴 공원에 살지 않는다면……."

"가끔은 아직도 거기 살아."

"그럼 지금은 주로 어디에서 사니?"

"'집을 잃어버린 소년'들과 함께 살아."

"걔들이 누군데?"

"보모가 한눈 판 사이에 유모차에서 떨어진 아이들이야. 일주일 안에 부모를 찾지 못하면 그 아이들은 저 멀리 네버랜드라는 곳으로 보내져. 내가 거기 대장이야."

"정말 재미있겠구나!"

"그래. 하지만 좀 외롭기도 해. 여자 친구들이 하나도 없거든."

꾀 많은 피터가 말했다.

"여자애들이 하나도 없어?"

"응, 하나도 없어. 너도 알다시피 여자애들은 영리해서 유모차에서 떨어지지 않잖아."

웬디는 그 말에 기분이 몹시 좋아졌다.

"넌 여자애들에 대해 정말 좋게 말하는구나. 존은 여자애들을 얕보고 싫어하는데."

그러자 피터는 자리에서 일어나 존을 침대에서 뻥 찼다. 이불도 함께 떨어졌다. 첫 만남치고는 무례하다고 생각한 웬디는 이 집에서는 피터가 대장이 아니라고 말했다. 하지만 바닥에 떨어진 존은 여전히 쿨쿨 자고 있었다. 웬디는 존을 그대로 내버려두었다.

"나한테 잘해 주려고 그런 거지? 그러니까 나에게 키스해 줘도 돼."

웬디는 마음을 약간 누그러뜨리며 말했다. 웬디는 순간 피터

가 키스를 모른다는 사실을 깜빡
잇고 있었다.

"아까 그걸 돌려 달라는
거구나."

피터는 섭섭해하며
웬디에게 골무를 돌려
주려고 했다.

"응, 키스가 아니라 골무를 달라는 거였어."

상냥한 웬디가 말했다.

"근데 키스가 뭐니?"

"이런 거야."

웬디가 피터에게 키스를 했다.

"재미있는데!"

피터가 진지하게 말했다.

"이제 내가 너한테 골무를 줘도 될까?"

"원한다면."

웬디는 이번에는 고개를 꼿꼿하게 세운 채 말했다.

피터가 웬디에게 골무를 주자마자 웬디가 "꺅!" 소리를 질렀
다.

"왜 그래, 웬디?"

"누가 내 머리카락을 잡아당긴 것 같아."

"팅크 짓이 분명해. 이렇게 장난이 심할 줄이야."

역시나 팅크는 또다시 거친 말들을 내뱉으며 마구 날뛰고 있었다.

"웬디, 팅크가 그러는데 내가 너한테 골무를 줄 때마다 네 머리카락을 잡아당길 거래."

"도대체 왜?"

"왜니, 팅크?"

"바보 멍청이."

또다시 팅크가 대답했다. 피터는 도무지 이해할 수 없었지만, 웬디는 알 수 있었다.

웬디는 피터가 자신을 보러 온 게 아니라 옛이야기를 들으러 온 것이라는 말에 약간 실망했다.

"너도 알다시피 난 아는 이야기가 하나도 없거든. '집을 잃어버린 소년'들도 마찬가지고."

"정말 안 됐구나."

웬디가 말했다.

"넌 제비들이 왜 처마 밑에 둥지를 만드는지 아니? 바로 이야

64

기를 듣기 위해서야. 아, 웬디 너희 엄마가 전에 너에게 재미있는 이야기를 들려주시더라."

"무슨 이야기였는데?"

"유리 구두를 신은 아가씨를 찾아 헤매는 왕자님 이야기였어."

그러자 웬디가 신이 나서 말했다.

"피터, 그건 신데렐라 이야기야. 왕자는 그 아가씨를 찾아서 오래오래 행복하게 살아."

피터는 웬디의 말에 기뻐하면서 서둘러 자리에서 일어나 창가로 갔다.

"어디 가는 거야?"

웬디가 불안해하며 물었다.

"다른 애들한테 말해 주려고."

"가지 마, 피터. 난 더 많은 이야기들을 알고 있어."

웬디가 애원하다시피 말했다.

웬디는 분명히 그렇게 말했다. 누가 봐도 피터를 먼저 꾀어 낸 사람은 웬디라는 것을 부인할 수 없게 되었다.

웬디에게 다시 돌아온 피터의 눈에는 욕심이 서려 있었다. 평소의 웬디라면 그 눈빛에 놀랐겠지만 이상하게 그러지 않았다.

"그래, 난 아이들에게 이야기를 들려줄 수 있어!"

웬디가 외쳤다. 그러자 피터가 웬디를 붙잡고 창가로 끌고 가기 시작했다.

"이거 놔!"

웬디가 명령하듯 소리쳤다.

"웬디, 나랑 같이 가서 아이들에게 이야기를 들려줘."

물론 웬디는 피터의 부탁에 몹시 기뻤지만 이렇게 말했다.

"그럴 순 없어. 우리 엄마는 어쩌고! 게다가 난 날지도 못하는 걸."

"내가 가르쳐 줄게."

"아, 날면 얼마나 신날까?"

"내가 바람의 등에 올라타는 법을 가르쳐 줄게. 그러면 함께 날아갈 수 있어."

"우와!"

웬디가 잔뜩 신나서 소리쳤다.

"웬디, 웬디, 그 바보 같은 침대에서 잠자는 대신 나랑 같이 날아다니며 별들에게 재미있는 이야기도 해줄 수 있어."

"우와!"

"웬디, 그리고 인어도 볼 수 있어."

"인어라니! 꼬리 달린 인어 말이야?"

"꼬리가 아주 길지."

"아, 인어를 볼 수 있다니!"

피터는 어느새 교묘하게 웬디를 구슬리고 있었다.

"웬디, 그리고 우린 너한테 아주 잘해 줄 거야."

고민에 빠진 웬디는 몸을 비비 꼬았다. 마치 유혹에 넘어가지 않으려고 무진장 애쓰는 것 같았다.

하지만 피터는 웬디의 고민 따위는 안중에도 없었다.

"웬디, 너는 밤에 우리를 재워 줄 수도 있어."

"와!"

"지금까지 누가 우릴 재워 준 적은 한 번도 없었거든."

"아아!"

웬디는 피터를 향해 두 팔을 벌렸다.

"그리고 넌 우리의 구멍 난 옷을 고쳐 주고 호주머니도 만들어 줄 수 있어. 우린 호주머니가 없거든."

아, 웬디가 어떻게 거절할 수 있었겠는가?

"정말 신나겠구나! 피터, 존과 마이클한테도 나는 법을 가르쳐 줄 수 있니?"

"네가 원한다면."

피터가 시큰둥하게 말했다. 웬디는 달려가서 존과 마이클을 흔들어 깨웠다.

"일어나. 피터 팬이 왔어. 우리한테 나는 법을 가르쳐 준대."

존이 눈을 비비며 일어났다.

"그럼 일어날래."

물론 존은 침대가 아닌 방바닥에서 자고 있었다.

"안녕, 나 일어났어!"

마이클도 일어났다. 마이클은 날이 선 칼날처럼 완전히 잠에서 깬 것처럼 보였다. 그런데 피터가 갑자기 조용히 하라는 신호를 보냈다. 그들의 얼굴에는 어른 세계에서 나는 소리를 염탐하려는 아이들 특유의 간사함이 묻어났다. 주위는 쥐 죽은 듯 고요했다. 아무런 문제도 없었다. 아니, 모든 게 잘못되었다. 저녁 내내 고통스럽게 짖어 대던 나나가 갑자기 조용해진 것이다. 들리는 것이라고는 나나의 침묵뿐이었다.

"불 꺼! 숨어! 빨리!"

존이 명령을 내렸다. 앞으로 펼쳐질 기나긴 모험 동안 존이 처음이자 마지막으로 한 명령이었다. 리자가 나나를 붙잡고 방으로 들어왔을 때 방 안은 평소와 다름없이 캄캄하고 조용했다. 천사같이 잠든 세 아이가 내는 숨소리도 분명히 들렸다. 사실 아이들은 창문 커튼 뒤에서 실감나게 잠자는 소리를 내고 있었다.

리자는 기분이 좋지 않았다. 부엌에서 크리스마스 푸딩을 반죽하고 있었는데 나나의 말도 안 되는 의심 때문에 뺨에 붙은 건포도도 떼지 못한 채 나와야 했기 때문이다. 리자는 나나를 조용하게 만들 수 있는 최선의 방법은 나나를 잠깐이라도 아이들 방에 데려가는 것이라고 생각했다. 물론 자신이 함께 가서 나나를 감시해야만 했다.

"자, 보라고. 의심 많은 개 같으니."

리자는 집 밖으로 쫓겨난 나나를 조금도 불쌍히 여기지 않았다.

"아이들은 아주 잘 있단 말이야, 그렇지? 세 꼬마 천사들은 침대에서 잘 자고 있다고. 저 숨소리를 들어 봐."

이때 리자가 너무나 손쉽게 속아 넘어가자 용기가 생긴 마이클이 숨소리를 크게 내는 바람에 들킬 뻔했다. 이것을 눈치챈 나나는 자기를 꽉 움켜잡은 리자의 손아귀에서 벗어나려고 발버둥 쳤다.

하지만 리자는 둔감했다.

"더는 안 돼, 나나."

리자는 완강하게 말하며 나나를 방에서 끌어냈다.

"경고하는데 또 짖었다간 파티에 가신 주인님들을 모셔 올 줄 알아. 아마 너는 두들겨 맞게 될 거야."

리자는 슬퍼하는 나나를 다시 묶어 놓았다. 하지만 그런다고 나나가 더는 짖지 않았을까? 파티에 가 있는 주인님들을 모셔 온다고 해서? 그거야말로 나나가 원하는 거였다. 나나는 세 아이가 무사하기만 하다면 맞는 것 따위는 무섭지 않았다. 애석하게도 리자는 다시 푸딩을 만들러 갔다. 리자에게 아무런 도움도 받을 수 없다는 사실을 확실히 깨달은 나나는 쇠사슬을 잡아당겼다. 마침내 쇠사슬이 끊어지자 나나는 잽싸게 27번지 집의 식

당으로 달려가서 앞발을 힘껏 들어올렸다. 그것은 나나가 정말로 중요한 말을 하고 싶을 때 보이는 행동이었다. 그 모습을 본 달링 부부는 즉각 아이들에게 무슨 끔찍한 일이 벌어졌음을 알아챘다. 그들은 집주인에게 작별 인사도 하지 않고 서둘러 거리로 뛰쳐나갔다.

하지만 이때는 이미 세 악동들이 창문 커튼 뒤에서 잠자는 숨소리를 낸 때로부터 벌써 10분이나 지나 있었다. 10분이면 피터 팬은 엄청나게 많은 일을 할 수 있다.

이제 다시 아이들의 방으로 돌아가 보자.

"이제 괜찮아."

존이 숨어 있던 커튼 뒤에서 나오며 말했다.

"그런데 피터, 넌 정말로 날 수 있어?"

피터는 대답 대신 벽난로 선반을 지나 방 안을 빙빙 날아다녔다.

"최고다!"

존과 마이클이 동시에 소리쳤다.

"정말 멋져!"

웬디도 외쳤다.

"그래, 난 멋져. 난 정말 멋져!"

피터가 또 다시 잘난 체하기 시작했다.

하늘을 나는 것은 식은 죽 먹기만큼 쉬워 보였다. 세 아이 역시 바닥에서, 그리고 침대에서 날아 보려고 했지만 위로 날아오르기는커녕 아래로 떨어질 뿐이었다.

"도대체 어떻게 하는 거야?"

존이 무릎을 문지르며 물었다. 존은 무척 현실적인 소년이었다.

"정말 멋진 일들만 생각하면 돼. 그러면 몸이 공중에 뜰 거야."

피터가 설명하며 다시 나는 모습을 보여 주었다.

"너무 빠르잖아. 좀 더 천천히 한 번만 더 보여 주면 안 돼?"

존이 물었다.

피터는 느리게 나는 모습과 빠르게 나는 모습을 보여 주었다.

"난 이제 알겠어, 누나."

존은 큰소리쳤지만 곧바로 불가능하다는 것을 깨달았다. 세 아이는 단 1센티미터도 날지 못했다. 알파벳을 하나도 모르는 피터도 할 줄 아는 일을 말이다. 심지어 마이클조차 몇 단어 정도는 읽을 줄 안다.

물론 피터는 세 아이에게 장난을 친 거였다. 사실 요정 가루가 몸에 묻어야만 하늘을 날 수 있었다. 앞에서 말한 것처럼 피터의 손은 온통 요정 가루 범벅이었다. 피터가 요정 가루를 세 아이에게 조금씩 불어 주자 놀라운 일이 벌어졌다.

"자, 이제 어깨를 이렇게 들썩거리면서 공중을 날면 돼."

세 아이는 모두 침대 위에 섰고, 용감한 마이클이 가장 먼저 날아올랐다. 사실 날려고 한 것은 아니지만, 어쨌든 붕 떠오르더니 방 안을 날아다녔다.

"내가 날았어!"

마이클이 공중에 뜬 채로 소리쳤다.

이어서 존도 날아올랐고 욕실 근처에 있는 웬디와 마주쳤다.

"아, 정말 멋져!"

"와, 신난다!"

"날 좀 봐!"

"날 좀 봐!"

"날 좀 봐!"

세 아이는 피터만큼 자유자재로 날지 못했기 때문에 발버둥을 치거나 천장에 머리를 박기도 했다. 하지만 그 느낌은 정말 최고였다. 피터는 맨 먼저 웬디에게 손을 내밀었다가 팅크가 불같이 화를 내는 바람에 그만둬야만 했다.

세 아이는 계속 위로 아래로 올라갔다 내려갔다 방 안을 빙빙 날았다. 웬디는 천국에 와 있는 것처럼 느껴졌다.

"있잖아, 우리 밖으로 나가 보자!"

존이 외쳤다. 그것은 지금까지 그들을 꾀어내려는 피터의 목적이기도 했다.

마이클은 준비가 되어 있었다. 그는 10억 킬로미터를 날아가는 데 얼마나 걸리는지 알고 싶었다. 하지만 웬디는 주저했다.

"인어들을 볼 수 있다니까!"

피터가 다시 웬디를 꼬드겼다.

"아아!"

"그리고 해적들도 있어."

"해적들이라고! 지금 당장 나가자!"

존이 주일 나들이 모자를 집어 들며 소리쳤다.

바로 그때 달링 부부가 나나와 함께 27번지에서 서둘러 돌아오고 있었다. 길 한복판으로 달려 나간 그들은 아이들 방의 창문을 올려다보았다. 창문은 여전히 닫혀 있었지만 방 안에는 불이 환하게 켜져 있었다. 그리고 심장이 멎을 만한 장면이 눈에 들어왔다. 잠옷을 입은 세 아이가 바닥이 아니라 공중에서 빙글빙글 돌고 있는 모습이 그림자로 비친 것이다.

앗, 그림자는 세 개가 아니라 네 개였다!

달링 부부는 몸을 떨면서 현관문을 열었다. 달링 씨가 위층으로 재빨리 달려가려고 하자 달링 부인이 조용히 가라고 손짓했다. 달링 부인은 두근거리는 심장마저 조용히 진정시키려고 애썼다.

과연 달링 부부는 제때에 아이들 방에 도착했을까? 그랬다면 얼마나 좋았을까? 우리도 안도의 한숨을 내쉬었을 것이다. 그리고 이 이야기는 이대로 끝이리라. 하지만 그들이 제때 도착하

지 못했다고 하더라도, 결국
끝에 가서는 모든 일이 잘될 것이다.
　작은 별들이 지켜보고 있지만 않았더라면 달링
부부는 제시간에 도착했을 것이다. 하지만 작은 별
들은 또 다시 입김을 불어 창문을 활짝 열었고, 가장
작은 꼬마 별이 외쳤다.
　"조심해, 피터!"
　피터는 잠시도 지체할 시간이 없다는 것을 알고 있었다.
　"따라와."

피터는 다급하게 외치더니 곧바로 밤하늘을 향해 날아올랐다. 존과 마이클, 웬디도 그 뒤를 따라갔다.

달링 부부와 나나가 아이들 방에 도착했을 때는 이미 한 발 늦었다. 새들은 이미 날아가고 없었다.

04

하늘을 날아

"오른쪽에서 두 번째, 아침이 올 때까지 똑바로 쭉 가면 돼."

이 말은 피터가 웬디에게 했던 네버랜드로 가는 길이었다. 하지만 바람 부는 모퉁이마다 지도를 꺼내 드는 새들도 이 설명만으로는 절대로 네버랜드를 찾을 수 없을 것이다. 짐작했겠지만 그 주소는 사실 피터가 입에서 나오는 대로 아무렇게나 지껄인 말이었다.

처음에 세 아이는 피터를 믿은 데다 하늘을 나는 재미에 빠져, 교회의 뾰족탑 같이 지나가다 마음에 드는 높은 건물이 나타나면 그 주위를 빙빙 돌면서 한참 시간을 보냈다. 존과 마이클은 누가 빨리 나는지 겨루기도 했다. 어린 마이클이 주로 출발 신호를 외쳤다.

이제 아이들은 얼마 전 방 안을 난 거 가지고 대단한 사람이라도 된 것 마냥 호들갑을 떤 것이 한심하게 느껴졌다.

　얼마 전이라! 그런데 그때로부터 시간이 얼마나 흐른 걸까? 이런 생각이 든 것은 웬디가 바다 위를 날고 있을 때였다. 존은 그게 두 번째 보는 바다이고, 세 번째 맞는 밤이라고 생각했다.

　어두울 때도 있었고, 밝을 때도 있었다. 몹시 추울 때도 있었고, 따뜻할 때도 있었다. 아이들은 정말로 배가 고팠을까? 아니면 피터가 먹을 것을 생전 처음 보는 방식으로 구해 주는 것이 신기해서 배고픈 척한 것일까?

피터는 사람이 먹을 만한 먹이를 물고 가는 새가 보이면 쫓아가서 먹이를 낚아챘다. 그러면 새들은 피터를 쫓아와서 그 먹이를 다시 낚아채 갔다. 그들은 그렇게 몇 킬로미터나 즐겁게 쫓고 쫓기는 싸움을 벌이기도 했다. 하지만 마지막에는 서로 사이좋게 헤어졌다. 웬디는 그렇게 음식을 구하는 모습이 이상할 뿐만 아니라 다른 방법이 있다는 걸 피터가 모르는 것 같아 약간 걱정스러웠다.

분명한 것은 세 아이가 졸린 척하지는 않았다는 점이다. 아이들은 정말로 졸렸다. 위험한 상황이었다. 잠드는 순간 아래로 떨어지기 때문이었다. 더 끔찍한 것은 피터가 이것마저도 재미있어한다는 사실이었다.

"또 떨어진다!"

마이클이 돌덩이처럼 아래로 떨어지는 모습을 보고 피터가 재미있다는 듯이 소리쳤다.

"구해 줘! 구해 줘!"

웬디는 아래에 펼쳐진 바다를 보고 겁에 질려 소리쳤다. 피터는 쏜살같이 날아가 마이클이 바다에 빠지기 직전에 낚아챘다. 그때의 피터의 모습은 정말 멋졌다. 하지만 피터는 꼭 마지막 순간까지 기다렸다가 구해 주곤 했다. 피터의 관심은 사람의 목숨을 구하는 일이 아니라 자신의 멋진 재주를 과시하는 데 있는 것 같았다. 게다가 피터는 꽤나 변덕스러워서 어떤 놀이에 빠졌다가도 금방 싫증을 냈다. 그러니 다음번에 바다로 떨어지면 피터가 구해 주지 않을 수도 있었다.

피터는 공중에서도 등을 대고 누워 둥둥 떠다니며 잠을 잘 수 있었다. 뒤에서 훅 불면 앞으로 날아갈 만큼 피터의 몸이 아주 가벼웠기 때문이다.

"피터한테 좀 착하게 굴어."

'대장님 따라 하기' 놀이를 할 때 웬디가 존에게 속삭였다.

"그럼 잘난 척 좀 그만하라고 해."

존이 대답했다.

'대장님 따라 하기' 놀이를 할 때 피터는 물에 닿을 듯 말 듯 가까이 다가가 상어 떼의 꼬리를 하나씩 만졌다. 마치 철로 된 난간을 손으로 주르륵 훑으며 거리를 지나가는 것처럼 말이다. 세 아이는 피터만큼 잘하지 못했기 때문에 피터가 잘난 척하는 것처럼 보였다. 특히 아이들이 상어 꼬리를 몇 개나 놓쳤는지 계속 뒤돌아보며 확인하는 피터의 모습 때문에 더욱 그렇게 느꼈다.

"피터한테 착하게 굴어야 해."

웬디가 동생들을 살살 구슬렸다.

"피터가 우릴 버리고 가면 어떡해!"

"우리끼리 돌아가면 되지."

마이클이 말했다.

"우리끼리 돌아가는 길을 어떻게 찾아?"

"그럼 계속 가는 수밖에 없지."

존이 말했다.

"그건 끔찍한 일이야, 존. 하지만 우린 계속 가는 수밖에 없어. 멈추는 방법을 모르니까."

그건 사실이었다. 피터가 깜빡하고 세 남매에게 멈추는 법을 가르쳐 주지 않은 것이다.

존은 최악의 경우 계속 앞으로 나아가는 수밖에 없다고 말했다. 지구는 둥그니깐 언젠가 집에 돌아갈 수 있을 거라고 말이다.

"그럼 누가 먹을 걸 구해 주지, 존?"

"누나, 난 독수리가 물고 있던 먹이를 잽싸게 낚아채기도 했잖아."

"스무 번만에 그랬지."

웬디는 한 번 더 확실하게 짚어 주었다.

"그리고 먹을 걸 손쉽게 구할 수 있더라도 피터가 옆에서 도와주지 않으면 우리는 구름 같은 데에 자꾸 부딪칠 거야."

정말로 그들은 계속 부딪쳤다. 여전히 발길질을 자주 해야 했지만 이제는 그나마 안정적으로 날 수 있게 되었다. 하지만 눈앞에 구름이라도 나타나면 피하려고 하다가 부딪치게 되었다. 나나가 옆에 있었다면 마이클의 이마에는 이미 붕대가 감겨져 있었을 것이다.

피터가 잠깐 자리를 비우자 하늘에 홀로 남겨진 세 아이는 외로움을 느꼈다. 세 아이보다 훨씬 빨리 날 수 있는 피터는 갑자기 사라져 혼자 신나는 모험을 하고 돌아오곤 했다. 별에 올라가 재미있는 이야기를 주고받고는 깔깔거리며 내려오기도 했다. 하지만 무슨 이야기를 했는지는 금방 잊어버렸다. 몸에 인어의 비늘을 묻힌 채 나타나서는 무슨 일이 있었는지 기억하지 못할 때도 있었다. 인어를 한 번도 본 적 없는 세 아이에게는 몹시 짜증나는 일이었다.

"저렇게 잘 까먹는데 피터가 우리를 계속 기억할까?"

웬디가 문득 말했다.

정말로 피터는 이따금씩 어딘가에 다녀와서는 세 아이를 기억하지 못하거나, 기껏해야 어렴풋하게 기억해 내곤 했다. 웬디는 그 사실을 알고 있었다. 피터가 세 아이를 그냥 지나치려다 문득 기억난 듯 알아볼 때가 있다는 것을. 심지어 웬디는 피터에게 자신의 이름을 말해 줘야 할 때도 있었다.

"나 웬디야."

웬디가 흥분해서 말했다.

피터는 무척 미안해하며 속삭였다.

"있잖아, 웬디, 내가 다음에도 또 네 이름을 까먹으면 '나 웬디야.'라고 계속 말해 줘. 그럼 기억이 날 거야."

물론 웬디로서는 대단히 불만스러웠다. 미안함에 피터는 아이들에게 그들 쪽으로 불어오는 강한 바람 위로 반듯이 누울 수 있는 방법을 가르쳐 주었다. 몇 번 연습한 끝에 방법을 터득한 아이들은 안전하게 잠을 잘 수 있게 되어 기분이 좋았다. 당연히 예전보다 오래 잘 수도 있었다. 하지만 금세 잠자는 것에 싫증이 난 피터는 명령하는 말투로 "다른 곳으로 가자."라고 소리쳤다.

아이들은 이따금씩 다투기도 했지만 대개는 신나게 놀면서 네버랜드를 향해 날아갔다. 여러 밤이 지난 뒤 그들은 마침내 네버랜드에 도착했다. 그들이 꽤 똑바로 날아왔었던 모양이다. 이것은 피터나 팅크가 길 안내를 잘했기 때문이라기보다 네버랜드가 그들을 찾아 나섰기 때문이었다. 그게 바로 네버랜드 마법의 해안에 도착할 수 있는 유일한 방법이기도 했다.

"저기 있다."

피터가 차분하게 말했다.

"어디, 어디?"

"화살들이 가리키고 있잖아."

정말로 수없이 많은 황금 화살이 아이들에게 네버랜드를 가리켜 주고 있었다. 그 화살들은 아이들의 친구인 태양이 밤이 되어 사라지기 전에 아이들이 네버랜드를 찾을 수 있도록 쏜 것이었다.

웬디와 존, 마이클은 네버랜드를 보기 위해 공중에서 까치발로 섰다. 이상한 일이지만 그들은 네버랜드를 한눈에 알아보았

다. 마치 오랫동안 꿈꿔 오다가 마침내 보게 된 존재가 아니라, 휴일에 고향집으로 돌아와 오랜만에 만난 친구라도 되는 듯 반갑게 느껴졌다. 두려움이 아이들을 엄습하기 전까지 말이다.

"존, 저기 호수가 있어."

"웬디 누나, 저기 거북이들이 모래에 알을 파묻고 있어."

"존, 다리가 부러진 네 홍학도 저기 있다!"

"저기 좀 봐, 마이클. 네 동굴이야."

"존, 저기 덤불 속에 있는 건 뭐지?"

"어미 늑대와 새끼들이야. 웬디 누나, 저거 누나의 새끼 늑대 맞지?"

"형, 저기 양쪽이 부서진 내 배가 있어."

"아니. 저건 네 배가 아니야. 우리가 네 배를 불태워 버렸잖아."

"저건 그 배가 분명해, 형. 그런데 인디언 야영지에서 연기가 나."

"어디? 나도 좀 보여 줘. 연기 모양을 보면 인디언들이 전쟁 중인지 아닌지 알 수 있어."

"저기, '수수께끼의 강' 너머야."

"보인다. 맞아, 인디언들이 전쟁을 벌이려는 게 확실해."

피터는 아이들이 많은 걸 알고 있어서 약간 짜증이 났다. 그는 아이들에게 으스대고 싶었다. 머지않아 피터의 바람대로 될 것이었다. 아까 말하지 않았던가, 아이들에게 곧 두려움이 찾아왔다고.

그 두려움은 태양의 화살들이 사라지고 네버랜드가 어둠에 덮였을 때 찾아왔다. 아이들이 집에 있을 때도 잠자리에 들 시간이 되면 네버랜드는 무서워 보였다. 아무도 본 적 없는 땅이 솟아올라 사방으로 퍼지고, 그 위에서 검은 그림자들이 움직였다. 맹수들이 포효하는 소리도 낮과는 다르게 들렸다.

무엇보다 이것들과 싸워 이길 수 있을 거라는 확신이 전부 사라져 버린다. 그나마 방 안에 취침등이 켜져 있어 얼마나 안심이 되었던가. 더욱이 저건 그냥 벽난로 선반 위에 놓인 물건일 뿐이며, 네버랜드는 만들어 낸 이야기일 뿐이라는 나나의 말에 마음이 놓이곤 했다.

당연히 당시 네버랜드는 만들어 낸 이야기일 뿐이었다. 하지만 지금은 현실이었다. 취침등도 없고 날은 점점 더 어두워지는데, 나나도 없었다.

떨어져 날던 아이들이 서둘러 피터 곁으로 모여들었다. 피터의 얼굴에는 무심한 표정이 온데간데없이 사라지고 눈에서는 불이 번쩍였다. 아이들은 피터의 몸에 닿을 때마다 찌릿찌릿했다. 이제 아이들은 무시무시한 네버랜드 위를 날고 있었다. 너무 낮게 날아서 가끔씩 나뭇가지가 얼굴을 스치기도 했다. 눈앞에 당장 무서운 것이 나타난 것은 아니었지만, 악의 무리를 뚫고 나아가듯 아이들의 속도가 점점 느려지고 힘겨워졌다. 때때로 아이들은 피터가 주먹으로 무엇인가를 물리칠 때까지 공중에 가만히 멈춰 서 있기도 했다.

"저들이 우리가 섬에 내리는 걸 싫어하는데."

피터가 설명했다.

"저들이 누군데?"

웬디가 떨면서 속삭였다.

하지만 피터는 말할 수도 없었고 말하려고도 하지 않았다. 피터는 자신의 어깨 위에서 잠자고 있던 팅커 벨을 깨워 앞으로 보냈다.

가끔씩 피터는 공중에 멈춰 선 채 손을 귀에 대고 가만히 귀 기울이기도 하고, 땅이 뚫어져라 아래를 쳐다보기도 했다. 두 눈이 어찌나 이글거리던지 땅에 두 개의 구멍이 뚫릴 것 같았다. 그러고는 다시 앞으로 나아갔다.

피터의 용기는 놀라울 정도였다.

"지금 바로 모험을 시작할래, 아니면 차를 먼저 마실래?"

피터가 무심한 듯 존에게 물었다.

"차 먼저."

웬디가 재빨리 대답했다. 마이클은 고맙다는 표시로 누나의 손을 꽉 쥐었지만 용감한 존은 대답을 망설였다.

"어떤 모험인데?"

존이 조심스럽게 물었다.

"저기 바로 아래 초원에서 해적이 잠자고 있어. 네가 모험을 하고 싶다면 같이 내려가서 해적을 죽이자."

"난 안 보여."

존이 한참 있다 대답했다.

"난 보이는데."

"만약 해적이 잠에서 깨어나 있으면 어떡하지?"

존이 약간 목 멘 소리로 물었다.

그러자 피터는 몹시 화를 냈다.

"내가 잠자는 해적을 죽일 거라고 생각하는 건 아니겠지! 난 먼저 해적을 깨운 다음에 죽일 거야. 난 항상 그렇게 한단 말이야."

"맙소사! 사람을 많이 죽여 봤어?"

"엄청 많이."

"정말 멋진데."

존은 대답은 이렇게 했지만 차를 먼저 마시자고 했다. 존은 지금 네버랜드에 해적이 많이 있는지 물었다. 피터는 이렇게 많은 적은 처음이라고 했다.

"지금 대장은 누구야?"

"후크."

너무도 싫어하는 그 이름을 말하면서 피터의 얼굴이 딱딱하게 굳어졌다.

"제임스 후크?"

"그래."

그 순간 마이클은 울음을 터뜨렸고, 존도 목이 꽉 메였다. 악명 높은 후크 선장의 이름을 익히 알고 있었기 때문이다.

"그는 '검은 수염호'의 갑판장이었어. 그들 중에서도 가장 끔찍했지. 그는 해적 바비큐가 유일하게 두려워하는 대상이야."

존이 말했다.

"그래, 맞아."

피터가 말했다.

"어떻게 생겼어? 덩치가 커?"

"옛날만큼 크진 않아."

"그게 무슨 말이야?"

"내가 녀석의 몸을 약간 잘라 냈거든."

"네가?"

"그래, 내가."

피터가 날카롭게 말했다.

"널 무시해서 한 말은 아니었어."

"아, 괜찮아."

"하지만 어딜 잘라 냈다는 거지?"

"그의 오른손."

"그럼 이제 못 싸워?"

"아, 못 싸우기는!"

"그럼 왼손잡이야?"

"오른손 대신에 쇠갈고리를 차고 있어. 그걸로 할퀴지."

"할퀸다고!"

"야, 존."

피터가 말했다.

"응."

"'네, 네, 대장님.'이라고 해."

"네, 네, 대장님."

그러자 피터가 계속 말했다.

"나를 따르는 아이들은 누구나 약속을 하나 했어. 그러니 너도 마찬가지로 약속을 해야 해."

존의 얼굴이 창백해졌다.

"그게 뭐냐하면, 후크와 정면으로 맞서 싸우게 될 경우 녀석을 반드시 나한테 넘겨야 한다는 거야."

"약속해."

존이 충성스럽게 대답했다.

팅크가 옆에서 날자 한동안은 아까보다 덜 무서웠다. 팅크의 빛 때문에 서로의 얼굴을 볼 수 있었기 때문이다. 안타깝게도 아이들처럼 느리게 날 수 없는 팅크는 아이들 주위를 원을 그리며 빙빙 돌아야 했다. 그래서 아이들은 마치 후광을 받으며 날아가는 느낌이 들었다. 웬디는 그 사실에 기분이 좋았다. 피터가 문제점을 지적하기 전까지는 말이다.

"팅크가 그러는데 해적들이 어두워지기 전에 벌써 우리를 봤고 장거리 대포를 준비해 두었대."

"그 긴 대포 말이야?"

"그래. 그들은 틀림없이 팅크의 불빛을 볼 거야. 그리고 우리가 근처에 있다는 걸 알면 곧바로 대포를 쏘겠지."

"웬디!"

"존!"

"마이클!"

"팅크한테 당장 다른 데로 가라고 해, 피터."

세 아이가 동시에 외쳤지만 피터는 거절했다. 그러고는 딱딱한 목소리로 말했다.

"팅크는 우리가 길을 잃은 줄 알고 무서워하고 있어. 내가 저렇게 무서워하는 팅크를 혼자 다른 곳으로 보낼 거라고 생각하진 않겠지!"

바로 그때 동그란 원을 그리던 불빛이 끊어지더니 무엇인가가 피터를 사랑스럽게 꼬집었다.

"그럼 팅크한테 불을 끄라고 해줘."

"그건 불가능해. 요정들이 유일하게 할 수 없는 일이 바로 그

거거든. 불빛은 요정들이 잠들어야만 꺼져. 별들하고 똑같아."

"그럼 당장 자라고 해."

존이 명령하듯 말했다.

"팅크는 졸리지 않으면 잘 수 없어. 요정들이 할 수 없는 또 다른 일이지."

"내 생각엔 그 두 가지가 제일 중요한 일 같은데."

존이 투덜거렸다.

그러자 무엇인가가 존을 꼬집었다. 아까 피터에게 했던 것처럼 사랑스럽지는 않았지만.

"우리 중 누군가에게 호주머니가 있다면 팅크를 그 안에 넣으면 될 텐데."

피터가 말했다. 하지만 서둘러 집을 떠나왔기 때문에 넷 중 호주머니가 있는 사람은 아무도 없었다.

그때 피터에게 좋은 생각이 떠올랐다. 바로 존의 모자였다!

팅크는 누군가 모자를 손에 들고 간다는 조건 하에 그 안에 들어가겠다고 했다. 팅크는 내심 피터가 들어 주기를 바랐지만, 존이 모자를 들고 가게 되었다. 얼마 지나지 않아서 모자가 무릎에 부딪쳐 날아가기 힘들다고 존이 투덜거린 탓에 웬디가 모자를 들어야 했다. 곧 알게 되겠지만 나중에 그 일은 큰 문제로 불거졌다. 팅커 벨이 웬디의 보호 아래 움직이는 것을 몹시 싫어했기 때문이다.

팅크의 불빛은 검은 모자에 완전히 감춰졌고, 아이들은 모두 침묵 속에서 날아갔다.

평생 그렇게 고요한 정적은 처음이었다. 멀리서 들려오는 할짝거리는 소리가 정적을 깨뜨렸다. 피터는 들짐승들이 시냇가에서 물을 마시는 소리라고 알려 주었다. 그 뒤 또 한 번 나뭇가지들이 스치는 듯 사각거리는 소리가 정적을 깼다. 피터는 인디언들이 칼을 가는 소리라고 말해 주었다.

마침내 이런 소리들마저 전부 사라졌다. 마이클은 그런 고요함이 너무도 무서워서 소리쳤다.

"아, 무슨 소리라도 났으면 좋겠어!"

마이클의 말에 대답이라도 하듯 쿵쾅거리는 소리가 엄청나게 울려 퍼졌다. 해적들이 그들을 향해 장거리 대포를 쏜 것이었다.

대포 소리는 산 너머까지 메아리쳤다. 메아리는 사나운 목소리로 이렇게 외치는 것 같았다.

"녀석들이 어디 있지, 녀석들이 어디 있지, 녀석들이 어디 있지?"

공포에 질린 세 아이는 만들어 낸 이야기 속의 네버랜드와 진짜 네버랜드가 어떻게 다른지 똑똑히 알게 되었다.

마침내 하늘이 다시 잠잠해지자, 존과 마이클은 어둠 속에서 자기들 단 둘밖에 없다는 사실을 알아차렸다. 존은 공중에서 기계적으로 발걸음을 내딛고 있었고, 어쩔 줄 몰랐던 마이클은 공중에 가만히 떠 있었다.

"너 대포에 맞았어?"

존이 덜덜 떨며 속삭였다.

"아직은 아닌 것 같아."

마이클도 속삭이며 대답했다.

대포에 맞은 사람은 아무도 없었지만 피터는 대포알이 일으킨 바람에 휩쓸려서 바다까지 날아갔고, 웬디는 팅커 벨과 함께 하늘 위로 튕겨 올라갔다.

만약 웬디가 그때 모자를 떨어뜨렸다면 훨씬 나았으리라. 갑자기 떠오른 생각인지, 섬으로 오는 내내 계획한 것인지 모르겠지만 팅크는 모자에서 나와 웬디를 무시무시한 파멸의 길로 꾀어 내기 시작했다.

팅크가 항상 못되기만 한 건 아니었다. 지금은 못됐지만 어떨 때는 하염없이 착할 때도 있었다. 요정들은 몸집이 작아서 한 번에 하나의 감정만 느낄 수 있기 때문에 완전히 착하거나 완전히 못됐거나 둘 중 하나였다. 물론 감정이 변할 수도 있지만 어쨌든 극과 극이었다. 지금 팅크는 웬디를 향한 질투심으로 활활 불타오르고 있었다. 사랑스러운 방울 소리 같은 팅크의 말소리를 웬디는 당연히 알아들을 수 없었지만, 분명히 나쁜 말도 섞여 있었으리라. 하지만 웬디에게는 전부 상냥하게 들릴 뿐이었다. 팅크가 앞뒤로 날아다니면서 "날 따라와. 다 잘될 거야."라고 말하는 것처럼 들렸다.

가엾은 웬디가 뭘 할 수 있었겠는가? 웬디는 피터와 존, 마이클의 이름을 불러 보았지만, 비웃는 듯한 메아리만 되돌아왔다. 팅크가 여자의 뜨거운 증오심에 사로잡혀 자신을 싫어하는 줄도 모른 채, 혼란스럽고 지친 웬디는 그저 팅크를 따라 비틀비틀 파멸의 길로 들어섰다.

05
진짜 네버랜드

피터가 돌아오고 있다고 느끼자 네버랜드는 다시금 생기 가득하게 깨어났다. 원래는 생기 '가득해졌다'고 말해야겠지만, '깨어났다'는 표현이 더 좋기도 하거니와, 피터의 말버릇이기도 했다.

피터가 없을 때면 섬은 대체적으로 아주 조용했다. 요정들은 아침에 한 시간씩 더 늦잠을 잤고, 들짐승들은 새끼를 돌보았고, 인디언들은 엿새 내내 밤낮으로 먹어 댔다. 해적과 '집을 잃어버린 소년'들은 서로 만날 때마다 그저 엄지손가락을 깨물 뿐이었다. 하지만 지루한 것을 질색하는 피터가 돌아오면 모두들 생기를 되찾았다. 땅에 귀를 기울이면 섬 전체가 활기찬 생명력으로 꿈틀거리는 소리를 들을 수 있을 것이다.

이날 저녁 네버랜드 섬의 주요 무리들은 다음과 같이 움직였다. '집을 잃어버린 소년'들은 피터를 찾아 나섰고, 해적들은 '집을 잃어버린 소년'들을 찾아 나섰으며, 인디언들은 해적들을 찾아 나섰다. 모두가 섬을 빙빙 돌고 있었지만, 모두 같은 방향, 같은 속도로 움직였기 때문에 서로 마주치지는 일은 없었다.

소년들만 빼고 모두 피비린내 나는 싸움을 원했다. 평소 소년들 역시 싸움을 좋아했지만 오늘 밤은 대장을 맞이하러 나갔다. 네버랜드에 있는 소년들의 숫자는 매번 달라졌다. 죽는 경우도 있었고, 너무 자라면 규칙에 어긋난다며 피터가 쫓아 버렸기 때문이다. 어쨌든 지금 네버랜드에는 쌍둥이 두 명을 포함해 모두 여섯 명의 소년들이 있었다. 이 소년들을 훔쳐보자. 사탕수수밭에서 제각기 단검을 쥐고 한 줄로 살그머니 움직이는 요 아이들을 말이다.

아이들은 직접 잡은 곰의 가죽으로 만든 옷을 입고 있었다. 이것은 피터가 아이들이 자기와 비슷하게 보이는 것을 엄격하게 금지했기 때문이다. 곰 가죽으로 만든 옷은 둥글둥글하고 털이 복슬복슬해서 넘어지기라도 하면 데굴데굴 구르기 일쑤였다. 그래서 소년들은 한 걸음 한 걸음 정확하게 내딛는 버릇이 생겼다.

가장 앞에 있는 소년이 투틀즈다. 투틀즈는 겁쟁이라기보다 무리에서 가장 운이 나쁜 소년이다. 투틀즈는 다른 소년들보다 모험에 참여한 숫자가 적었는데, 그 이유는 그가 다른 일로 잠

깐 자리를 비우기만 하면 큰 사건이 계속 터졌기 때문이었다. 사방이 평온해 보여 투틀즈가 잠깐 이때다 싶어 땔감을 구하러 갔다 와보면, 다른 아이들은 이미 한 건 끝내고 피를 닦고 있는 식이었다. 이런 불운이 자꾸 쌓이다 보니 투틀즈의 얼굴에는 침울한 빛이 서리게 되었다. 하지만 본래 타고난 성품으로 그런 표정이 다소 누그러진 탓에 투틀즈는 소년들 중에서 가장 겸손해 보였다.

가엾은 투틀즈, 오늘 밤에는 네 앞에 위험이 기다리고 있단다. 오늘은 되도록 모험과 마주치지 않도록 해. 만약 모험과 마주쳤다가는 큰 화를 당할 테니까. 투틀즈, 오늘 요정 팅커 벨이 몹쓸 장난을 준비하고 있단다. 그 장난을 위해 미끼를 찾고 있어. 팅크는 네가 소년들 중에서 가장 속이기 쉽다고 생각하지. 팅커 벨을 조심해.

투틀즈가 이 이야기를 들을 수 있다면 얼마나 좋을까? 하지만 우리가 네버랜드에 있는 것도 아니고. 투틀즈는 그저 손가락을 깨물며 지나갈 뿐이다.

그 뒤를 이어 유쾌하고 활달한 소년 닙스가 지나간

다. 그 뒤로 나무를 잘라 만든 피리를
불며 흥겹게 춤추는 슬라이틀리가 보인다. 슬라
이틀리는 소년들 중에서 가장 잘난 척이 심하다. 그는 집을 잃
어버리기 전의 일들을 전부 기억한단다. 그 시절의 예절이나 관
습을 안다는 생각에 슬라이틀리는 항상 콧대가 높다. 네 번째로
컬리가 지나간다. 컬리는 자주 곤경에 처한다. 컬리는 장난꾸러
기인지라 피터가 "누구 짓인지 앞으로 나와."라고 엄하게 말할
때마다 거의 매번 앞으로 나가곤 한다. 이제는 자기가 한 짓이
든 아니든 자동으로 앞으로 나간다.

맨 뒤에 쌍둥이가 있다. 쌍둥이에 대해서는 설명할 수가 없
다. 둘이 똑같이 생겨서 누가 누군지 헷갈릴 수 있기 때문이다.
피터는 쌍둥이가 무엇인지 알지 못했다. 그리고 피터의 부하들
은 피터가 모르는 것을 알면 안 되었다. 그래서 쌍둥이는 자신
들도 누가 누군지 밝히려고 하지 않았다. 그저 왠지 미안한 마

103

음에 꼭 붙어 다니는 걸로 피터에게 만족감을 주려고 노력했다.

소년들이 어둠 속으로 사라지자 잠깐의 정적 뒤 해적들이 나타났다. 그도 그럴 것이 활기가 넘치는 네버랜드에서 정적이 오래갈 리 없다.

해적들은 모습을 드러내기 전에 항상 소리가 먼저 들려온다. 언제나 무시무시한 노래를 불러 대기 때문이다.

밧줄을 던져라.
영차영차, 끌어 올려라.
해적들이 나가신다.
대포에 맞아 뿔뿔이 흩어져도
분명 저 아래에서 다시 만나리.

처형장에서 줄지어 교수형을 당한 이들도 저렇게 흉악하게 생기지는 않았으리라. 저기 앞에 나와 머리를 땅에 대고 귀를 기울이는 해적은 잘생긴 이탈리아인 세코였다. 그는 우락부락한 맨 팔을 드러내고, 귀에는 스페인 은화를 매달고 다닌다. 그는 가오에 있는 교도소 소장의 등짝에 자신의 이름을 칼로 새겼다고 한다.

그의 뒤에 있는 덩치 큰 흑인은 이름이 수없이 많다. 구아조모 강둑에서 흑인 엄마들이 아이들에게 겁을 주기 위해 그의 이름을 들먹일 때마다 이름을 바꾸었기 때문이다. 그 뒤 온몸 가득 문신을 한 자가 빌 주크스다. 월러스호에서 플린트 선장에게 매를 72대나 맞고 나서야 금화 주머니를 내려 놓았다는 바로 그 빌 주크스다.

그 밖에도 블랙 머피의 형제로 알려진(하지만 증명되지는 않았다) 쿡슨, 한때 공립학교의 수위였던 탓에 살인에 조심스러운 모습을 보이는 신사 스타키, 스카이라이츠(모건의 스카이라이츠), 아일랜드인 갑판장으로 사람을 칼로 찌를 때조차 반칙을 쓰지 않는 상냥한 성격이자 후크의 선원들 중에서 유일하게 비국교도인 스미, 항상 뒷짐을 지고 있는 누들러, 로버트 멀린스, 알프 메이슨, 카리브 해에서 오랫동안 악명을 떨치며 공포의 대상으로 자리 잡은 여러 악당들이 있다.

하지만 이렇게 어두운 무리 중에서도 가장 시커멓고 커다란 보석은 제임스 후크다. 그는 늘 자신의 이름을 '재스'라고 썼다. 소문에 의하면 후크는 시쿡(《보물섬》에 나오는 악명 높은 외다리 선장 롱 존 실버를 가리킴-옮긴이)이 유일하게 두려워한 상대라고 한다. 그는 부하들이 끌고 가는 조잡한 마차에 편하게 누워 있다. 이따금씩 오른손 대신 달린 쇠갈고리를 흔들어 부하들에게 더 빨리 가라고 명령했다. 이 악당은 부하들을 개 부리듯 했고, 부하들도 개처럼 복종했다.

그의 생김새는 이러했다. 얼굴빛은 마치 시체처럼 거무스름했고 검은 곱슬머리는 조금 멀리서 보면 검은 양초처럼 보였다. 머리카락만 빼면 험상궂은 전체 인상과 달리 잘생긴 얼굴이었다. 눈동자는 물망초처럼 파랬고, 깊은 우수에 젖어 있었다. 하지만 쇠갈고리를 휘두를 때는 시뻘건 불꽃이 이글이글 불타올랐다.

한편 그의 몸가짐에서는 귀족 같은 분위기가 풍겼다. 쇠갈고리로 누군가를 발기발기 찢어 놓을 때조차 그런 분위기가 풍겼다. 그가 훌륭한 이야기꾼이라는 소문도 있었다. 그는 사악한 행동을 할 때일수록 정중하게 행동했는데, 어쩌면 이것은 가정 교육을 잘 받았음을 나타내 주는 가장 확실한 증거일지도 모르겠다. 심지어 욕할 때조차 교양 있는 말투를 사용한다는 사실은 그의 남다른 몸가짐만큼이나 그가 그의 선원들과는 다른 계급 출신임을 나타내 주었다.

불굴의 용기를 가진 그가 유일하게 두려워하는 것이 있었으니, 바로 자신의 피를 보는 일이었다. 그의 피는 진한 데다 색깔이 이상했다.

그는 찰스 2세를 연상시키는 옷차림을 하고 다녔다. 막 해적이 되었을 때 비운의 스튜어트 왕가 사람들을 닮았다는 말을 들은 것이 계기가 되었다고 한다. 그는 시가 두 대를 한 번에 피울 수 있는 파이프를 자신이 직접 발명하여 입에 물고 다녔다. 뭐라고 해도 그의 외모 중에서 가장 무시무시한 것은 바로 쇠갈고리 손이었다.

자, 그럼 후크의 행동 방식을 보여 주기 위해 해적 한 명을 죽여 보도록 하겠다. 스카이라이츠가 좋을 것 같다. 다른 해적들과 함께 지나가던 스카이라이츠가 칠칠맞지 못하게 비틀거리다 후크 선장과 부딪친다. 그 바람에 그의 레이스 칼라가 구겨진다.

쇠갈고리가 홱 튀어 나오더니 뭔가 찢어지는 소리와 함께 외마디 비명이 들린다. 순식간에 시체 하나가 발에 차여 옆으로 내동댕이쳐진다. 해적들은 계속 가던 길을 가고, 후크의 입에는 계속 시가가 물려 있다.

이렇게 무시무시한 남자가 피터 팬을 적으로 생각하고 있다. 과연 누가 이길까?

해적들이 지나간 자리에, 인디언들이 익숙하지 않은 사람들 눈에는 보이지 않는 '출정의 길'을 따라 소리 없이 움직였다. 그들은 도끼와 칼을 들었고, 벌거벗은 몸은 물감과 기름을 칠해 번들거렸다. 그들은 피카니니 부족이다. 온순한 델라웨어 부족이나 휴런 부족과 혼동하지 말기 바란다. 몸에 두른 소년들과 해적들의 머리 가죽을 봐라.

맨 앞에서 기어가는 자는 '위대한 어린 표범'으로, 수많은 적을 무찌른 매우 용맹한 전사다. 그는 너무 많은 머리 가죽을 두르고 있다 보니 앞으로 나아가기가 힘들 정도다. 가장 위험한 위치인 맨 끝자리에는 명실상부한 부족의 공주, 타이거 릴리가 당당하게 서 있다. 그녀는 가장 아름다운 여전사이자 피카니니 부족 최고의 미인이다. 요염하면서도 차가운 면모를 지닌 그녀는 사랑에 약했다. 피카니니 부족의 용맹한 전사라면 누구나 그녀를 아내로 맞이하고 싶어했지만, 그녀는 결혼 대신 도끼를 손에 쥐었다.

인디언들은 나뭇가지가 떨어진 땅 위를 소리 하나 내지 않고 지나갔다. 들리는 소리라고는 거친 숨소리뿐이었다. 사실 그들

은 그동안 먹어 대기만 한 탓에 조금씩 몸집
이 불어 있지만 금방 다시 날렵해질 것이
다. 하지만 지금은 불어난 몸집이 그들의
가장 큰 약점이었다.

　인디언들이 그림자처럼 나타났다 사라지
자, 이내 들짐승들이 모습을 드러냈다. 사
자, 호랑이, 곰 그리고 맹수들로부터 도망
치는 덩치 작은 야생동물들이 한데 뒤섞
여 들짐승들의 거대한 무리가 행렬을 이루
었다. 이 섬에서 들짐승들, 특히 사람을 잡아
먹는 짐승들은 서로 가까이 붙어서 살아간다. 그런 그들이 오늘
밤은 배가 고파서 혀를 쭉 내밀고 있었다.

　들짐승들이 지나가자 맨 마지막으로 거대한 악어가 등장했
다. 지금 악어가 누구를 찾고 있는지는 금방 알게 될 것이다.

　악어가 지나가자 곧이어 소년들이 다시 모습을 드러냈다. 네
버랜드에서는 한 무리가 멈추거나 속도를 바꾸지 않는 한, 똑같
은 행렬이 끝없이 반복된다. 다들 뒤에 다른 무리를 단 채 나아
가는 꼴이다.

　모두들 바짝 긴장한 채 앞을 살피고 있지만, 위험이 뒤에서 엄
습하리라고는 아무도 예측하지 못한다. 정말 대단한 섬이다.

　빙빙 원을 그리며 도는 행렬에서 가장 먼저 벗어난 무리는 소

년들이었다. 그들은 땅속 집 근처에 다다르자, 풀밭으로 몸을 던졌다.

"피터가 돌아왔으면 좋겠어."

모두들 초조해하며 한마디씩 했다. 그들은 모두 키나 몸집이 피터보다 훨씬 컸는데도 피터가 없어서 불안해 했다.

"해적을 두려워하지 않는 사람은 나뿐이야."

슬라이틀리가 잘난 체를 하며 말했다. 하지만 멀리서 무슨 소리가 들리자 불안해졌는지 재빨리 이렇게 덧붙였다.

"하지만 피터가 돌아와서 신데렐라 이야기를 더 해줬으면 좋겠어."

소년들은 신데렐라에 대해 이야기했다. 투틀즈는 자기의 엄마가 신데렐라와 비슷했을 거라고 믿었다.

그들은 피터가 없을 때만 엄마 이야기를 입에 올릴 수 있었다. 피터가 시시하고 바보 같다며 엄마 이야기를 금지시켰기 때문이다.

"내가 엄마에 대해 기억하는 건, 엄마가 아빠한테 자주 '아, 나에게 수표장이 있다면 얼마나 좋을까?'라고 말했다는 거야. 수표장이 뭔지는 모르겠지만 난 엄마한테 꼭 그걸 주고 싶어."

닙스가 말했다.

소년들이 이야기하는 동안 멀리서 무슨 소리가 들렸다. 숲속에서 살아 본 적이 없는 여러분이나 나한테는 아무 소리도 들리지 않았지만, 소년들에게는 들렸다. 그것은 무시무시한 노랫소리였다.

에야디야, 에야디야!
해적의 삶이란,
해골과 뼈가 그려진 깃발이지.
즐거운 시간, 목 매는 밧줄,
바다 귀신 데비 존스 만세.

'집을 잃어버린 소년'들은 어디 있을까? 그들은 더는 그곳에 없었다. 산토끼도 그들보다 빨리 사라지지 못했을 것이다.

소년들이 어디 있는지 알려 주겠다. 잽싸게 적을 살피러 간 닙스를 제외하고 소년들은 이미 땅속에 있는 집으로 들어가 있었다. 그곳은 앞으로 자주 등장하게 될 장소로, 매우 포근한 보금자리다. 그런데 그들은 어떻게 그렇게 빨리 집에 들어갈 수 있었을까? 눈에 보이는 입구도 없을뿐더러 덤불에 가려진 동굴 입구가 있는 것도 아닌데 말이다. 하지만 자세히 살펴보면 일곱 그루의 커다란 나무가 보일 것이다. 나무들은 모두 속이 텅 비어 있고 소년 하나가 들어갈 만큼 나무 줄기 안의 공간은 넉넉하다. 그게 바로 땅속 집으로 통하는 입구다. 후크 선장은 수많은 밤을 이 입구를 찾기 위해 애썼지만 모두 헛수고였다. 과연 오

늘밤에는 찾을 수 있을까?

해적들이 지나가고 있는데, 눈썰미 좋은 스타키의 눈에 닙스가 숲속으로 사라지는 모습이 보였다. 스타키는 곧바로 권총을 꺼내 들었다. 하지만 쇠갈고리가 그의 어깨를 꽉 움켜잡았다.

"선장님, 놔주세요."

스타키가 괴로워서 몸부림치며 외쳤다.

드디어 후크 선장의 목소리를 들을 기회가 왔다. 그것은 매우 섬뜩했다.

"그 권총부터 내려놓지."

섬뜩한 목소리가 위협하듯 말했다.

"선장님이 싫어하시는 소년들 중 한 명입니다. 제가 권총으로 쏴서 죽일 수 있어요."

"그래, 그 소리에 타이거 릴리의 인디언들이 우리 쪽으로 달려오겠지. 머리 가죽 벗겨지고 싶어?"

"선장님, 그럼 제가 녀석을 쫓아가 '코르크 병마개 따개 조니'로 없앨까요?"

스미가 물었다. 스미는 모든 물건에 재미있는 이름을 붙이기를 좋아했는데, '코르크 병마개 따개 조니'는 그가 쓰는 단검을 가리켰다. 날이 약간 구부러진 단검으로 상대방을 찌른 뒤 마치 코르크 병마개 따개처럼 빙글빙글 돌려 깊숙이 상처를 낸다는 뜻에서 붙인 이름이었다. 스미에게는 매력적인 면이 꽤 많았다.

예를 들어 스미는 사람을 죽이고 난 뒤 무기 대신 안경을 닦았다.

"조니는 조용한 녀석이지요."

그가 선장에게 상기시켰다.

"지금은 아니야, 스미. 지금 녀석은 겨우 하나야. 나는 일곱 녀석을 전부 해치우고 싶어. 모두 흩어져서 녀석들을 찾아보도록!"

해적들이 나무 사이로 사라지자 후크 선장과 스미만 남았다. 후크는 깊은 한숨을 내쉬었다. 왜 그랬는지 모르겠지만 해질 무렵 은은한 빛의 저녁 풍경 때문이 아닐까 싶다. 문득 그는 충직한 그의 갑판장에게 자신의 인생 역정에 대해 털어놓고 싶어졌다. 그는 오랫동안 진지하게 이야기했다. 하지만 약간 아둔한 스미는 그가 무슨 얘기를 하는지 조금도 알아듣지 못했다. 하지만 곧 피터라는 이름이 귀에 쏙 들어왔다.

후크 선장이 격렬해진 목소리로 말했다.

"무엇보다 난 녀석들의 대장, 피터 팬을 붙잡고 싶어. 내 팔을 자른 녀석 말이지."

그가 쇠갈고리를 위협적으로 휘둘렀다.

"이 쇠갈고리로 녀석과 악수할 날만을 기다리고 있지. 아, 난 녀석을 찢어 버릴 거야."

"선장님은 종종 쇠갈고리가 스무 개의 손만큼 가치가 있다고 말씀하셨잖아요. 머리를 빗을 때나 집안일을 할 때도 그렇고요."

"그렇지. 내가 엄마라면 내 아이들에게 손 대신 쇠갈고리를 가지고 태어나게 해달라고 기도하겠어."

대장은 이렇게 대답하고는 자랑스러운 표정으로 쇠갈고리 손을 바라보았고 다른 쪽 손은 경멸스러운 눈빛으로 쳐다보았다. 그러더니 다시 얼굴을 찌푸렸다.

"피터는 마침 지나가던 악어에게 내 손을 던져 주었지."

그가 움찔하는 표정으로 말했다.

"어쩐지 선장님이 이상하리만치 악어를 무서워하신다 했습니다."

스미가 말했다.

"악어를 전부 무서워하는 게 아니야."

후크가 스미의 말을 바로잡았다.

"그 악어 하나만 무서워하는 거지."

그러더니 그가 목소리를 낮추었다.

"스미, 그 악어는 내 손을 너무도 좋아해서 그 뒤로 바다고 땅이고 나만 쫓아다녀. 내 몸의 나머지도 먹고 싶어서 입맛을 다시면서 말이야."

"어떻게 보면 칭찬 같기도 하네요."

스미가 말했다.

"난 칭찬 따위는 필요 없어."

후크가 버럭 화를 냈다.

"난 그 악어한테 내 손을 맛보게 한 피터 팬 녀석이 필요하다고!"

그는 커다란 버섯 위에 앉았다. 이제 그의 목소리가 떨리고 있었다.

그가 쉰 목소리로 말했다.

"스미, 그 악어는 진즉에 나를 잡아먹을 수도 있었어. 하지만 운 좋게도 악어가 시계를 삼키는 바람에 배 속에서 '째깍째깍' 소리가 나지. 그래서 난 악어가 다가오기 전에 시계 소리를 듣고 도망칠 수 있어."

후크가 공허하게 웃었다.

"언젠가 시계가 멈출텐데, 그러면 그놈이 선장님을 덮칠 거예요."

스미가 말했다.

"그래. 그 두려움이 계속 나를 괴롭히고 있지."

후크는 마른 입술을 적셨다.

그런데 후크는 버섯에 앉은 뒤로 이상하게 밑부분에서 따뜻한 기운을 느꼈다.

"스미, 이 자리가 뜨겁군."

그가 벌떡 일어났다.

"앗, 뜨거워. 맙소사. 데일 뻔했잖아."

그들은 버섯을 살펴보았다. 크기로 보나 단단함으로 보나 이섬에서 처음 보는 버섯이었다. 당겨 보자 버섯이 쑥 뽑히는 게아닌가. 그 버섯에는 뿌리가 없었다. 그보다 더 이상한 것은 연기가 피어오르기 시작했다는 거였다. 두 해적은 서로 쳐다보며소리쳤다.

"굴뚝이다!"

그들은 정말로 땅속에 있는 집의 굴뚝을 발견했다. 소년들은적들이 근처에 있을 때는 버섯으로 굴뚝을 막곤 했다.

하지만 굴뚝에서는 연기만 피어오르는 게 아니었다. 아이들의 목소리까지 흘러나왔다. 소년들은 은밀하게 숨겨진 보금자리에서 즐겁게 수다를 떨고 있었다. 해적들은 굳은 표정으로 귀를 기울이더니 버섯을 제자리에 올려놓았다. 그들은 주변을 살피다 일곱 그루의 나무에 구멍이 나 있다는 사실을 알아차렸다.

"저 녀석들이 피터가 집에 없다고 말하는 걸 들으셨나요?"

스미가 '코르크 병마개 따개 조니'를 만지작거리며 속삭였다.

후크는 고개를 끄덕였다. 그는 한동안 생각에 잠겨 서 있었다. 이윽고 후크의 거무스름한 얼굴에 오싹한 미소가 번졌다. 바로 스미가 기다려 온 순간이었다.

"계획을 알려 주세요, 선장님."

기대감에 들뜬 스미가 말했다.

후크의 입에서 천천히 대답이 흘러나왔다.

"일단 배로 돌아가서 초록색 설탕이 잔뜩 뿌려진 커다랗고 기름진 케이크를 만드는 거야. 저 아래 집은 굴뚝이 하나니까 방도 틀림없이 하나일 거야. 그런데 저 멍청한 두더지들은 문이 일곱 개나 있을 필요가 없다는 사실도 몰랐지. 녀석들에게 엄마가 없다는 증거야. 우리는 케이크를 '인어의 호수' 옆에 가져다 놓을 거야. 녀석들은 늘 거기에서 인어와 장난치며 수영하고 놀잖아. 케이크를 발견하면 신나게 먹어 치우겠지. 녀석들은 엄마가 없으니 기름지고 촉촉한 케이크가 얼마나 위험한지 모르거든."

그가 웃음을 터뜨렸다. 이번에는 공허한 웃음이 아니라 진짜 웃음이었다.

"하하, 녀석들은 죽게 되겠지!"

선장의 말을 열심히 듣던 스미는 점점 더 감탄을 금치 못했다.

"그렇게 사악하고 교묘한 계획은 처음 들어 봅니다."

스미가 외쳤다. 두 해적은 흥에 겨워 춤추고 노래했다.

모두들 주목, 내가 나타나면

녀석들은 두려움에 꼼짝 못하지.

후크의 쇠갈고리 손과 악수하면

넌 뼈도 못 추리겠지.

그들의 노래는 이내 끊겼다. 또 다른 소리가 들려왔기 때문이었다. 처음에 그 소리는 나뭇잎이 떨어지는 소리에도 묻힐 정도로 작았지만 점점 더 또렷하게 들려왔다.

"째깍째깍."

후크는 춤추느라 들었던 한쪽 발을 미처 내리지도 못한 채 벌벌 떨었다.

"악어다."

그는 숨을 헐떡이면서 재빨리 뛰어갔고, 그 뒤를 그의 갑판장이 뒤따랐다.

그것은 정말로 악어였다. 악어는 해적들을 추적하고 있는 인디언들을 지나쳐 후크를 따라 유유히 기어갔다.

소년들이 다시 밖으로 나왔다. 하지만 그날 밤의 위험은 아직 끝나지 않았다. 곧이어 닙스가 늑대 무리에 쫓겨 헐레벌떡 달려왔다. 늑대들은 혀를 축 늘어뜨리고 끔찍한 소리로 울부짖었다.

"살려 줘! 살려 줘!"

닙스가 넘어지면서 외치는 소리가 들렸다.

"하지만 어떻게 해야 되지? 어떻게 해야 되지?"

이렇게 긴급한 상황에서 소년들이 전부 피터를 떠올린다는 걸 피터가 알았다면 매우 우쭐할 터였다.

"피터라면 어떻게 할까?"

소년들은 동시에 외쳤다.

그리고 또다시 거의 동시에 외쳤다.

"피터라면 자기의 다리 사이로 늑대들을 쳐다볼 거야."

그러자 "그럼 피터가 하는 대로 해보자."라고 외치는 소리가 들렸다.

사실 이것은 늑대들을 물리칠 수 있는 가장 효과적인 방법이다. 그들은 하나같이 전부 몸을 앞으로 숙인 채 다리 사이로 늑대들을 쳐다보았다. 그 다음 순간은 무척 길게만 느껴졌지만 곧바로 승리가 찾아왔다. 소년들이 이렇게 괴상망측한 자세로 기선을 제압하자 늑대들이 꼬리를 축 내리고 줄행랑을 쳤으니까.

닙스가 땅에서 일어났다.

다른 소년들은 그가 늑대들을 빤히 쳐다보는 줄 알았다. 하지만 닙스가 본 건 늑대가 아니었다.

"난 더 멋진 걸 봤어."

그의 말에 소년들이 기대에 찬 표정으로 몰려들었다.

"아주 커다란 흰 새야. 이쪽으로 날아오고 있어."

"어떤 새인데?"

"모르겠어."

닙스가 위엄에 눌린 표정으로 말했다.

"하지만 무척 힘들어 보였어. '불쌍한 웬디'라고 끙끙거리면서 날았거든."

"'불쌍한 웬디'라고?"

"기억나. 웬디라는 이름의 새가 있어."

슬라이틀리가 말했다.

"봐, 저기 온다."

컬리가 하늘을 나는 웬디를 가리켰다.

이제 웬디는 소년들 머리 바로 위에 있었고, 소년들은 웬디가 애처롭게 우는 소리를 들을 수 있었다. 하지만 그보다 더 또렷하게 들리는 건 팅커 벨의 날카로운 목소리였다. 질투심에 사로잡힌 요정은 이제 가식적인 우정의 가면 따위는 벗어 버리고 사방에서 달려들어 웬디를 가차 없이 꼬집었다.

"야, 팅크."

소년들이 궁금해하며 팅커 벨을 불렀다.

팅커 벨이 종소리 같은 목소리로 대답했다.

"피터가 너희더러 웬디를 쏘래."

소년들은 피터의 명령이라면 절대로 토를 다는 법이 없었다.

"피터가 하라는 대로 하자."

단순한 소년들이 다 함께 외쳤다.

"빨리 활과 화살을 가져오자."

투틀즈를 제외하고 모두들 나무 속으로 들어갔다. 그는 활과 화살을 가지고 있었다. 그 사실을 알아차린 팅크는 자그마한 손을 비비며 말했다.

"빨리, 투틀즈. 서둘러. 피터가 무척 기뻐할 거야."

팅크가 크게 소리 질렀다.

투틀즈는 신난 표정으로 활에 화살을 걸었다.

"비켜, 팅크."

그는 이렇게 소리치고 화살을 쏘았다. 웬디는 가슴에 화살을 맞고 땅으로 떨어졌다.

123

06

작은 집

바보 같은 투틀즈가 마치 정복자가 된 표정으로 쓰러진 웬디를 내려다보고 있을 때, 무장한 소년들이 나무에서 튀어나왔다.

"너흰 이미 늦었어. 내가 벌써 웬디를 쏘았거든. 피터가 날 엄청 칭찬해 줄 거야."

투틀즈가 자랑스러워하며 외쳤다.

팅커 벨은 머리 위에서 "바보 멍청이." 하고 외치고는 땅속 은신처로 잽싸게 들어가 버렸다. 소년들은 팅커 벨의 말을 듣지 못했다. 그들은 빙 둘러선 채 쥐 죽은 듯이 고요한 침묵 속에서 웬디를 내려다보았다. 만약 웬디의 심장이 뛰고 있었다면 분명히 소년들에게 들렸을 것이다.

슬라이틀리가 제일 먼저 말문을 열었다.

"이건 새가 아니야. 내 생각에 이건 숙녀가 틀림없어."

겁에 질린 목소리였다.

"숙녀라고?"

투틀즈는 온몸이 덜덜 떨렸다.

"그런데 우리가 숙녀를 죽인 거야."

닙스가 쉰 목소리로 말했다.

그들은 전부 모자를 벗었다.

"이제야 알겠다. 피터는 숙녀를 우리에게 데려오던 중이었던 거야."

컬리는 슬퍼하면서 바닥에 털썩 주저앉았다.

"마침내 우리를 보살펴 줄 숙녀가 왔는데, 네가 죽여 버렸어."

쌍둥이 중 한 명이 말했다.

소년들은 투틀즈가 불쌍했지만, 자기들이 더 불쌍하게 느껴졌다. 그래서 투틀즈가 소년들에게 한 걸음 다가서자 모두 고개를 돌렸다.

투틀즈의 얼굴은 하얗게 질렸지만, 예전에는 결코 찾아볼 수 없었던 비장함이 묻어났다.

"내가 그랬어."

그가 생각에 잠긴 채 말했다.

"꿈에서 숙녀들이 나타나면 난 '예쁜 엄마, 예쁜 엄마' 하고 부르곤 했어. 그런데 마침내 숙녀가 정말로 내 앞에 나타났는데, 난 숙녀를 쏴버렸어."

투틀즈가 천천히 몸을 돌렸다.

"가지 마."

모두들 일제히 외쳤다.

"가야만 해. 난 피터가 너무 무서워."

투틀즈가 떨면서 말했다.

그런데 바로 그 비극적인 순간, 심장이 밖으로 튀어나올 것 같은 소리가 들려왔다. 그건 바로 피터가 내는 "꼬끼오" 소리였다.

"피터다!"

소년들이 소리쳤다. 피터는 항상 그 소리를 내며 자신이 돌아왔음을 알렸다.

"숙녀를 숨기자."

소년들은 작은 소리로 중얼거리며 서둘러 웬디를 빙 둘러쌌다. 하지만 투틀즈는 따로 떨어져 서 있었다.

또다시 "꼬끼오" 소리가 나더니 피터가 소년들의 앞에 모습을 드러냈다.

"인사해라, 소년들아."

피터의 말에 소년들이 기계적으로 거수경례를 했지만, 이내 침묵이 흘렀다.

피터는 얼굴을 찡그렸다.

"내가 돌아왔다. 왜 다들 환호하지 않는 거지?"

발끈한 목소리였다.

소년들은 입을 열었지만 환호 소리가 나오지 않았다. 피터는 빨리 기쁜 소식을 전하고 싶은 마음에 이상한 낌새를 눈치채지 못했다.

"애들아, 좋은 소식이 있어. 내가 드디어 너희들을 위해 엄마를 데려왔거든."

하지만 여전히 침묵이 이어졌다. 투틀즈가 털썩 무릎을 꿇는 소리 외에는.

"혹시 너희들 못 봤니?"

조금씩 신경이 쓰이기 시작한 피터가 물었다.

"이쪽으로 날아왔는데."

"아아!"

누군가 외쳤다.

"아, 비극적인 날이야."

또 다른 누군가가 말했다.

투틀즈가 자리에서 일어나더니 조용히 말했다.

"피터, 내가 숙녀를 보여 줄게."

나머지 소년들이 여전히 웬디를 숨기고 있을 때 투틀즈가 말했다.

"저리 비켜, 쌍둥이야. 피터가 볼 수 있게."

피터가 볼 수 있도록 소년들이 모두 물러섰다. 피터는 잠시 동안 웬디를 쳐다보았다. 어떻게 해야 할지 알 수 없었다.

"웬디가 죽었어."

피터가 언짢은 듯이 말했다.

"웬디는 죽는 걸 무서워했을 텐데."

피터는 웬디가 보이지 않을 때까지 깡충 뛰어가서 웬디가 누워 있는 이곳에 다시는 오지 않을까도 생각해 보았다. 만약 피터가 그랬다면 소년들도 기꺼이 따라 했을 것이다.

하지만 화살이 있었다. 피터는 웬디의 가슴에서 화살을 뽑아 들고 소년들을 마주보았다.

"누구 화살이지?"

피터가 엄한 목소리로 물었다.

"내 거야, 피터."

투틀즈가 무릎을 꿇은 채 대답했다.

"이 비겁한 녀석."

피터는 마치 단검인 것처럼 화살을 높이 들어 올렸다.

투틀즈는 움찔하지 않다. 맨 가슴을 드러내고 단호하게 말했다.

"찔러, 피터. 정말로 찔러."

피터는 화살을 두 번 들어 올렸지만 두 번 모두 손을 내렸다.

"찌를 수가 없어."

피터가 놀랍다는 듯이 말했다.

"누가 내 손을 붙잡는 것 같아."

모두들 의아한 듯 피터를 쳐다보았는데, 닙스는 다행히 웬디를 쳐다보았다.

"그건 숙녀야. 웬디 숙녀. 봐, 숙녀의 팔이야."

신기하게도 정말로 웬디는 팔을 올리고 있었다. 닙스는 경건하게 웬디에게로 몸을 숙여 귀를 기울였다.

"'불쌍한 투틀즈'라고 말하는 것 같아."

닙스가 속삭였다.

"웬디는 살아 있어."

피터가 짤막하게 말했다.

슬라이틀리가 곧바로 소리쳤다.

"웬디 숙녀가 살아 있어."

무릎을 꿇고 웬디를 살피던 피터는 자신의 단추를 발견했다. 여러분도 기억하겠지만 웬디는 피터가 준 단추를 목에 걸고 있었다. "화살이 여기에 맞은 거군. 내가 웬디에게 준 키스야. 이게 웬디를 구했어."

피터가 말했다.

"나도 키스가 기억나. 어디 좀 봐봐. 그래, 키스가 맞네."

슬라이틀리도 재빨리 끼어들었다.

피터는 그 말을 듣지 못했다. 그는 웬디에게 빨리 나아서 인어를 보러 가자고 애원하고 있었으니까. 물론 웬디는 아직도 정신을 잃은 상태라 대답하지 못했다. 대신 머리 위에서 누군가 울부짖는 소리가 들려왔다.

"팅크의 소리야. 웬디가 살아서 저렇게 우는 거야."

컬리가 말했다.

소년들은 피터에게 팅크가 꾸민 범행에 대해 말해야만 했다. 그 말을 들은 피터는 한 번도 본 적 없는 엄한 표정을 지었다.

"잘 들어, 팅커 벨. 난 더는 너의 친구가 아니야. 영원히 내 앞에서 사라져 버려."

팅크가 피터의 어깨로 날아와 애원했지만, 피터는 팅크를 손으로 밀쳐 냈다. 웬디가 또다시 팔을 들어 올리자 피터는 그제야 화가 조금 누그러져서 말했다.

"그럼 영원히는 아니고 일주일 동안만이야."

여러분은 팅커 벨이 팔을 들어 올린 웬디에게 고마워했을 거라고 생각하는가? 천만에. 팅크는 그때만큼 웬디를 꼬집고 싶었던 적이 없었다. 요정들은 정말로 이상하다. 피터는 그 사실을 누구보다 잘 알기에 종종 볼기짝을 찰싹 때려 주곤 했다.

그나저나 힘없이 쓰러져 있는 웬디를 어떻게 해야 할까?

"땅속 집으로 옮기자."

컬리가 제안했다.

"그래. 숙녀한테는 그렇게 해야지."

슬라이틀리도 말했다.

"안 돼, 안 돼. 웬디에게 손대서는 안 돼. 그건 무례한 짓이야."

피터가 말했다.

"나도 그렇게 생각했어."

슬라이틀리가 말했다.

"하지만 저렇게 누워 있으면 죽고 말거야."

투틀즈가 말했다.

"맞아. 죽고 말거야. 하지만 방법이 없어."

슬라이틀리도 인정했다.

"아니, 있어. 웬디 주위에 작은 집을 짓는 거야."

피터가 외쳤다.

소년들은 모두 즐거워했다.

"얼른 가서 우리가 가진 것 중에 가장 좋은 것들만 가져와. 집을 털어 오는 거야. 다들 서둘러."

소년들은 순식간에 결혼식을 하루 앞둔 재봉사들처럼 바빠졌다. 모두들 이불을 가지러 내려가거나 장작을 가지러 올라가는 등 계속 왔다 갔다 했다. 그 사이 존과 마이클이 나타났다. 그런데 그들의 걷는 모습이 이상했다. 그들은 잠이 든 채로 느릿느릿 걷다가, 우뚝 멈춰 섰다가, 다시 눈을 뜨고 한 걸음 걸었다.

"형, 형. 일어나. 나나하고 엄마는 어디 있어?"

그러자 존이 눈을 비비며 중얼거렸다.

"정말이네. 우리가 진짜 하늘을 날았어."

그러니 그들이 피터를 발견했을 때 얼마나 안도했을지 짐작이 갈 것이다.

"안녕, 피터."

존과 마이클이 피터에게 말했다.

"안녕."

피터도 친절하게 인사했지만 그들을 잘 기억하지는 못했다. 그때 피터는 웬디에게 얼마나 큰 집이 필요한지 웬디의 키를 발걸음으로 재보느라고 정신이 없었다. 물론 피터는 의자와 테이블을 놓을 자리도 남겨 둘 생각이었다. 존과 마이클은 그런 피터를 지켜보았다.

"웬디 누나 자는 거야?"

존과 마이클이 물었다.

"그래."

"존 형. 누나를 깨워서 저녁밥을 만들어 달라고 하자."

마이클이 말했다. 그때 몇 명의 소년들이 집 짓는 데 사용할 나뭇가지를 들고 우르르 몰려왔다.

"저들 좀 봐!"

마이클이 소리쳤다.

"컬리."

피터가 자신이 낼 수 있는 가장 대장다운 목소리로 말했다.

"컬리. 이 애들도 집 짓는 걸 도와줄 거다. 알겠나?"

"네, 네, 대장님."

"집을 짓는다고?"

존이 크게 소리쳤다.

"웬디를 위한 집이야."

컬리가 말했다.

"웬디를 위한 집이라고? 어째서, 웬디 누나는 그냥 여자애일 뿐이잖아."

존이 아연실색하며 물었다.

"그렇기 때문에 우리가 웬디의 하인이 된 거야."

컬리가 설명했다.

"너희가? 웬디의 하인들이라고!"

"맞아. 너희도 마찬가지야. 쟤들을 따라가."

두 형제는 너무도 놀란 채로 끌려가서 나무를 패고, 자르고, 또 나르고 했다.

"의자하고 벽난로 울타리를 먼저 만들어. 그러고 나서 그 둘레에 집을 짓는 거다."

피터가 지시했다.

"그래. 집은 그렇게 짓는 거지. 이제 전부 생각났어."

슬라이틀리가 말했다.

피터는 하나도 빠뜨리지 않고 꼼꼼하게 챙겼다.

"슬라이틀리, 가서 의사를 불러와."

피터가 지시했다.

"네, 네."

슬라이틀리는 즉시 대답했다. 그런 다음 머리를 긁적이며 사라졌다. 피터의 말에 무조건 복종해야 한다는 걸 알고 있는 터였다. 잠시 뒤 슬라이틀리는 존의 모자를 쓰고 근엄한 모습으로 나타났다.

"실례합니다. 의사 선생님이신가요?"

피터가 슬라이틀리에게 다가가 물었다.

이런 경우 피터가 소년들과 다른 점은 소년들은 이게 꾸며 낸 상황이라는 걸 알지만, 피터는 현실과 꾸며 낸 상황을 똑같이 생각한다는 점이다. 피터의 그런 점은 때때로 소년들을 곤란하게 만들었다. 예를 들어 저녁을 먹지 않고도 먹은 척해야 할 때처럼 말이다.

피터는 소년들이 꾸며 낸 상황에 맞게 제대로 대처하지 못하면 그들의 손가락 마디를 찰싹 때렸다.

"그렇단다, 애야."

수도 없이 맞아 손가락 마디가 다 터진 슬라이틀리가 초조해하며 말했다.

"의사 선생님, 숙녀분이 많이 아파서 누워 있어요."

피터가 설명했다.

웬디는 그들의 발 아래에 누워 있었지만 슬라이틀리는 그쪽을 쳐다보지 말아야 한다는 것을 잘 알고 있었다.

"쯧쯧쯧. 숙녀분은 어디에 누워 있지?"

그가 말했다.

"저기 작은 빈터에요."

"입속에 유리로 된 기구를 넣겠네."

피터가 지켜보는 가운데 슬라이틀리는 웬디의 입에 유리 기구를 넣는 시늉을 했다. 유리 기구를 다시 빼낼 때가 몹시도 초조한 순간이었다.

"좀 어떤가요?"

피터가 물었다.

"쯧쯧쯧. 이제 다 나았단다."

슬라이틀리가 말했다.

"정말 다행이에요."

피터가 외쳤다.

"저녁에 다시 들르마. 주둥이가 달린 컵에다 쇠고기 수프를 넣어서 먹이려무나."

슬라이틀리는 존에게 모자를 돌려 준 뒤 "휴" 하고 크게 숨을 내쉬었다. 어려운 상황에서 벗어날 때마다 하는 습관이었다.

한편 숲속은 도끼질 소리로 활기에 넘쳤다. 아늑한 보금자리를 만드는 데 필요한 모든 재료가 이미 웬디의 발치에 놓여 있었다.

"숙녀가 어떤 집을 제일 좋아하는지 안다면 좋을 텐데."

누군가 말했다.

"피터, 숙녀가 자면서 움직이고 있어."

또 다른 누군가가 소리쳤다.

"숙녀의 입술이 움직였어. 아, 예쁘다!"

이번엔 어떤 소년이 웬디의 입을 조심스럽게 쳐다보면서 외쳤다.

"아마도 자면서 노래를 부르려는 걸 거야."

피터가 말했다.

"웬디, 어떤 집을 가지고 싶은지 노래해 봐."

그러자 웬디가 곧바로 눈을 뜨지도 않은 채 노래하기 시작했다.

난 예쁜 집을 갖고 싶어.

작고 귀여운 빨간 벽에

이끼로 덮여 있는 초록 지붕을 가진

세상에서 가장 아담한 집.

웬디의 노래를 들은 소년들은 좋아서 까르륵거렸다. 마침 그들이 준비한 나뭇가지가 붉은 수액으로 끈적거리는 데다 땅에는 카펫처럼 이끼가 깔려 있었기 때문이었다.

그들은 뚝딱뚝딱 웬디를 위한 작은 집을 지으면서 노래를 부르기 시작했다.

우린 작은 벽과 지붕을 만들었어요.

예쁜 문도 달았지요.

그러니 말해 주세요, 웬디 엄마

뭐가 더 필요하세요?

그러자 웬디가 좀 더 욕심을 내어 답가를 불렀다.

아, 그렇다면 이번에는

화사한 창문을 가질래.

장미꽃은 창문 안을 들여다보고

아기들은 창문 밖을 내다보겠지.

소년들은 벽을 주먹으로 몇 번 두드리더니 뚝딱 창문을 만들었다. 그리고 커다랗고 노란 나뭇잎으로 블라인드를 만들었다. 그런데 장미꽃은?

"장미꽃이라!"

피터가 심각한 표정으로 외쳤다.

소년들은 재빨리 벽에 달라붙어 세상에서 가장 예쁜 장미가 벽을 타고 자라는 시늉을 했다.

그럼 아기는?

소년들은 피터가 아기를 데려오라고 명령하기 전에 서둘러 다시 노래를 불렀다.

장미꽃이 창문 밖을 쳐다보고

아기들이 문가에 있어요.

하지만 우리는 아기가 될 수 없어요.

왜냐하면 우리는 예전에 이미 아기였기 때문이죠.

노래가 마음에 든 피터는 마치 자기가 만든 노래인 것처럼 굴었다. 집은 무척 아름다웠다. 집 안에 있어서 안 보였지만 그 안에 있는 웬디도 무척이나 포근했으리라.

피터는 성큼성큼 왔다 갔다 하면서 마무리 작업을 지시했다. 그 무엇도 독수리처럼 날카로운 피터의 눈을 피해갈 수 없었다. 집이 완벽하게 완성된 것처럼 보였을 때였다.

"문고리가 없잖아."

피터가 말했다.

소년들은 매우 당황했다. 이때 투틀즈가 자신의 신발 밑창을 내놓았다. 그것은 문고리로 안성맞춤이었다.

소년들은 이제야말로 집이 완벽하게 완성되었다고 생각했다.

하지만 천만의 말씀이었다.

"굴뚝이 없잖아. 굴뚝은 꼭 있어야 해."

피터가 말했다.

"당연히 집에는 굴뚝이 있어야지."

존이 거드름 피우며 한마디했다.

그 순간 피터는 좋은 생각이 떠올랐다. 피터는 존의 모자를 휙 낚아채 모자 밑바닥을 뚫어 버리더니 지붕 위에 올려놓았다. 멋진 굴뚝이 생겨서 고맙다고 인사하듯 곧바로 모자에서 연기가 피어오르기 시작했다.

이제 정말로 집이 다 지어졌다. 남은 일은 집에 "똑똑" 노크를

하는 일뿐이었다.

"모두 최고로 멋져 보여야 해.
첫인상은 정말로 중요하니까."
피터가 소년들에게 주의를 주었다.
피터는 첫인상이 뭐냐고 묻는 사람이
없어서 다행이라고 생각했다. 소년들은 멋

져 보이기 위해 분주했기 때문이다.

피터가 예의 바르게 문을 두드렸다.

숲은 아이들만큼이나 고요했다. 나뭇가지에 앉아 그들을 바라보며 코웃음 치는 팅커 벨의 소리 빼고는 사방은 쥐 죽은 듯이 고요했다.

소년들은 노크 소리에 정말 누군가가 답할지 궁금했다. 만약 숙녀가 나온다면, 어떤 모습일까?

드디어 문이 열리고 숙녀가 나왔다. 웬디였다. 소년들은 모두 모자를 벗었다.

웬디는 무척 놀란 듯했다. 소년들이 바라던 모습 그대로였다.

"여기가 어디지?"

숙녀가 물었다.

가장 먼저 입을 연 것은 당연히 슬라이틀리였다.

"웬디 숙녀, 우리가 당신을 위해 이 집을 지었어요."

"오, 마음에 든다고 말해 주세요."

닙스가 외쳤다.

"예쁘고 사랑스러운 집이야."

웬디가 말했다. 소년들이 숙녀에게 듣고 싶었던 바로 그 말이었다.

"우린 당신의 아이들이에요."

쌍둥이가 외쳤다.

소년들은 일제히 무릎을 꿇고 팔을 벌리며 외쳤다.

"오, 웬디 숙녀, 우리의 엄마가 되어 주세요."

"내가?"

웬디의 얼굴이 환해졌다.

"물론 그건 너무도 멋진 일이야. 하지만 너희들도 알다시피 난 아직 어린 여자애일 뿐이야. 실제로 아이를 키워 본 경험도 전혀 없는걸."

"그건 상관없어."

피터가 그런 문제에 대해 다 아는 사람은 자기뿐이라는 듯이 말했다. 하지만 사실 피터야말로 가장 아는 게 없었다.

"우리에게 필요한 건 엄마처럼 다정한 사람이거든."

"세상에! 맞아, 나도 내가 바로 그런 사람이라고 생각해."

웬디가 말했다.

"그럼요, 그럼요. 우린 단번에 그걸 느꼈어요."

소년들이 다 함께 소리쳤다.

"그럼 좋아. 난 최선을 다할게. 얼른 안으로 들어오렴. 말썽꾸러기 아이들아, 너희들 발이 모두 젖었잖아. 너희들을 재우기 전에 신데렐라 이야기를 마저 들려줄게."

소년들은 작은 집 안으로 들어갔다. 어떻게 그렇게 작은 집에 모두 들어갔는지 잘 모르겠지만, 네버랜드에서는 어디든 몸을 비집고 들어갈 수 있었다. 그날부터 소년들은 웬디와 함께 수많은 즐거운 밤을 보내게 되었다.

웬디는 땅속 집에 있는 커다란 침대에 아이들을 하나씩 눕혀 재워 주었다. 하지만 자신은 작은 집에서 잤다. 피터는 칼을 꺼내들고 집 밖을 지켰다. 저 멀리 해적들이 술을 마시며 흥청거리는 소리와 늑대들이 어슬렁거리는 소리가 들려왔기 때문이다.

블라인드 사이로 환한 불빛이 새어 나오고, 굴뚝에서는 아름다운 연기가 피어오르고, 밖에서는 피터가 보초를 서고 있는, 그 작은 집은 어둠 속에서도 무척 아늑하고 안전해 보였다.

잠시 뒤 피터는 잠이 들었고, 진탕 마시고 휘청거리며 집으로 돌아가던 몇몇 요정들은 피터를 타고 넘어가야만 했다. 만약 피터가 아니라 다른 소년들이 요정들의 밤길을 가로막았다면 못된 장난을 쳤겠지만, 피터였기 때문에 살짝 코만 비틀고 지나갔다.

07

땅속 집

이튿날 피터가 가장 먼저 한 일은 속 빈 나무를 찾기 위해 웬디와 존, 마이클의 몸 치수를 잰 것이었다. 여러분도 후크가 사람 수만큼 나무 입구를 만들어 놓았다고 비웃었던 게 기억날 것이다. 하지만 그것은 후크가 뭘 모르고 한 소리다. 나무 구멍이 몸에 딱 맞지 않으면 오르내리기가 힘들기 때문이다. 그런데 아이들은 저마다 몸 치수가 다르지 않은가. 나무 구멍이 딱 맞으면 위에서 숨을 들이마신 뒤 조금씩 내쉬면서 적당한 속도로 내려갈 수 있다. 그리고 올라올 때는 숨을 번갈아 들이마시고 내쉬면서 꿈틀꿈틀 잘 올라올 수 있다. 물론 익숙해지면 일부러 생각하지 않아도 저절로 할 수 있게 된다. 그러면 보기에도 정말로 우아해 보인다.

하지만 그러려면 무조건 몸이 나무 구멍에 딱 맞아야만 한다. 그래서 피터는 마치 옷을 맞추듯이 몸에 딱 맞는 나무를 찾기 위해 세심하게 몸의 치수를 잰다. 옷은 사람 치수에 맞게 만들지만, 지금은 몸을 나무 치수에 맞춘다는 것만 다를 뿐이다. 대개 이런 일은 간단히 해결된다. 옷을 많이 껴입거나 적게 입으면 된다. 하지만 몸이 특이하게 울퉁불퉁하거나 이상한 모양의 나무밖에 없을 때는 피터가 손을 써서 몸에 딱 맞게 해줄 것이다. 일단 몸을 나무에 맞추고 나면 계속 그 상태를 유지하기 위하여 세심하게 신경 써야만 한다. 덕분에 모든 식구가 완벽한 몸매를 유지하게 된다. 나중에 이 사실을 안 웬디도 무척 기쁘고 만족스러워했다.

웬디와 마이클은 단 한 번에 몸에 꼭 맞는 나무를 찾았지만 존은 약간 손을 봐야만 했다.

세 아이는 며칠 동안 연습한 끝에 마치 우물 안 양동이처럼 나무속을 즐겁게 오르내릴 수 있게 되었다. 그리고 그들은 땅속 집을 너무도 좋아하게 되었다. 특히 웬디가 그랬다. 땅속 집은 모든 집이 그러해야 하듯 하나의 커다란 방으로 되어 있었고, 바닥을 파서 낚시도 할 수 있었다. 바닥에 자라는 알록달록하고 통통한 버섯들은 의자로 사용했다. 방 한가운데에는 끈질기게 자라나는 '네버 나무'가 한 그루 있었다. 소년들은 매일 아침마다 톱을 이용해 바닥 높이에 맞춰 나무 줄기를 밑동까지 잘라 버렸다. 그렇지만 차 마실 시간쯤 되면 나무는 항상 2피트(약 70센티미터―옮긴이)쯤 자라 있었다. 소년들은 그 위에 문짝을 올려놓고 테이블로 사용했다. 하지만 차를 다 마시고 나면 놀이 공간이 좀 더 생기도록 다시 나무를 잘라 버렸다. 또 집 안에는 엄청나게 큰 벽난로가 있었다. 어찌나 큰지 방 안 어디에서나 불을 붙일 수 있을 정도다. 웬디는 그 앞에 식물의 수염뿌리를 끈 삼아 걸어 두고 빨래를 널었다. 침대는 낮에는 벽에 세워 놓다가 저녁 6시 30분이 되면 다시 내려놓았는데, 그러면 방이 절반쯤은 가득 찼다. 마이클만 빼고 모두 한 침대에서 깡통 통조림에든 정어리들처럼 다닥다닥 붙어 잠을 잤다. 이 침대에서는 돌아누우면 안 된다는 엄격한 규칙이 있었다. 다만 한 사람이 신호를 보내면 모두가 한번에 돌아누울 수 있었다. 물론 마이클도그 침대에서 자야 했지만 웬디는 아기가 있었으면 했고 마이클이 소년들 중에서 가장 어렸다. 엄마들이 늘 그렇게 하듯, 마이클은 공중에 매달린 작고 기다란 바구니 안에서 자야만 했다.

땅속 집은 마치 아기 곰들이 땅속에 지은 집처럼 거칠고 단순했다. 벽에 새장 크기만 하게 푹 들어간 공간이 하나 있었는데, 그곳은 바로 팅커 벨의 전용 아파트였다. 그 아파트는 작은 커튼을 치면 방 안과 완전히 분리되었다. 깔끔 떨기로 유명한 팅크는 옷을 입을 때나 벗을 때면 항상 커튼을 쳐두었다. 세상에 팅크만큼 아름다운 옷장을 가진 여자는 없으리라.

팅크가 '소파'라고 부르는 긴 의자는 곤봉처럼 생긴 다리가 달린 진짜 '맵 여왕' 상표의 제품이었다. 게다가 팅크는 제철을 맞은 과일 꽃에 따라 침대 커버도 항상 바꾸었다. 그리고 팅크의 거울은 '장화 신은 고양이' 상표의 제품으로 요정 상인들에 따르면 이렇게 흠집 하나 없는 제품은 세상에 딱 세 개만 남아 있다고 한다. 세면대는 파이 껍질 제품으로 뒤집어서 사용할 수 있고, 옷장은 차밍 6세가 썼던 것과 똑같은 제품이며, 카펫과 깔개는 마저리와 초기 로빈 시대의 최상품이었다.

티들리윙크스에서 나온 샹들리에도 있었지만 팅크는 항상 자신의 몸에서 나오는 빛으로 방 안을 밝혔다. 팅크는 집 안의 다른 곳들을 경멸했는데, 어쩌면 당연한 건지도 모르겠다. 팅크의 방은 아름다웠지만 하늘 높은 줄 모르게 치켜 올린 콧대처럼 거만해 보였다.

팅크의 방을 보고 가장 부러워한 사람은 웬디였다. 천방지축 말썽쟁이 소년들 때문에 웬디는 할 일이 산더미처럼 많았기 때문이다. 웬디는 저녁 때나 되어서야 자러 가기 위해 땅 위로 나갈 수 있었다. 과장이 아니라 웬디는 요리하느라 계속 냄비에 코를 파묻고 있을 지경이었다.

그들이 주로 먹는 음식은 구운 빵과 과일, 고구마, 코코넛, 구운 통돼지, 마메이 애플(mammee apple, 열대 과일의 종류 - 옮긴이), 바나나였고 모든 재료는 조롱박 나무 열매를 바가지 삼아 씻었다. 하지만 언제 진짜 음식을 먹고 언제 가짜 음식을 먹는 시늉만 할지는 알 수 없었다. 피터의 변덕스러운 기분에 달려 있었기 때문이다. 피터는 놀이로 생각할 때만 진짜 음식을 먹었 다. 그저 배부르기 위해서 먹는 것을 싫어했다. 하지만 배터지 게 먹는 일이야말로 아이들이 가장 좋아하는 일이 아니던가. 그 다음으로 좋아하는 일은 배터지게 먹는 것에 대해 이야기하는 것이다. 피터는 가짜 음식을 먹을 때도 어찌나 진짜처럼 먹는 지 배가 실제로 점점 불룩하게 나왔다. 물론 아이들에게는 짜증 나는 일이었지만, 아이들은 피터가 하는 대로 따를 수밖에 없었 다. 하지만 살이 빠져서 나무에 딱 맞지 않고 헐렁해졌다는 사 실을 증명해 보이면 피터는 소년들을 배터지게 먹게 해주었다.

아이들이 모두 잠자리에 들고 나면 웬디는 바느질을 했다. 웬 디가 가장 좋아하는 시간이기도 하다. 웬디의 표현대로 그때가 되어서야 웬디는 숨 돌릴 시간이 생겼다. 웬디는 아이들에게 입 힐 새 옷을 만들기도 하고, 무릎 부분에 두 겹으로 천을 덧대기 도 했다. 웬디는 발꿈치마다 구멍이 난 양말로 가득한 바구니를 앞에 놓고, 두 팔을 벌리면서 탄식하곤 했다.

"휴, 어쩔 때는 혼자 사는 여자들이 부럽기도 해."

하지만 이렇게 소리치는 웬디의 얼굴은 환하게 빛나곤 했다.

여러분은 웬디의 애완동물인 늑대를 기억할 것이다. 얼마 뒤 에 벌어질 일이지만, 웬디는 네버랜드에 와서 그 늑대를 발견했는데, 그 순간 웬디와 늑대는 서로의 품으로 달려들었다. 그 뒤로 늑대는 웬디의 뒤만 졸졸 따라다녔다.

시간이 흐르면서 웬디는 사랑하는 부모님을 많이 떠올렸을까? 이것은 대답하기가 어려운 질문이다. 왜냐하면 네버랜드에서는 시간이 어떻게 흐르는지 설명하기가 어렵기 때문이다. 네버랜드에서는 해와 달로 시간을 계산하는데, 그곳에는 해와 달이 엄청나게 많이 있다. 어쨌든 웬디는 엄마 아빠에 대해 별로 걱정하지 않았다. 웬디는 자신이 언제든지 날아서 돌아갈 수 있도록 엄마 아빠가 항상 창문을 열어 놓았을 것이라고 굳게 믿었고, 그 덕분에 마음이 편안했다. 하지만 가끔씩 웬디를 불안하게 만든 건 존이 엄마 아빠를 예전에 알았던 사람들 정도로 어렴풋이 기억하는 것과 마이클이 자신을 진짜 엄마로 생각하려고 한다는 사실이었다.

이로 인해 겁이 난 데다 자신의 의무를 다해야 한다는 생각에 웬디는 동생들이 예전 생활에 대한 기억을 잃지 않도록 예전에 다니던 학교에서 하던 것처럼 시험 문제를 내기로 했다. 다른 소년들은 이에 엄청나게 관심을 보이면서 끼워 달라고 졸랐다. 그들은 직접 석판까지 만들어 탁자에 둘러앉았다. 웬디가 다른 석판에 문제를 내주면 모두들 돌려가며 읽고는 문제의 답을 열심히 생각하고 적었다. 시험 문제는 다음과 같이 매우 평범한 것들이었다.

'엄마의 눈동자 색깔은 무엇이었을까? 엄마와 아빠 중에 누가 더 키가 컸을까? 엄마의 머리 색깔은 금색이었을까, 갈색이었을까? 이 세 가지 질문에 모두 답하세요.'

'지난 휴가 때 한 일과 엄마와 아빠의 성격 비교하기 중에서 한 가지 주제를 골라 40자 이내로 글을 쓰세요.'

'(1) 엄마의 웃음소리를 묘사하세요. (2) 아빠의 웃음소리를 묘사하세요. (3) 엄마의 야회복을 묘사하세요. (4) 우리 집 개와 개집을 묘사하세요.'

이렇게 시험 문제는 매우 일상적인 내용이었다. 정답을 적지 못하면 문제에 'X표'를 해야 했다. 존의 시험지에 'X표'가 몇 개나 되는지 세어 보는 것은 끔찍한 일이었다. 물론 모든 문제에 전부 답한 유일한 사람은 슬라이틀리였다. 당연히 슬라이틀리가 성적도 1등이라고 생각하겠지만, 그가 적은 답은 완전히 터무니없는 내용으로 실제로는 꼴등이었다. 정말로 안타까운 일이었다.

피터는 시험을 보지 않았다. 그 이유는 첫째, 그가 웬디를 제외하고 세상의 모든 엄마들을 얕잡아 보기 때문이었고 둘째, 그는 섬에서 간단한 단어조차 읽고 쓸 줄 모르는 유일한 소년이기 때문이었다. 하지만 피터는 그런 것 따위에는 조금도 신경 쓰지 않았다.

그런데 웬디의 시험 문제는 전부 과거 시제로 되어 있었다.

'엄마의 눈동자 색깔은 무엇이었을까?'처럼 말이다. 웬디 역시 예전 일을 잊어버리고 있었다.

네버랜드에서는 매일 모험이 일어났다. 하지만 요즘 피터는 웬디의 도움을 받아 만든 새로운 놀이에 푹 빠져 있었다. 물론 갑자기 싫증을 내기 전까지는. 앞에서 말한 것처럼 피터는 모든 놀이마다 푹 빠졌다가도 갑자기 싫증을 내곤 했다. 피터가 요즘 푹 빠진 놀이란 모험이 없는 척하기, 다시 말해 존과 마이클이 예전에 항상 하던 평범한 일들을 하는 거였다. 의자에 앉아 공을 던진다거나 서로 민다거나 산책을 나갔다가 회색 곰을 죽이지 않고 돌아오는 일 따위였다. 아무것도 하지 않고 의자에 앉아 있는 피터의 모습은 정말 엄청난 볼거리였다. 그럴 때면 피터는 엄숙해 보이려고 애쓰지 않을 수 없었는데, 그렇게 얌전히 앉아 있는 것이 피터에게는 무척이나 재미있는 일이었다. 피터는 건강을 위해 산책을 나갔다 왔다고 자랑하기도 했다. 며칠 동안 피터에게 이 놀이는 정말로 새롭고 신기한 모험이었다. 존과 마이클도 재미있는 척을 해야만 했다. 안 그랬다가는 피터가 몹시 고약하게 굴기 때문이었다.

피터는 가끔씩 혼자 밖에 나갔다. 혼자 나갔다 돌아온 피터가 모험을 하고 왔는지는 확실히 알 수 없었다. 피터가 까맣게 잊어버리고 아무 말도 하지 않을 때도 밖에 나가 보면 시체가 있기도 했다. 반대로 피터가 굉장한 모험을 했다며 장황하게 떠들어도 밖에 나가 보면 시체가 보이지 않을 때도 있었다. 때로 피터는 머리에 붕대를 감고 돌아오기도 했다. 그럴 때마다 웬디는 피터를 어르고 달래서 미지한 물로 씻겨 주었다. 그러는 동안 피터는 황홀한 모험 이야기를 들려주었다. 하지만 웬디는 피터의 이야기를 전부 믿을 수 없었다.

그러나 웬디가 확실히 믿을 수밖에 없는 모험도 많았다. 대체로 웬디가 함께 겪은 모험들이 그랬고, 피터와 함께 있었던 소년들이 모두 진짜라고 말해 줄 경우에만 어느 정도 믿을 수 있었다.

모든 모험들을 이야기하자면 국어사전만큼 두꺼운 책이 나올 것이다. 가장 좋은 방법은 섬에서 흔히 일어나는, 한 시간 동안의 사건을 보여 주는 것이리라. 어떤 모험을 선택할지가 어렵지만 말이다. 슬라이틀리 협곡에서 인디언들과 벌인 전투는 어떨까? 그것은 피비린내 나는 싸움이었고 피터의 특이한 버릇을 보여 준다는 점에서 더욱 흥미롭다. 그 버릇이란 한창 싸우는 도중에 갑자기 편을 바꾸는 거였다. 그날 협곡에서는 전세가 이쪽으로 기울었다 저쪽으로 기울었다 치열한 전투가 벌어지고 있었는데, 피터가 갑자기 소리쳤다.

"난 오늘 인디언이야. 넌 뭐야, 투틀즈?"

그러자 투틀즈가 대답했다.

"인디언. 넌 뭐야, 닙스?"

이에 닙스가 대답했다.

"나도 인디언. 너희들은 뭐야, 쌍둥이야?"

이렇게 소년들은 모두 인디언이 되었다. 물론 그랬으니 당연히 그날의 전투는 곧바로 끝났어야 했다. 진짜 인디언들이 피터의 별난 놀이에 반하는 바람에 그날 자기들이 '집을 잃어버린 소년'들이 되겠다고 하지만 않았어도 말이다. 결국 전투는 계속되었고, 그 어느 때보다 격렬했다.

이 모험의 특이한 결말은······. 아, 하지만 우리가 이 모험에 대해 이야기하기로 결정한 건 아니다. 인디언들이 땅속 집을 습격한 일을 설명하는 게 더 나을지도 모르겠다. 그때 몇몇 인디언들은 나무 구멍에 몸이 끼는 바람에 코르크 마개처럼 빼내야 했다. 아, 아니면 피터가 '인어의 호수'에서 타이거 릴리의 목숨을 구해 주고 자기편으로 만들었던 이야기도 있다.

또 해적들이 소년들을 죽이기 위해 케이크를 만들었던 사건도 있다. 해적들은 매번 교묘한 장소에 케이크를 갖다 두었지만 그때마다 웬디가 아이들의 손에서 케이크를 낚아챘다. 시간이 지나자 케이크는 마르기 시작하더니 돌처럼 딱딱해졌고 아이들이 미사일 삼아 던져 버렸다. 후크는 밤에 그 케이크에 걸려 넘어지고 말았다.

피터의 친구인 새들에 대해 말할 수도 있다. '네버 새'는 호숫가에 있는 나무에 둥지를 틀었는데 둥지가 그만 물에 빠졌다. 하지만 어미 새는 물 위에 떠 있는 둥지에서 여전히 알을 품었

고, 이에 피터는 새를 방해하지 말라는 명령을 내렸다.

새가 얼마나 은혜를 잘 갚는 동물인지 알 수 있는 흐뭇한 이야기지만, 이 이야기를 하려면 호수에서 일어난 모험에 대해 전부 말해야 한다. 그러니까 하나가 아니라 두 개의 모험에 대해서 말해야 하는 것이다. 그중에서 짧지만 매우 흥미진진한 이야기가 있는데, 팅커 벨이 길거리 요정들의 도움을 받아 잠자는 웬디를 커다란 나뭇잎에 태워 물에 떠내려가게 하려던 사건이다. 다행히 나뭇잎이 물에 가라앉는 바람에 잠에서 깬 웬디는 목욕 시간이라 착각하며 다시 헤엄쳐 나왔다.

이것도 아니면 피터가 사자들에게 도전한 사건에 대해서 이야기할 수도 있다. 피터는 자신의 주변에 화살로 원을 그리고 사자들에게 넘어와 보라고 도전장을 던졌다. 소년들과 웬디가 나무 뒤에서 숨죽인 채 지켜보는 가운데 피터는 몇 시간이나 기다렸지만, 사자들은 한 마리도 감히 그 도전을 받아들이지 못했다.

이 모험들 중에서 뭘 선택해야 할까? 그래, 제비뽑기를 하자.

제비뽑기를 한 결과 호수 이야기가 뽑혔다. 협곡에서의 전투나 해적들의 케이크, 팅크의 나뭇잎 이야기가 뽑히기를 바란 사람도 있을 것이다. 내가 다시 동전을 던져서 그 셋 중 하나를 뽑을 수도 있지만 호수 이야기로 하는 것이 제일 공평할 듯하다.

08

인어의 호수

운이 좋으면 눈을 감았을 때 아름답지만 흐릿한 색깔을 가진 형태 없는 웅덩이가 어둠 속에서 떠도는 모습을 이따금씩 볼 수 있을 것이다. 그때 눈을 더 꼭 감으면 웅덩이에 형태가 생기기 시작하고 색깔이 더 선명해진다. 거기에서 한 번만 더 눈을 꼭 감으면 색깔들이 불타오르게 된다. 그렇게 색깔들이 불타오르기 직전에 '인어의 호수'가 보인다. 만약 한순간이 더 있다면 파도와 인어들의 노랫소리도 들을 수 있으리라.

아이들은 자주 이 호수에서 기나긴 여름을 보냈다. 대부분 수영을 하거나 그저 둥둥 떠 있기도 하고 인어 놀이를 하기도 했다. 하지만 그렇다고 인어들이 아이들과 친하다고 생각해서는 안 된다. 오히려 그 반대였다. 웬디는 네버랜드 섬에서 지내는 동안 인어들에게 다정한 말을 한마디도 듣지 못했다. 웬디는 이를 가장 유감스럽게 생각했다. 호숫가로 살금살금 다가가면, 스무 마리 정도의 인어들을 볼 수 있었다. 인어들은 특히 '고립된 자들의 바위'에서 한가하게 머리를 빗거나 일광욕을 하곤 했다. 웬디는 발끝으로 살살 헤엄쳐서 인어들 바로 1미터 앞까지 다가간 적도 있었다. 하지만 웬디를 본 인어들은 꼬리로 웬디에게 물을 튀기면서 물속으로 들어가 버렸다. 우연이 아니라 고의로 물을 튀긴 거였다.

인어들은 다른 아이들에게도 똑같이 대했다. 물론 피터는 제외였다. 피터는 '고립된 자들의 바위'에서 인어들과 몇 시간씩 수다를 떨었고, 인어들이 건방지게 굴면 꼬리를 깔고 앉기도 했다. 피터는 웬디에게 인어들의 빗을 가져다주기도 했다.

인어들의 가장 인상적인 모습을 볼 수 있을 때는 달이 떠오르는 무렵이다. 그때가 되면 인어들은 기묘한 울음소리를 낸다. 그때부터 '인어의 호수'는 위험한 장소가 된다. 웬디는 우리가 지금 이야기할 저녁 이전까지만 해도 달이 뜰 무렵의 호수를 한 번도 본 적이 없었다. 피터와 항상 같이 다녔기 때문에 무서워서 그런 건 아니었다. 웬디에게는 저녁 7시면 모두 잠자리에 들어야 한다는 엄격한 규칙이 있었기 때문이었다.

웬디는 비 온 뒤 활짝 갠 날이면 종종 호수에 갔다. 그런 날에는 평소보다 많은 인어들이 나와 물방울을 가지고 놀았다. 인어

들은 무지개물로 만들어진 물방울
을 마치 공처럼 꼬리로 서로 즐겁
게 튕기며 놀았고, 물방울이 터
지기 전에 무지개 속에 넣으려
고 했다. 무지개의 양쪽 끝이 골
문이었고, 오직 골키퍼들만 손을
사용할 수 있었다. 한 번에 수백
마리나 되는 인어들이 놀고 있을 때도 있는데 그것은 정말
로 아름다운 광경이다.

그러나 아이들이 같이 놀려고 하면, 인어들은 깜짝할 사이에
사라져 버렸다. 그래서 아이들은 결국 자기들끼리 놀 수밖에 없
었다. 하지만 인어들은 아이들을 몰래 지켜보았고, 아이들의 놀
이를 따라 하기도 했다. 그 증거로 존이 물방울을 손이 아닌 머
리로 튕기는 새로운 기술을 선보인 적이 있는데, 인어 골키퍼가
그것을 따라 한 것을 들 수 있다. 어쨌든 그건 존이 네버랜드에
남긴 하나뿐인 업적이기도 하다.

또 아이들이 점심 식사 뒤 30분 동안 바위에 앉아 쉬는 모습
도 정말 예쁜 광경이었다. 웬디는 이 휴식 시간을 꼭 가져야 한
다고 주장했다. 심지어 가짜로 점심을 먹는 흉내를 내었더라도
휴식 시간에는 진짜로 쉬어야 했다. 그래서 아이들은 햇살을 받
으며 바위에 누웠고, 웬디는 그동안 아주 중요한 일이라도 하는

표정으로 아이들 옆에 앉아 있었다. 그럴 때면 아이들 몸은 햇살에 반짝였다.

그날도 아이들은 '고립된 자들의 바위'에 누워서 쉬고 있었다. 바위는 땅속 집에 있는 침대만 하여 많이 크진 않았지만, 아이들은 좁은 공간을 여럿이 나눠 쓰는 법을 잘 알고 있었다. 아이들은 낮잠을 자거나 눈을 감고 누워 있었다. 어쩌다 웬디가 안 볼 때면 서로 꼬집기도 했다. 웬디는 바느질을 하느라 무척 바빴다.

웬디가 바느질을 하고 있을 때 호수에 뭔가 변화가 일어났다. 호수가 희미하게 떨리는가 싶더니 해가 사라지고 이내 그림자가 호수를 덮더니 추워졌다. 웬디는 더는 바늘에 실을 꿸 수 없었다. 주변을 둘러보니 방금 전까지만 해도 밝고 즐거웠던 호수가 무시무시하고 오싹한 곳으로 변해 있었다.

웬디는 밤이 온 게 아니라는 걸 알고 있었다. 밤처럼 어두운 무엇인가가 와 있었다. 아니, 그보다 더 나쁜 거였다. 그것은 아직 온 게 아니라 먼 바다에서 출렁거리는 물살만 보내고 있었다. 도대체 무엇인 걸까?

갑자기 웬디는 '고립된 자들의 바위'에 대해 들었던 온갖 이야기가 떠올랐다. 못된 선장들이 선원들을 이곳에 버려 물에 빠져 죽게 한 이야기였다. 조수가 높아지면서 바위가 물에 잠겨 빠져 죽었다고 한다.

웬디는 곧바로 소년들을 깨웠어야 했다. 알 수 없는 무엇인가가 그들을 향해 다가오고 있기도 했지만 차가워진 바위에서 자면 몸에 좋지 않기 때문이다. 하지만 아직 초보 엄마인 웬디는 그것까진 알지 못했다. 그저 점심 식사 뒤 30분 휴식이라는 규칙을 꼭 지켜야 한다는 생각뿐이었다. 그래서 웬디는 너무 무서워서 남자아이들의 씩씩한 목소리가 듣고 싶어도 그들을 깨우지 않았다. 심지어 희미하게 노 젓는 소리가 들려와 가슴이 "쿵쾅쿵쾅" 뛰어도 웬디는 그들을 깨우지 않았다. 아이들이 낮잠을 끝까지 잘 수 있도록 곁에 선 채로 아이들을 지켰다. 정말 용감한 행동이 아닌가?

하지만 다행히도 자면서도 위험을 감지할 수 있는 사람이 한 명 있었다. 피터는 사냥개처럼 단번에 눈을 번쩍 뜨더니 벌떡 일어났다. 그는 경고가 담긴 한 번의 우렁찬 외침으로 소년들을 깨웠다.

피터는 한 손을 귀에 대고 가만히 서 있었다.

"해적들이다!"

그의 외침에 소년들이 가까이 몰려들었다. 피터의 얼굴에 묘한 미소가 번졌다. 그 모습을 본 웬디는 몸서리가 쳐졌다. 피터의 얼굴에 그런 미소가 번졌을 때는 아무도 감히 그에게 말을 걸지 못했다. 그저 명령이 떨어지기만을 기다릴 뿐이었다. 곧바로 명쾌한 명령이 떨어졌다.

"물속으로 뛰어들어!"

아이들의 다리가 물속으로 사라지자 호수는 텅 비었다. '고립된 자들의 바위'는 마치 자기 자신이 버림받기라도 한 것처럼 으스스한 호수 위에 홀로 서 있었다.

배가 가까이 다가왔다. 작은 해적선에는 세 사람이 타고 있었다. 스미, 스타키, 포로로 붙잡힌 타이거 릴리였다. 손과 발목이 묶인 타이거 릴리는 자신에게 닥칠 운명을 알고 있었다. 그녀는 바위에 홀로 남겨져 죽게 될 터였다. 그것은 인디언들에게 불에 타 죽거나 고문당해 죽는 것보다 훨씬 끔찍한 최후였다. 인디언에 대한 책 어디에도 물속에는 행복한 사냥터로 통하는 길이 있다고 나와 있지 않기 때문이다. 하지만 그녀는 얼굴색 하나 변하지 않고 무표정한 얼굴을 하고 있었다. 그녀는 족장의 딸이므로 족장의 딸답게 죽음을 맞이해야 했다.

타이거 릴리는 입에 칼을 물고 해적선에 오르다 붙잡혔다. 해적선에는 망을 보는 사람이 하나도 없었다. 후크가 자신의 이름이 바람을 타고 날아가 반경 1킬로미터 이내에는 아무도 얼씬하지 못할 거라고 호언장담했기 때문이다. 타이거 릴리가 죽으면 후크의 해적선은 더욱 안전해질 것이다. 밤이 되면 후크의 악명과 함께 울부짖는 소리가 더 멀리 울려 퍼질 테니까.

두 해적은 자신들이 몰고 온 어둠 때문에 배가 바위에 부딪힌 것을 알지 못했다.

"뱃머리를 바람 부는 쪽으로 돌려, 이 풋내기야."

아일랜드 억양의 이 소리는 바로 스미의 목소리였다.

"바위에 도착했다. 이제 인디언을 묶은 채로 바위에 내려놓으면 돼. 알아서 빠져 죽겠지."

아름다운 여인을 '고립된 자들의 바위'에 내려놓고 가다니, 너무도 잔인한 일이었다. 하지만 자존심 센 타이거 릴리는 헛되게 저항하지 않았다.

바위 근처에서 해적들 몰래 두 개의 머리가 오르락내리락하고 있었다. 바로 피터와 웬디였다. 웬디는 처음 목격하는 비극 앞에서 울고 있었다. 피터는 그런 일들을 수없이 봤지만 전부 다 잊어버렸다. 피터는 웬디만큼 타이거 릴리를 안쓰럽게 여기지 않았다. 다만 피터는 두 명이 한 명을 공격했다는 사실에 화가 났다. 피터는 타이거 릴리를 구해 주기로 마음먹었다. 해적들이 사라질 때까지 기다렸다가 구하면 간단하겠지만, 쉬운 방법을 택할 피터가 절대 아니었다.

세상에 못하는 일이라고는 하나도 없는 피터가 후크의 목소리를 흉내 내기 시작했다.

"어이, 풋내기들."

피터가 소리쳤다. 정말로 후크의 목소리와 똑같았다.

"선장님이시다."

해적들은 깜짝 놀라서 서로를 바라보았다.

"여기로 헤엄쳐 오시는 게 분명해."

주위를 둘러봐도 후크가 보이지 않자 스타키가 말했다.

"지금 인디언을 바위에 내려놓을 거예요."

스미가 소리쳤다.

"그 인디언을 풀어 줘라."

예상 외의 대답이 들려왔다.

"풀어 주라니요!"

"그래. 밧줄을 풀어 놔주거라."

"하지만 선장님……."

"당장 시키는 대로 해라. 안 그러면 이 쇠갈고리를 휘둘러 찍어 버릴 테다."

"이상한데."

스미가 나지막하게 말했다.

"선장님의 명령에 따르는 게 좋겠어."

스타키가 불안해하며 말했다.

"그래, 그래."

스미는 타이거 릴리를 묶은 밧줄을 끊었다. 그녀는 뱀장어처럼 스타키의 다리 사이로 빠져 나가 물속으로 스르르 사라졌다.

웬디는 피터의 영리한 행동에 마냥 신났다. 한껏 기분이 좋아진 피터가 언제나처럼 "꼬끼오" 소리를 내어 정체가 드러날 것을 걱정한 웬디는 피터의 입을 막으려고 했다. 하지만 웬디의 손은 도중에 그대로 멈추고 말았다. "어이, 거기 배!" 하는 후크의 목소리가 호수에 울려 퍼졌기 때문이다. 이번에 그 목소리의 주인공은 피터가 아니었다.

신이 나서 "꼬끼오" 소리를 내려던 피터는 놀라움에 얼굴을 찌푸렸다.

"어이, 거기 배!"

똑같은 소리가 또 들렸다.

이제야 웬디는 무슨 일인지 알 수 있었다. 진짜 후크도 물속에 있었던 것이다.

후크는 배를 향해 헤엄쳐 가고 있었다. 부하들이 등불을 비춰준 덕분에 곧바로 배에 도착했다. 웬디는 불빛 속에서 후크의 쇠갈고리가 뱃전을 움켜쥐는 모습을 보았다. 뿐만 아니라 물을 뚝뚝 흘리며 물속에서 올라온 검고 사악한 얼굴을 보았다. 겁에 질린 웬디는 헤엄쳐서 도망치고 싶은 생각뿐이었다. 하지만 피터는 조금도 꿈쩍하지 않았다. 피터는 온통 생기가 넘쳐 흘렀고 자신감이 충만했다.

"난 정말 대단해. 정말 대단해!"

피터가 웬디에게 속삭였다. 웬디도 그렇게 생각하긴 했지만, 피터의 평판을 위해서라도 자기 외의 아무도 그 말을 듣지 못한 게 다행이라고 생각했다.

피터는 웬디에게 잘 들으라며 신호를 보냈다.

두 해적은 선장이 왜 여기까지 왔는지 몹시 궁금했다. 하지만 선장은 쇠갈고리로 이마를 짚은 채 몹시 우울한 자세로 앉아 있었다.

"선장님, 괜찮으세요?"

부하들이 주뼛주뼛 물었지만 공허한 신음만 들려올 뿐이었다.

"선장님이 한숨을 쉬시는데."

스미가 말했다.

"또 한숨을 쉬신다."

스타키가 말했다.

"벌써 세 번째로 한숨을 쉬시네."

스미가 말했다.

"무슨 일이세요, 선장님?"

그제야 후크가 격노하며 입을 열었다.

"이제 게임은 끝났어. 그 녀석들에게 엄마가 생겼다."

웬디는 겁에 질린 상태였지만, 이 말을 듣고 뿌듯함에 가슴이 벅차올랐다.

"아, 정말 운 나쁜 날이군!"

스타키가 소리쳤다.

"엄마가 뭔데요?"

무식한 스미가 물었다.

웬디는 충격에 그만 소리치고 말았다.

"엄마가 뭔지 모른다니!"

웬디는 이날 이후로 애완용으로 해적을 가질 수 있다면 스미가 적격이라고 생각하게 되었다. 피터가 웬디를 물속으로 끌어내렸다. 후크가 놀라서 소리쳤기 때문이다.

"방금 뭐였지?"

"전 아무 소리도 못 들었는데요."

스타키가 물 위로 등불을 비추었다. 주위를 둘러보던 해적들이 이상한 걸 발견했다. 그것은 아까 말한 적 있는 물 위에 떠 있는 둥지였다. 둥지 안에는 네버 새가 앉아 있었다.

"봐라. 저게 바로 엄마라는 거다. 얼마나 감동적이냐! 저 둥지는 물에 빠진 게 분명해. 하지만 어미 새가 알을 버리고 갔을까? 아니지."

후크가 스미의 질문에 답해 주었다.

잠시 순수했던 시절이 떠올랐는지 후크의 목소리가 갈라졌다. 하지만 그는 약한 마음을 떨쳐 내려고 쇠갈고리를 휘둘렀다.

스미는 감동에 젖어 물 위에 떠 있는 둥지를 가만히 바라보았다. 하지만 스타키는 의심이 많아서 이렇게 말했다.

"저 새가 엄마라면 피터를 도와주려고 여기서 얼쩡거리고 있는 건지도 몰라."

그 말에 후크가 움찔했다.

"그래. 그게 바로 나를 항상 괴롭히는 두려움이야."

그때 스미는 열띤 목소리로 낙담했던 후크를 다시 기운 차리게 할 말을 했다.

"선장님, 녀석들의 엄마를 납치해서 우리의 엄마로 삼으면 안 될까요?"

스미가 말했다.

"정말 훌륭한 계획이야."

후크가 소리쳤다. 그의 명민한 머릿속에서는 금세 구체적인 계획이 세워졌다.

"녀석들을 잡아서 배로 데려가는 거야. 녀석들은 뱃전에 걸쳐 놓은 널빤지 위를 걷게 해서 물에 빠뜨리고, 웬디는 우리의 엄마로 삼는 거야."

웬디는 또 다시 자기도 모르게 소리쳤다.

"절대 안 돼!"

웬디는 이렇게 소리치고 물속으로 다시 숨었다.

"방금 무슨 소리였지?"

하지만 해적들은 아무것도 보지 못했다. 그들은 그저 바람에 날리는 나뭇잎 소리라고 생각했다.

"내 계획에 찬성하나, 부하들?"

후크가 물었다.

"손을 들고 맹세합니다."

스미와 스타키가 말했다.

"난 내 쇠갈고리를 들고 맹세하지."

후크가 말했다.

이렇게 그들은 모두 맹세했다. 후크는 문득 타이거 릴리가 떠올랐다.

"그 인디언은 어디 있지?"

후크가 갑자기 물었다.

후크는 때로 유쾌한 농담을 하기도 했으므로 부하들은 이번에도 그가 농담을 한다고 생각했다.

"다 잘됐습니다, 선장님. 풀어 줬습니다."

스미가 만족스러워하며 대답했다.

"풀어 줬다고!"

후크가 소리쳤다.

"선장님이 그렇게 명령하셨잖아요."

갑판장이 더듬거리며 설명했다.

"선장님이 물속에서 그 인디언을 풀어 주라고 소리치셨잖아요."

스타키가 말했다.

"이런 뻔뻔스러운 놈들을 봤나. 날 속이려고 들어?"

후크는 분노로 얼굴이 붉게 변했다. 하지만 부하들의 표정을 보니 그들이 거짓말을 하고 있는 게 아님을 깨닫고 깜짝 놀랐다. 그는 몸을 부르르 떨면서 말했다.

"이 놈들아, 난 그런 명령을 한 적이 없다."

"지나가는 귀신이 그랬나 봐요."

스미가 말했다. 모두들 불안해하며 안절부절못했다. 후크 역시 한껏 목소리를 높였지만 목소리가 떨리고 있었다.

"오늘 밤 이 어두운 호수를 떠도는 망령이여, 내 말이 들리나?"

피터는 가만히 있어야 마땅했지만 물론 그러지 않았다. 그는 곧바로 후크의 목소리로 대답했다.

"아이고, 깜짝이야. 그럼, 잘 들리지."

귀신이 곡할 상황인데도 후크는 얼굴빛 하나 변하지 않았다. 하지만 스미와 스타키는 겁에 질려 서로 꽉 끌어안았다.

"낯선 자여, 너는 누구냐?"

후크가 말했다.

"난 제임스 후크다. 졸리 로저호의 선장이지."

목소리가 대답했다.

"말도 안 돼!"

후크가 쉰 목소리로 소리쳤다.

"이런 뻔뻔스러운 놈 같으니. 다시 한 번 그런 말을 했다가는 네 몸에 닻을 던져 버리겠다."

목소리가 말했다.

그러자 후크는 좀 더 싹싹한 투로 말했다. 좀 초라해 보일 정도였다.

"네가 정말로 후크라면 말해 봐라. 난 누구냐?"

"넌 대구야. 생선 대구일 뿐이야."

목소리가 대답했다.

"대구라고!"

후크는 어이없어하며 그 말을 되뇌었다. 그 순간 하늘 찌를 듯 높았던 그의 자부심이 두 동강 나버렸다. 그는 부하들이 자신에게서 물러서는 모습을 보았다.

"우리가 지금까지 대구를 선장으로 모셔 왔단 말이야? 정말 체면 깎이는 일이잖아."

그들이 중얼거렸다.

후크는 마치 주인을 물려고 달려드는 개처럼 구는 부하들 때문에 비극의 주인공이 되었지만, 그들에게 조금도 신경 쓰지 않

171

았다. 이렇게 무시무시한 상황에 맞서기 위해 그에게 필요한 건 부하들의 믿음이 아니라 자신에 대한 믿음이었다. 그는 자아가 자신을 빠져나가는 게 느껴졌다.

"날 떠나지 말아 줘."

그는 자신의 자아에게 낮은 목소리로 속삭였다.

모든 위대한 해적들이 그렇듯 후크는 어두운 본성 속에 여성스러운 면을 가지고 있었다. 때때로 이것은 직감적인 행동을 낳곤 했다. 그는 갑자기 스무고개 놀이를 생각해 냈다.

"후크, 또 다른 목소리도 있나?"

후크가 물었다.

게임이라면 사족을 못 쓰는 피터가 눈치 없게도 원래 목소리로 대답했다.

"있지."

"또 다른 이름도 있고?"

"그래, 그래."

"채소인가?

후크가 물었다.

"아니."

"그럼 광물인가?"

"아니."

"동물인가?"

"그래."

"남자 어른?"

"아니!"

조소가 담긴 대답이 울려 퍼졌다.

"그럼 소년?"

"그래."

"평범한 소년인가?"

"아니!"

"그럼 대단한 소년인가?"

웬디가 걱정하는 가운데, 이번에는 "그래."라는 대답이 울려 퍼졌다.

"영국에 있나?"

"아니."

"그럼 여기 있나?"

"그래."

후크는 그저 얼떨떨할 뿐이었다.

"너희도 좀 질문을 해봐."

그가 이마의 땀을 닦으며 부하들에게 말했다.

스미가 골똘히 생각에 잠기더니 유감스럽다는 듯이 말했다.

"하나도 생각이 안 나는데요."

"못 맞히네. 못 맞혀! 포기하는 거냐?"

피터가 마구 떠들어 댔다. 피터가 우쭐해진 나머지 놀이를 너무 오랫동안 끈 탓에 악당들은 기회를 잡을 수 있었다.

"그래, 그래."

해적들이 안타깝다는 듯 대답했다.

"그럼 그렇지, 난 피터 팬이다."

팬이라고!

바로 그 순간 후크는 다시 후크로 돌아왔고, 스미와 스타키도 다시 그의 충실한 부하가 되었다.

"이제 저 녀석은 독 안에 든 쥐다."

후크가 소리쳤다.

"스미, 물속으로 들어가. 스타키, 배를 지켜. 죽이든 살리든 상관없으니 저 놈을 붙잡아라."

후크가 이렇게 말하면서 펄쩍 뛰어오르는 순간, 그와 동시에 피터의 활기찬 목소리가 들렸다.

"소년들, 준비됐나?"

"네, 네."

호수 여기저기에서 대답이 들려왔다.

"그럼 이제 해적들을 혼내 주자."

전투는 짧고 강렬했다. 선제공격을 날린 것은 존이었는데, 그는 용감하게 배로 올라가서 스타키를 붙잡았다. 둘 사이에는 치열한 육탄전이 벌어졌고 그 와중에 스타키는 단검을 놓쳐 버렸다. 그는 꿈틀거리며 배 밖으로 도망쳤고 존은 그 뒤를 따라 물 속으로 뛰어들었다. 해적들의 배는 혼자서 떠내려가 버렸다.

물속 여기저기에서 머리가 떠올랐고, 칼날이 번쩍이고, 비명과 함성이 이어졌다. 정신없는 나머지 자기 편을 공격하는 경우도 있었다. 투틀즈는 스미의 '코르크 병마개 따개 조니'에 네 번째 갈비뼈를 찔렸고 곧이어 컬리한테도 찔렸다. 바위에서 멀리 떨어진 곳에서는 스타키가 슬라이틀리와 쌍둥이를 힘껏 밀어붙이고 있었다.

이렇게 싸움이 한창 벌어지는 동안 피터는 어디에 있었을까? 그는 더 굉장한 놀잇감을 찾고 있었다.

소년들은 모두 용감하게 싸웠기에 해적 선장으로부터 뒷걸음쳤다고 해서 탓할 수는 없다. 물에 들어간 후크는 쇠갈고리로 자신의 주위에 죽음의 원을 그렸고 아이들은 겁먹은 물고기처럼 달아났다.

하지만 후크를 두려워하지 않는 사람이 딱 한 명 있었다. 그 원으로 들어갈 준비가 되어 있는 사람이.

하지만 기묘하게도 둘이 만난 곳은 물속이 아니었다. 후크가 한숨 돌리기 위해 바위에 오르고 있을 때 피터 역시 반대편에서 바위에 오르고 있었다. 바위는 공처럼 미끄러워 그들은 걸어서 올라가기보다는 엎드려서 기어가야만 했다. 상대방이 오고 있다는 사실을 알지 못했던 그들은 잡을 곳을 찾다가 상대방의 팔에 닿고 말았다. 깜짝 놀라 서로 고개를 들었다. 그 순간 얼굴이 닿을 뻔했다. 그들은 그렇게 맞부딪쳤다.

위대한 영웅들 중에는 전투가 시작되기 직전 기분이 가라앉는 경우가 있다고 한다. 그 상황에서 피터 역시 그랬다고 해도 충분히 이해가 되었다. 어쨌든 후크는 시쿡이 유일하게 두려워했던 인물이니까. 하지만 피터에게 그런 느낌은 없었다. 오직 즐거움만 있을 뿐이었다. 기쁨에 찬 그는 가지런하고 예쁜 젖니를 "뽀드득" 갈았다. 피터는 재빨리 후크의 벨트에서 칼을 낚아채 찌르려고 했다. 하지만 그 순간 피터는 자신이 후크보다 높은 곳에 있다는 사실을 알아차렸다. 그건 정정당당한 결투가 아니었다. 그는 후크에게 손을 내밀며 올라오라고 했다.

후크가 피터의 손을 깨문 건 그때였다.

피터는 순간 당황했다. 아픔 때문이 아니라 후크의 비겁함 때문이었다. 피터는 어찌해야 좋을지 몰랐다. 그저 충격에 휩싸인 채 빤히 쳐다볼 뿐이었다. 생전 처음 부당한 대접을 받은 아이들은 모두 이런 반응을 보인다. 아이들은 태어난 순간, 부모로부터 공정하게 대접받을 권리를 갖게 된다고 생각한다. 물론 부모가 부당하게 대하더라도 아이는 다시 예전처럼 부모를 사랑하게 되겠지만, 더는 예전의 아이는 아닐 것이다. 그 누구도 처음으로 겪은 부당함의 경험을 완전히 극복하지 못하기 때문이다. 물론 피터는 예외다. 피터는 종종 그런 일을 겪었지만 항상 잊어버렸다. 그것이야말로 피터가 다른 아이들과 진짜로 다른 점이리라.

피터가 지금 겪고 있는 부당함은 첫 경험이나 마찬가지였다. 그래서 그는 어찌해야 좋을지 모른 채로 빤히 쳐다볼 뿐이었다. 쇠갈고리 손이 한 번, 두 번, 피터를 공격했다.

몇 분 뒤 다른 소년들은 후크가 배를 향해 정신없이 허우적거리며 헤엄쳐 가는 것을 보았다. 후크의 사악한 얼굴에서 자신만만함은 온데간데없었다. 그저 공포로 창백하게 질려 있었다. 후크 바로 뒤에서 악어가 끈질기게 쫓아오고 있었기 때문이었다.

평소대로라면 소년들은 그 주변을 헤엄치며 응원했겠지만 그럴 겨를이 없었다. 피터와 웬디가 보이지 않았기 때문이다. 소년들은 그들의 이름을 부르며 호수를 뒤졌다. 그러다 해적선을 발견한 소년들이 배를 타고 집으로 향할 때도 "피터, 웬디." 하고 계속 불렀지만 아무런 대답이 없었다. 비웃음이 담긴 인어들의 웃음소리밖에는. 결국 소년들은 이렇게 결론 내렸다.

"피터와 웬디는 헤엄치든 날아서든 집으로 돌아가는 중일 거야."

소년들은 별로 초조해하지 않았다. 그만큼 피터를 철석같이 믿고 있었기 때문이다. 아이들은 잠잘 시간을 넘겨서까지 놀 수 있다는 생각에 자기들끼리 킬킬거렸다. 심지어 이게 다 웬디 엄마의 잘못이지 않은가.

소년들의 목소리가 잦아들
자 차가운 침묵이 호수를 뒤덮었다. 그
때 희미한 외침 소리가 들렸다.

"도와줘! 도와줘!"

두 개의 작은 형체가 바위에 부딪치고 있었다. 소녀는 정신을
잃은 채 소년의 팔에 안겨 있었다. 피터는 마지막 힘까지 다해서
웬디를 바위로 끌어올렸고 자신도 그 옆에 누웠다. 피터는 정신
을 잃어가는 찰나 물이 차오르는 게 보였다. 곧 물에 빠져 죽으
리라는 걸 알았지만 아무것도 할 수 없었다.

둘이 나란히 누웠을 때 인어 한 마리가 웬디의 발을 잡고 슬그머니 물속으로 끌어당겼다. 옆에 누운 웬디가 스르르 내려가는 걸 느낀 피터는 깜짝 놀라 일어나서 웬디를 제자리에 끌어 놓았다. 이제 피터는 웬디에게 사실대로 말해야만 했다.

"우린 지금 바위에 있어, 웬디. 하지만 바위가 점점 작아지고 있어. 곧 있으면 물에 잠길 거야."

피터가 말했다.

웬디는 아직까지도 무슨 말인지 이해하지 못했다.

"어서 가야겠다."

웬디가 명랑하게 말했다.

"그래."

피터가 힘없이 대답했다.

"헤엄쳐서 갈까, 날아서 갈까, 피터?"

피터는 사실대로 말해야만 했다.

"웬디, 내 도움 없이 혼자 섬까지 헤엄치거나 날아갈 수 있겠
어?"

웬디는 몹시 지친 상태라고 사실대로 말해야 했다.

피터가 신음을 냈다.

"왜 그래?"

웬디는 피터가 걱정되어서 물었다.

"웬디, 난 널 도와줄 수 없어. 난 후크 때문에 다쳤어. 그래서 날 수도 없고 헤엄칠 수도 없어."

"우리 둘 다 물에 빠져 죽는다는 말이야?"

"물이 차오르고 있는 걸 봐."

그들은 물이 차오르는 모습을 보지 않으려고 두 손으로 눈을 가렸다. 그들은 이제 곧 모든 게 끝이라고 생각했다. 그들이 그렇게 앉아 있을 때였다. 뭔가가 키스하듯 가볍게 피터를 스쳤다. 마치 "내가 도울 수 없을까?"라고 묻는 듯 그것은 피터의 얼굴에 달라붙었다. 그건 며칠 전에 마이클이 만들었던 연의 꼬리였다. 마이클이 손에서 놓쳐 버린 연이 둥둥 떠서 날아온 거였다.

"마이클의 연이네."

피터는 처음에 무심하게 말했지만 곧바로 꼬리를 붙잡아 자기 쪽으로 당겼다.

"마이클이 이걸 타고 공중으로 떠올랐었어. 너도 떠오르지 않을까?"

"우리 둘 다!"

"이게 두 명을 들어 올리진 못해. 마이클이랑 컬리가 해봤거든."

"그럼 제비뽑기를 하자."

웬디가 용감하게 말했다.

"넌 숙녀야. 절대 안 돼."

피터는 이미 연 꼬리를 웬디에게 묶고 있었다. 웬디는 피터에게 바짝 매달렸다. 피터 없이 절대 혼자 가지 않겠다고 했다. 하지만 피터는 "안녕, 웬디."라는 말과 함께 웬디를 바위에서 밀어 버렸다. 웬디는 위로 날아오르더니 몇 분 뒤 시야에서 완전히 사라졌다. 피터는 호수에 홀로 남았다.

바위는 이제 무척이나 작아졌다. 곧 물에 잠기고 말 것이다. 물 위에는 옅은 빛줄기가 드리워졌다. 조금만 있으면 세상에서 가장 아름답고 슬픈 음악 소리가 들려올 것이다. 인어들이 달을 부르는 소리가.

여느 소년들과 다른 피터도 마침내 두려움을 느꼈다. 바다의 출렁거림처럼 피터의 온몸에는 전율이 퍼졌다. 바다의 출렁거림은 수없이 이어지지만 피터는 단 한 번 전율을 느꼈다. 다음 순간 피터는 바위에 우뚝 섰다. 얼굴에는 미소가 가득했고 가슴은 북을 치듯 "쿵쿵" 뛰었다. 그 소리는 이렇게 말하는 듯했다.

"죽는 것도 정말 멋진 모험이 될 거야."

09

네버 새

피터가 홀로 남겨지기 전에 마지막으로 들은 소리는 인어들이 하나둘 바다 속 침실로 돌아가는 소리였다. 피터는 너무 멀리 있어서 침실의 문이 닫히는 소리까지는 듣지 못했다. 하지만 인어들이 사는 산호 동굴에는 문마다 작은 종이 달려 있어서 열거나 닫을 때마다 딸랑거리는 소리가 들렸는데(우리 주변의 멋진 집들처럼) 그 소리는 들을 수 있었다.

물이 점점 차오르더니 피터의 발목에서 찰랑거렸다. 피터는 바닷물이 자기를 집어삼키기를 기다리며 호수 위에서 유일하게 떠다니는 무엇인가를 쳐다보고 있었다. 피터는 그것이 연에서 떨어진 종잇조각이라고 생각했다. 그리고 그것이 호숫가에 이르려면 얼마나 시간이 걸릴지 생각하고 있었다.

그런데 잠시 뒤 피터는 그 이상한 물체가 그냥 떠 있는 것이 아니라 뭔가 분명한 목적을 가지고 호수를 떠다니고 있음을 눈치 챘다. 그 물체가 물살과 싸우고 있었기 때문이다. 그 물체가 물살을 이길 때마다 피터는 박수를 보냈다. 피터는 언제나 약자 편이었으니까.

하지만 그건 종잇조각이 아니었다. 둥지에 탄 채로 피터에게 가려고 안간힘을 쓰고 있는 네버 새였다. 네버 새는 둥지가 호수에 빠진 뒤로 스스로 터득한 날갯짓으로 자신의 특이한 배를 어느 정도 조종할 수 있었다. 하지만 피터가 자기를 알아보았을 때는 이미 네버 새는 지칠 대로 지쳐 있었다. 네버 새는 피터를 구하기 위해 자신의 둥지를 내주고자 오고 있는 중이었다. 둥지 속에 자기 알이 들어 있는데도 말이다. 참 의아한 일이었다. 그동안 피터가 네버 새에게 잘해 준 적도 있지만 괴롭힌 적도 많았다. 달링 부인을 비롯한 여러 사람들처럼 피터의 젖니에 마음이 약해진 것이라고 생각할 수밖에.

네버 새는 피터에게 자신이 온 이유를 소리쳐 말했고, 피터는 네버 새에게 거기서 뭐하냐고 소리쳐 물었다. 당연히 그들은 서로의 말을 알아듣지 못했다. 물론 상상 속 이야기에서는 사람들이 새와 자유롭게 이야기할 수 있다. 나 역시 상상 속 이야기에서처럼 피터가 네버 새의 말을 알아듣고 즉각 대답했다고 말할까 고민하기도 했다. 하지만 진실이 최선이므로 실제로 일어난 일 그대로 이야기하겠다. 둘은 서로의 말을 알아듣지 못했을 뿐만 아니라 말하는 예절까지 잊어버렸다.

"이…… 둥지에…… 타라고."

네버 새는 최대한 천천히 또박또박 말했다.

"그러면…… 호숫가까지…… 갈…… 수…… 있어. 하지만…… 난…… 너무…… 지쳐서…… 너한테…… 더…… 가까이…… 못…… 가. 그러니까…… 네가…… 여기로…… 헤엄쳐서…… 와."

"뭐라고 꽥꽥거리는 거야?"

피터가 대답했다.

"왜 평소처럼 물결을 따라 떠다니지 않는 거야?"

"이…… 둥지에…… 타라고."

네버 새는 방금 했던 말을 전부 반복했다.

그러자 피터도 최대한 천천히 또박또박 대답했다.

"도대체…… 뭐라고…… 꽥꽥거리는…… 거야?"

네버 새는 짜증이 났다. 사실 네버 새는 성질이 워낙 급한 게 아니다.

"이 멍청한 꼬마 녀석아. 왜 내 말대로 하지 않는 거냐?"

네버 새가 소리를 질렀다.

네버 새가 욕을 한다고 생각한 피터는 발끈해서 소리쳤다.

"너도 마찬가지야!"

그 다음 공교롭게도 둘은 동시에 똑같은 말을 쏘아붙였다.

"입 닥쳐!"

"입 닥쳐!"

어쨌든 네버 새는 무슨 수를 써서라도 피터를 구해 주고 싶었다. 그래서 마지막 남은 힘을 모두 끌어모아 둥지를 힘껏 바위 쪽으로 몰고 갔다. 그리고 자신의 뜻을 분명히 보여 줄 생각으로 알들을 둥지에 내버려 두고 하늘로 날아올랐다.

그제야 네버 새의 말뜻을 알아들은 피터는 둥지를 꽉 붙잡고, 머리 위에서 빙빙 돌고 있는 네버 새에게 고맙다는 의미로 손을 흔들었다. 하지만 네버 새가 피터의 머리 위를 빙빙 돌고 있었던 이유는 고맙다는 인사를 받기 위해서도, 피터가 둥지에 올라타는 모습을 보기 위해서도 아니었다. 피터가 알을 어떻게 하는지 보기 위해서였다.

둥지 안에는 커다란 하얀색 알이 두 개 들어 있었다. 피터는 알들을 들어 올리더니 생각에 잠겼다. 네버 새는 알들의 마지막 순간을 보지 않으려고 날개로 얼굴을 가렸다. 하지만 깃털 사이로 흘끔 훔쳐보지 않을 수 없었다.

'고립된 자들의 바위'에는 말뚝이 하나 박혀 있었다는 얘기를 했는지 모르겠다. 아주 오래전에 활동했던 해적들이 보물을 묻고, 그 위치를 표시하려고 꽂아 둔 말뚝이었다. 결국 소년들이 그곳에 파묻힌 번쩍거리는 금은보화를 발견했다. 소년들은 장

난치고 싶을 때마다 금화와 다이아몬드, 진주 따위를 갈매기들에게 마구 던지곤 했다. 먹이인 줄 알고 날아왔던 갈매기들은 소년들의 치사한 장난에 몹시 화를 내며 가버렸다. 그 말뚝은 여전히 그 자리에 꽂혀 있었는데, 아까 스타키가 자기 모자를 거기에 걸어 놓았었다. 스타키의 모자는 챙이 넓고 속이 깊은 방수용 모자였다. 피터는 그 모자 속에 네버 새의 알들을 넣고 호수에 띄웠다. 모자는 호수 위에서 가볍게 둥둥 떠내려갔다.

피터의 행동을 지켜본 네버 새는 깊은 감동에 고맙다는 듯 크게 지저귀었다. 피터 역시 자신의 행동이 멋지다는 듯 "꼬끼오, 꼬끼오" 소리를 질러 댔다. 그러고는 새 둥지에 올라탔다. 말뚝은 돛대 삼아 꽂고, 셔츠를 벗어 돛처럼 매달았다. 네버 새는 모자로 내려와 다시 포근하게 알을 품었다. 네버 새와 피터는 서로 환호성을 지르며, 서로 다른 방향으로 흘러갔다.

물론 뭍에 닿았을 때, 자신이 배 삼아 타고 온 둥지를 네버 새가 쉽게 찾을 수 있는 곳에 갖다 놓았다. 하지만 모자가 매우 마음에 들었던 네버 새는 둥지를 그냥 버리기로 했다. 둥지는 여기저기 떠돌다가 결국 산산조각이 났다. 한편 스타키는 이따금 호숫가에 나와 네버 새가 자신의 모자에 앉아 있는 모습을 씁쓸하게 쳐다보았다. 네버 새 이야기는 여기서 끝나므로, 마지막으로 이 말을 하고 넘어가는 게 좋겠다. 그 뒤로 모든 네버 새들이 챙이 넓은 모자 모양으로 둥지를 짓게 되었다. 그러면 새끼 새들이 챙처럼 생긴 곳에서 바람을 쐰다.

웬디가 연을 타고 이리저리 헤맨 끝에 집에 도착하고, 곧이어 피터 역시 땅속 집으로 돌아오자, 아이들은 모두 매우 기뻐했다. 소년들은 저마다 이야기하고 싶은 모험담이 많았다. 하지만 그중에서도 최고의 모험담은 잘 시간이 한참 지난 시간까지 잠자리에 들지 않은 일인 것 같았다. 신이 난 아이들은 조금이라도 더 늦게 자려고 붕대를 갈아 달라는 둥 빤한 꼼수를 부렸다. 웬디는 모두 무사히 집에 돌아와서 기쁘면서도 잘 시간이 한참 지났다는 사실에 화가 나서 소리쳤다.

"침대로 가. 침대로."

이튿날 웬디는 다시 상냥한 모습으로 돌아왔다. 웬디는 아이들 모두에게 붕대를 감아 주었다. 아이들은 팔걸이 붕대를 한 채 절뚝거리며 방 안을 돌아다니면서 잠자리에 들 시간까지 실컷 놀았다.

10

행복한 집

호수에서의 전투가 가져다준 가장 커다란 수확은 인디언들과 친구가 된 거였다. 피터가 타이거 릴리를 끔찍한 운명에서 구해 주었기 때문에, 이제 그녀와 그녀의 용감한 전사들은 피터를 위해서라면 못할 일이 없었다. 그들은 매일 밤 땅속 집 위에 앉아 망을 보면서 머지않아 닥칠 해적들의 공격에 대비했다. 심지어 낮에도 그들은 '평화의 담뱃대(peace pipe. 아메리카 인디언들이 사용한 기다란 파이프. 주로 약속이나 협정을 확정지을 때 피워서 평화의 담뱃대라는 이름을 붙임-옮긴이)'를 문 채 먹을거리라도 찾아 헤매는 듯 땅속 집 주위를 어슬렁거렸다.

인디언들은 피터를 '위대하신 백인 아버지'라고 부르며 그 앞에 엎드려 절했다. 피터는 그때마다 뛸 듯이 좋아했는데 그건 피터에게 꼭 좋은 일만은 아니었다.

위대하신 백인 아버지는 인디언들이 발 아래서 굽신거릴 때마다 위풍당당한 목소리로 이렇게 말했다.

"나, 위대하신 백인 아버지는 피카니니 전사들이 해적들로부터 나의 집을 지켜 주는 걸 매우 기쁘게 생각한다."

그러면 아름다운 타이거 릴리는 이렇게 대답하곤 했다.

"피터 팬께서는 이 타이거 릴리를 구해 주셨습니다. 저는 그의 친한 친구입니다. 해적들이 그를 해치는 걸 보고 있지 않을 것입니다."

타이거 릴리처럼 아름다운 여인이 이렇게 자신을 낮추는 것은 엄청난 일임에도, 피터는 당연하게 생각하여 거들먹거리며 이렇게 답했다.

"피터 팬 가라사대, 그렇다니 다행이다."

피터가 '피터 팬 가라사대'라고 할 때마다 인디언들은 입을 다물고 겸허하게 그 말을 받아들여야 했다. 하지만 그들은 다른 소년들에게는 절대로 존경심을 보이지 않았다. 그저 평범한 전사를 대하듯 "별 일 없냐?" 같은 짧은 인사를 건네는 정도였다. 소년들은 이를 아무렇지 않게 생각하는 피터의 태도에 짜증이 났다.

웬디는 속으로 소년들의 심정을 충분히 공감했다. 하지만 충실한 아내인 웬디는 아빠에 대한 불평불만을 그냥 듣고 있을 수가 없었다. 그래서 속마음이야 어떻든 겉으로는 "아버지가 잘 알아서 하실 거야."라고 말했다. 그렇지만 웬디도 개인적으로 인디언들이 자기를 '여편네'라고 부르는 것이 못마땅했다.

드디어 아이들이 뒷날 '밤 중의 밤'이라고 부르게 된 저녁 시간이 다가왔다. 그 밤에 일어난 모험과 결과 때문에 그렇게 불리게 된 것이었다. 조용히 힘을 모으기라도 하는 것처럼 그날 낮은 다른 날과 다름없었다. 저녁이 되자 인디언들은 땅 위에서 담요를 덮은 채 망을 보았고, 아이들은 땅속 집에서 저녁 식사를 하고 있었다. 피터는 시간을 알아보기 위해 나가 있었다. 네버랜드에서 시간을 알기 위해서는 악어를 찾아 배 속의 시계가 울릴 때까지 그 근처에서 기다려야 했다.

그날의 저녁 식사는 가짜 차였다. 소년들은 판자에 둘러앉아 욕심껏 벌컥벌컥 차를 마셨다. 웬디는 아이들이 시끄럽게 떠들어 대는 소리에 귀가 멍해질 정도였다. 웬디는 시끄러운 소리는 개의치 않았지만, 아이들이 남의 물건을 낚아채고서 투틀즈가 팔꿈치를 밀어서 그랬다는 식의 변명을 하는 것은 가만두지 않았다. 식사 시간에는 절대로 치고받으며 싸워서는 안 된다는 엄격한 규칙이 있었기 때문이었다. 문제가 있다면 정중하게 오른손을 들고 웬디에게 "이런저런 불만이 있습니다."라고 말해야 했다. 하지만 아이들은 대개 그걸 아예 까먹거나, 반대로 너무 자주 손을 들기 일쑤였다.

웬디가 아이들에게 한꺼번에 말하지 말라고 스무 번쯤 말했을 때였다.

"조용히 해. 조롱박이 비었니, 슬라이틀리?"

"아직 안 비었어요, 엄마."

슬라이틀리가 상상의 찻잔을 들여다보며 대답했다.

"슬라이트리는 아직 우유를 마시지도 않았어요."

닙스가 끼어들었다.

그건 고자질이었다. 슬라이틀리는 이때다 하고 기회를 잡았다.

"나는 닙스에게 불만이 있습니다."

슬라이틀리가 잽싸게 외쳤다.

하지만 존이 먼저 손을 들었다.

"무슨 일이지, 존?"

"피터가 없으니 피터 의자에 앉아도 될까요?"

"존, 아빠 의자에 앉겠다니! 절대로 안 된다."

웬디가 발끈 화를 냈다.

"피터는 진짜 아빠도 아니잖아요. 피터는 내가 알려 주기 전까지 아빠가 뭘 하는 건지도 몰랐는걸요."

존이 대꾸했다.

그건 불평이었다.

"우리는 존에게 불만이 있습니다."

쌍둥이가 소리쳤다.

이번에는 투틀즈가 손을 들었다. 그는 소년들 중에서 가장 겸손한, 아니 유일하게 겸손한 아이였으므로 웬디는 특별히 투틀즈에게 다정했다.

"내 생각에 난 아빠가 되지 못할 것 같아요."

"그렇지 않아, 투틀즈."

투틀즈는 평소 말수가 적은 편이었는데, 한번 말문이 트이면 엉뚱한 방향으로 빠지는 경향이 있었다.

"나는 아빠가 될 수 없을 같아. 그러니까 마이클, 너 대신 내가 아기가 되면 안 될까?"

"그건 싫어."

마이클이 곧바로 내뱉었다. 마이클은 이미 바구니 안에 들어가 있었다.

"내가 아기가 될 수 없다면, 쌍둥이는 될 수 있을까?"

투틀즈의 목소리가 점점 진지해졌다.

"절대로 안 돼. 쌍둥이가 되는 게 얼마나 힘들다고."

쌍둥이가 대답했다.

"나는 중요한 사람은 될 수 없네. 그럼 내가 마술하는 거 보고 싶은 사람?"

투틀즈가 말했다.

"싫어."

모두 입을 모아 외쳤다.

마침내 투틀즈가 입을 다물었다.

"뭐, 그럴 줄 알았어."

그러자 아이들의 지긋지긋한 고자질이 일제히 터져 나왔다.

"슬라이틀리가 식탁에서 기침을 해요."

"쌍둥이가 마메이 애플을 먹기 시작했어요."

"컬리가 롤빵하고 얌(yam, 열대 뿌리채소의 하나 — 옮긴이)을 다 가져갔어요."

"닙스가 입에 음식을 잔뜩 머금은 채로 떠들어요."

"나는 쌍둥이에게 불만이 있습니다."

"나는 컬리에게 불만이 있습니다."

"나는 닙스에게 불만이 있습니다."

"아, 이런. 맙소사. 애들은 복덩어리가 아니라 애물단지야. 애물단지."

웬디가 소리쳤다.

웬디는 아이들에게 식탁을 치우라고 하고 일감이 든 바구니 옆에 앉았다. 바구니에는 평소처럼 구멍 난 양말이며 무릎에 덧댈 천 조각들이 가득했다.

"웬디 누나, 난 이제 커서 바구니에서 자기 힘들어."

마이클이 불평했다.

"누군가는 바구니에서 자야 하는걸. 그런데 네가 제일 어리잖

아. 아늑한 느낌이 드는 아기 바구니는 집 안에 꼭 있어야 한단 말이야."

웬디가 딱 잘라 말했다.

웬디가 바느질하는 동안 아이들은 곁에서 놀았다. 다들 행복한 얼굴로 팔다리를 마구 흔들었다. 아이들의 모습이 낭만적인 불빛 아래서 환하게 빛났다. 그것은 어느덧 땅속 집에서 매우 익숙한 풍경이 되었지만, 그 모습을 보는 것도 이번이 마지막이 될 터였다.

땅 위에서 발소리가 났다. 웬디가 가장 먼저 그 소리를 알아챘다.

"얘들아, 방금 아빠의 발소리가 났어. 현관으로 마중 나가면 좋아하실 거야."

땅 위에서는 인디언들이 피터 앞에 웅크리고 앉아 있었다.

"피터 팬 가라사대, 망을 잘 보도록, 용사들이여."

장난기 가득한 아이들은 원래 하던 대로 나무를 타고 내려오는 피터를 끌어내렸다. 자주 있던 일이지만, 앞으로는 두 번 다시 보지 못할 장면이다.

피터는 웬디를 위해 정확한 시간을 알아왔고 아이들을 위해서는 나무 열매를 가져왔다.

"피터, 아이들 버릇 나빠져요. 알잖아요."

웬디가 억지웃음을 지으며 말했다.

"알았어, 마누라."

피터가 총을 걸면서 말했다.

"엄마를 '마누라'라고 부르라고 내가 피터에게 가르쳐 줬지."

마이클이 컬리에게 귓속말을 했다.

"나는 마이클에게 불만이 있습니다."

컬리가 즉시 말했다.

쌍둥이 중 첫째가 피터에게 갔다.

"아빠, 우리 춤추고 싶어요."

"저리 가서 추거라, 꼬맹아."

기분이 좋았던 피터가 말했다.

"하지만 아빠도 같이 춰야 해요."

사실 피터는 아이들 중에서 춤을 가장 잘 추었지만 말도 안 된다며 거절하는 척했다.

"나도? 아빠는 늙어서 뼈가 우두둑거릴 거야!"

"엄마도 같이 춰요."

"뭐라고! 할 일이 산더미 같은데 무슨 춤이야!"

"하지만 오늘은 토요일 밤이잖아요."

슬라이틀리가 넌지시 말했다.

하지만 그날은 토요일 밤이 아니었다. 아니, 맞는지도 몰랐다. 아이들은 오랫동안 날짜를 세지 않고 살았으니까. 하지만 그들은 뭔가 특별한 일을 하고 싶으면 토요일 밤이라는 핑계를 대곤 했다. 그러면 그 일을 꼭 할 수 있으니까.

"맞아요. 오늘은 정말로 토요일 밤이에요. 그렇죠, 피터?"

약간 수그러진 웬디가 말했다.

"다 늙어서 무슨 춤이야, 웬디!"

"보는 사람도 없잖아요. 우리 애들밖에."

"맞아, 맞아."

마침내 피터는 다 같이 춤을 추는 것을 허락했다. 하지만 다들 먼저 잠옷부터 입어야 했다.

"아, 마누라."

난로 옆에서 몸을 녹이던 피터는 앉아서 양말 뒤꿈치를 뒤집고 있는 웬디를 내려다보며 말했다.

"힘든 하루가 끝나고 아이들과 함께 난롯가에 앉아 쉬는 것만큼 행복한 일이 있을까?"

"정말 행복한 일이에요, 피터. 그렇죠?"

웬디도 그 말에 크게 기뻐하며 대꾸했다.

"피터, 컬리는 당신 코를 닮은 것 같아요."

"마이클은 당신을 닮았지."

웬디는 피터에게 다가가 그의 어깨에 손을 올려놓았다.

"사랑하는 피터, 이렇게 많은 아이들을 키우느라고 예뻤던 시절도 다 지나갔어요. 그래도 한결같이 날 대해 줄 거죠?"

"그래, 웬디."

피터는 분명히 변화를 원하지 않았다. 하지만 꿈인지 생시인지 헷갈려하는 사람처럼 불편하게 눈을 깜빡이며 웬디를 쳐다보았다.

"피터, 왜 그래요?"

"생각을 하고 있었어요."

피터는 약간 겁먹은 목소리였다.

"이건 다 가짜야, 그렇지? 내가 저 애들의 아빠라는 거 말이야."

"아, 그렇지."

웬디가 뾰로통하게 대답했다.

"너도 알다시피 내가 저 애들의 진짜 아빠라면 엄청 늙어야 할 테니까."

"하지만 저 애들은 우리 애들이야, 피터. 너하고 나의 애들이야."

"하지만 진짜는 아니잖아, 웬디?"

피터가 근심스러운 듯 물었다.

"네가 원하지 않는다면 그렇지."

웬디가 대답했다. 웬디는 피터가 안도의 한숨을 내쉬는 소리를 분명히 들었다. 웬디는 애써 단호하게 물었다.

"넌 나에게 정확히 어떤 감정을 가지고 있니?"

"착한 아들이 엄마한테 갖는 감정이지, 웬디."

"그럴 줄 알았어."

웬디는 이렇게 말하고 방 맨 끝으로 가서 혼자 앉았다.

"넌 정말 이상해. 타이거 릴리도 마찬가지야. 걔는 나한테 뭔가 소중한 사람이 되고 싶대. 그런데 내 엄마가 되고 싶지는 않대."

피터는 정말 알쏭달쏭하다는 표정이었다.

"그래, 아니지. 그건 절대 아니지."

웬디가 힘주어 말했다. 이제 우리는 웬디가 왜 그토록 인디언들에게 선입견을 가지고 있는지 알 수 있을 것 같지 않은가.

"그럼 뭔데?"

"그건 숙녀가 할 수 있는 말이 아니야."

"흠, 그래."

피터가 약간 짜증스럽게 말했다.

"팅커 벨이라면 말해 줄 거야."

"아, 그래. 팅커 벨이라면 말해 주겠지."

웬디가 깔보듯 대꾸했다.

"팅커 벨은 버림받은 꼬마일 뿐이야."

자기 침실에서 얘기를 엿듣고 있던 팅크가 "빽빽" 소리를 질러 댔다.

"팅크는 자기가 버림받은 게 너무 기쁘다는데?"

피터가 통역해 주었다.

피터는 갑자기 뭔가가 떠올랐다.

"혹시 팅크는 내 엄마가 되고 싶은 게 아닐까?"

"바보 멍청이!"

팅커 벨이 발끈하며 소리쳤다.

그동안 팅커 벨이 '바보 멍청이'라는 말을 어찌나 자주 했던지 웬디는 통역 없이도 알아들을 수 있었다.

"나도 팅크의 말에 동감해."

웬디가 쏘아붙였다. 웬디가 발끈해서 이처럼 쏘아붙이는 일은 좀처럼 없었다. 하지만 웬디는 그동안 여러모로 노력했지만 늘 헛수고였다. 게다가 그날 밤, 앞으로 무슨 일이 생길지 알지 못했다. 만약 알았더라면 그렇게 차갑게 쏘아붙이지는 않았을 것이다.

아무도 몰랐다. 아마도 모르는 편이 나았을 것이다. 그 덕에 아이들은 한 시간을 더 즐겁게 보낼 수 있었다. 섬에서 보내는 마지막 시간이 1시간이나 남았다는 사실을 다행스럽게 여겨야 하리라. 그들은 잠옷을 입은 채 노래하고 춤추었다. 오싹하면서도 재미있는 노래였다. 노래를 부르면서 자기 그림자를 보고 놀라는 시늉을 하기도 했다. 머지않아 어두운 그림자가 자신들을 덮칠 것이고, 정말로 두려움에 움츠려야 한다는 것을 아는 듯이 말이다. 어쨌든 아이들은 정말 요란하고 흥겹게 춤을 추었다. 그들은 침대 위에 올라갔다 내려갔다 하며 마구 몸을 흔들었다!

사실 그건 춤이라기보다는 베개 싸움이었다. 한바탕 끝나고 난 뒤 한 판 더 하자고 우겼다. 이제 다시는 못 볼 것처럼. 잠자기 전에 웬디가 들려준 이야기는 또 어땠는지! 그날 밤에는 슬라이틀리마저 이야기를 하겠다고 했다. 하지만 처음부터 워낙 이야기가 지루해서 이야기하는 당사자마저 질려 버리고 말았다. 슬라이틀리는 침울하게 말했다.

"그래, 시작이 너무 지루해. 그럼 이게 시작이 아니라 끝이라고 하자."

마지막으로 아이들은 웬디의 이야기를 듣기 위해 모두 잠자리에 들었다. 그날 밤 이야기는 아이들이 제일 좋아하는 이야기였다. 하지만 피터는 그 이야기를 싫어했다. 그래서 웬디가 이 이야기를 시작할 때마다 피터는 방을 나가거나 귀를 틀어막기 일쑤였다. 이번에도 피터가 둘 중 한 가지 행동을 했다면 소년들은 계속 섬에 남을 수 있었을 것이다. 하지만 그날 밤 피터는 계속 의자에 앉아 있었다.

11

웬디의 이야기

"자, 잘 들으렴."

웬디가 이야기를 시작했다. 마이클은 웬디의 발치에, 일곱 명의 소년들은 침대에 자리를 잡고 있었다.

"옛날에 어떤 신사가 있었는데……."

"신사가 아니라 숙녀였으면 좋겠어."

컬리가 말했다.

"난 흰 쥐였으면 좋겠는데."

닙스가 말했다.

"조용. 숙녀도 있었어. 그리고……."

"아, 엄마. 숙녀도 있었다는 거죠? 숙녀가 죽는 건 아니죠, 그렇죠?"

쌍둥이 중 한 명이 소리쳤다.

"죽지 않는단다."

"죽지 않는다니 정말 다행이에요. 너도 기쁘지 않아, 존?"

투틀즈가 말했다.

"당연히 기쁘지."

"너도 기쁘지, 닙스?"

"뭐, 조금."

"너희들도 기쁘지, 쌍둥이야?"

"우리도 기뻐."

"아, 이런."

웬디가 한숨을 쉬었다.

"거기 좀 조용히 해."

피터가 소리쳤다. 웬디의 이야기는 몹시 싫었지만 웬디가 이
야기하기 힘들겠다는 생각에서였다.

"그 신사의 이름은 달링 씨고 숙녀의 이름은 달링 부인이었단
다."

웬디의 이야기가 계속되었다.

"내가 알던 사람들이야."

존이 다른 소년을 약 올리려고 말했다.

"나도 알았던 것 같아."

마이클도 확신 없는 말투로 말했다.

"너희도 알다시피 두 사람은 결혼을 했단다. 그리고 두 사람한테는 뭐가 생겼을까?"

"흰 쥐들이요."

닙스가 자신만만하게 외쳤다.

"아니."

"정말 알쏭달쏭 헷갈려."

그 이야기를 외우고 있는 투틀즈가 말했다.

"조용, 투틀즈. 그들에겐 세 명의 자식이 생겼단다."

"자식이 뭐예요?"

"너희들도 자식이란다, 쌍둥이야."

"들었어, 존? 나도 자식이래."

"자식은 그냥 아이들일 뿐이야."

존이 말했다.

"이런, 이런."

웬디가 한숨을 내쉬었다.

"세 아이에게는 나나라는 이름의 믿음직스러운 보모가 있었단다. 그런데 달링 씨는 나나한테 화가 나서 마당에 묶어 놓았어. 그래서 세 아이는 날아가 버렸단다."

"정말로 멋진 이야기야."

닙스가 말했다.

"아이들은 날아가 버렸지. '집을 잃어버린 소년'들이 있는 네버랜드로."

"난 방금 그럴 거라고 생각했는데. 왜인지는 모르겠지만 방금 그렇게 생각했어!"

컬리가 잔뜩 흥분해서 끼어들었다.

"웬디 엄마, '집을 잃어버린 소년'들 중에 투틀즈라는 애가 있나요?"

투틀즈가 물었다.

"그래, 있지."

"내가 이야기에 나온다. 야호! 내가 이야기에 나온다고, 닙스."

"쉿! 아이들이 모두 날아가 버린 뒤 남은 부모님의 마음이 어땠을지 생각해 보렴."

"아아!"

아이들은 부모의 마음 따위는 조금도 생각하지도 않으면서도 모두 끙끙거렸다.

"텅 빈 침대를 생각해 봐!"

"아아!"

"너무 슬퍼."

쌍둥이 중 첫째가 명랑한 표정으로 말했다.

"난 이 이야기가 행복하게 끝날 것 같지 않아. 넌 어떻게 생각해, 닙스?"

쌍둥이 중 둘째가 말했다.

"너무 걱정돼."

"엄마의 사랑이 얼마나 위대한지 안다면 세상에 두려울 건 없
단다."

웬디가 자부심 가득한 표정으로 말했다.

이제 이야기는 피터가 싫어하는 대목에 이르렀다.

"난 엄마의 사랑이 좋아. 너도 엄마의 사랑이 좋니, 닙스?"

투틀즈가 베개로 닙스를 때리며 말했다.

"나도 좋아."

닙스도 투틀즈를 때리며 말했다.

"너희도 알다시피 우리의 여주인공은 엄마가 언제나 창문을
열어 놓고, 자신들이 돌아오기만을 기다리고 있다는 걸 알았단
다. 그래서 집에 가지 않고도 걱정 없이 머나먼 곳에서 재미있
게 보냈지."

웬디가 만족스러운 듯이 말했다.

"그들이 돌아가긴 했나요?"

"자, 이제 미래를 들여다보자꾸나."

웬디가 최대한 기운차게 말했다.

아이들은 미래를 잘 들여다보려는 듯 이리저리 몸을 움직여
자세를 고쳐 앉았다.

"세월이 많이 흘렀어. 저기 런던 역에 내리는 숙녀는 누굴까?

나이는 알 수 없지만 우아해 보이는 숙녀 말이야."

"웬디 엄마, 그게 누구에요?"

닙스가 전혀 모르겠다는 듯 한껏 흥분해서 소리쳤다.

"그건 혹시…… 그래……, 아니야. 아니, 맞아! 아름다운 웬디 숙녀구나!"

"아!"

"웬디 숙녀와 함께 있는 두 사람은 누굴까? 듬직한 성인이 된 두 사람 말이야. 존하고 마이클일까? 그래, 맞아!"

"와아!"

"웬디 숙녀가 위쪽을 가리키며 말했어. '저길 보렴, 동생들아. 창문이 아직도 열려 있단다. 우리가 엄마의 사랑을 굳게 믿었기에 보상을 받은 거야.' 그들은 엄마와 아빠에게로 날아갔단다. 얼마나 행복한 장면이 이어졌는지 말로는 설명할 수 없을 정도란다. 자, 여기서 이야기를 끝내야겠구나."

이야기가 끝났다. 이야기를 해준 웬디도, 이야기를 들은 아이들도 모두 즐거워했다. 모든 게 무사히 끝났으니까. 우리는 세상에서 가장 매정한 사람들처럼 몰래 도망친다. 특히 아이들이란. 물론 아이들은 매우 사랑스럽다. 어쨌든 매정하게 도망친 아이들은 몹시도 이기적인 시간을 보낸다. 그러다 특별한 관심이 필요해지면 당당하게 돌아가서 요구한다. 엄마들이 기꺼이 받아 줄 게 확실하니까.

세 아이는 엄마의 사랑을 철석같이 믿은 나머지 애타는 엄마의 마음을 조금은 모른 척해도 괜찮을 거라고 생각했다. 하지만 그렇지 않다는 것을 아는 아이가 세상에 딱 한 명 있었다. 웬디의 이야기가 끝나자 피터는 허탈한 신음을 냈다.

"왜 그래, 피터?"

웬디는 피터가 아픈 줄 알고 얼른 달려가며 물었다. 웬디는 걱정스럽게 피터의 배 부분을 만져 보았다.

"어디가 아픈 거야, 피터?"

"몸이 아픈 게 아니야."

피터가 어둡게 말했다.

"그럼 어디가 아픈 거야?"

"웬디, 넌 엄마들에 대해 잘못 생각하고 있어."

모두들 피터의 불안한 표정에 놀라서 주위로 몰려들었다. 피터는 그동안 숨겨 온 사실을 솔직하게 털어놓았다.

"나도 옛날엔 엄마가 날 위해 항상 창문을 열어 둘 거라고 생각했어. 그래서 달이 몇 번이고 뜰 때까지 오랫동안 밖에서 지내다 돌아갔지. 하지만 창문은 닫혀 있었어. 엄마가 날 완전히 잊어버린 거였어. 게다가 내 침대에는 다른 남자애가 자고 있었고."

나는 피터의 말이 사실인지 알 수 없지만, 피터는 사실이라고 믿고 있었다. 아이들은 겁이 났다.

"엄마들이 정말 그래? 확실해?"

"응."

이게 바로 엄마들에 대한 진실이었다. 나쁜 사람들!

그래도 신중하게 생각하는 게 최선이다. 포기해야 할 때를 가장 빨리 아는 사람은 아이들이니까.

"웬디 누나, 집에 가자."

존과 마이클이 동시에 소리쳤다.

"그래."

웬디가 동생들을 꽉 붙잡으며 말했다.

"오늘 밤은 아니지?"

'집을 잃어버린 소년'들이 당황해서 물었다. 그들은 마음속으로 엄마 없이 잘 지낼 수 있다는 걸 알고 있었다. 그럴 수 없다고 생각하는 건 엄마들뿐이라는 것도.

"지금 당장."

끔찍한 생각이 떠올라서 웬디가 단호하게 말했다.

"엄마가 지금쯤 반상복(장례식이 끝나고 애도 기간에 입는 상복 – 옮긴이)을 입고 있을지도 몰라."

이 생각에 너무 두려워진 웬디는 피터의 기분을 살필 여력이 없었다. 오히려 날카롭게 피터에게 말했다.

"피터, 필요한 준비 좀 해줄래?"

"네가 원한다면."

피터는 마치 웬디가 나무 열매를 건네 달라고 부탁한 것처럼 태연하게 대답했다.

두 사람 사이에는 헤어지게 돼서 섭섭하다는 말도 없었다! 웬디가 이별을 개의치 않는다면 피터는 자기 역시 마찬가지라는 것을 보여 주고 싶었다.

하지만 당연히 피터는 신경이 쓰였다. 그는 항상 모든 걸 망치는 어른들에 대해 분노를 느꼈다. 그래서 나무 안으로 들어가 일부러 1초에 다섯 번씩 짧게 숨을 쉬었다. 네버랜드에서는 아이가 한 번 숨을 쉴 때마다 어른이 죽는다는 말이 있다. 복수심에 차오른 피터는 그렇게 빨리 숨을 쉼으로써 닥치는 대로 어른들을 죽였다.

피터는 인디언들에게 필요한 지시를 내리고 집으로 돌아왔다. 피터가 자리를 비운 사이 집에서는 보기 좋지 않은 광경이 벌어졌다. 웬디를 잃는다는 생각에 공포에 질린 '집을 잃어버린 소년'들이 웬디에게 위협을 가했던 것이다.

"웬디가 오기 전보다도 훨씬 끔찍해질 거야."

소년들은 외쳤다.

"우린 웬디를 가게 내버려 둘 수 없어."

"웬디를 가둬 두자."

"그래, 사슬로 묶어 놓자."

궁지에 몰린 웬디는 누구에게 도움을 청해야 할지 본능적으로 알았다.

"투틀즈, 나 좀 도와줘."

웬디가 외쳤다.

이상하지 않은가? 하필이면 가장 어수룩한 투틀즈에게 간절한 부탁을 하다니 말이다.

하지만 투틀즈의 반응은 위풍당당했다. 그 순간만큼은 어수룩한 모습은 온데간데없이 사라지고 위엄 있게 말했다.

"난 투틀즈일 뿐이야. 아무도 날 신경 쓰지 않지. 하지만 누구든 웬디에게 영국 신사답지 않게 행동한다면 확실하게 피 맛을 보여 주겠어."

투틀즈는 그 말과 함께 단검을 꺼냈다. 바로 그 순간 그의 검은 한낮의 태양처럼 번쩍 빛났다. 소년들은 불안해하면서 뒤로 물러났다. 그때 피터가 돌아왔다. 소년들은 피터가 아무런 동조도 해주지 않을 거라는 사실을 단번에 알 수 있었다. 그가 네버랜드에 있고 싶어하지 않는 여자아이를 억지로 붙잡을 리가 없었다.

"웬디, 인디언들한테 숲속에서 길을 안내해 달라고 말해 놨어. 날아가려면 힘들 테니까."

피터가 성큼성큼 왔다 갔다 하면서 말했다.

"고마워, 피터."

"그 다음에 바다에서는 팅커 벨이 널 안내해 줄 거야. 닙스, 팅커 벨을 깨워."

명령하는 데 익숙한 사람 특유의 짧고 날카로운 목소리로 말을 이었다.

닙스가 두 번이나 문을 두드린 뒤에야 팅크가 대답했다. 사실 팅크는 진작부터 침대에 앉아 이야기를 엿듣고 있었다.

"누구야? 감히? 저리 꺼져."

팅크가 소리쳤다.

"일어나, 팅크. 웬디의 여행길을 안내해 줘야 돼."

물론 팅크는 웬디가 떠난다는 말을 듣고 매우 기뻤다. 하지만 웬디의 길 안내 따위는 하고 싶지 않았다. 그래서 더욱 날카롭게 하기 싫다는 의사를 밝히고는 다시 잠든 척했다.

"팅크가 일어나지 않겠대."

닙스가 팅크의 끈질긴 반항에 당황해서 소리쳤다. 피터는 엄한 표정으로 팅크의 침실로 향했다.

"팅크, 지금 당장 일어나서 옷을 입지 않으면 커튼을 확 젖혀 버릴 거야. 모두에게 네가 잠옷만 입은 모습을 보여 주고 싶어?"

그러자 팅크는 재빨리 바닥으로 내려왔다.

"내가 안 일어난다고 누가 그래?"

팅크가 소리쳤다.

한편 소년들은 존, 마이클과 함께 떠날 준비를 마친 웬디를 허망하게 쳐다보고 있었다. 소년들은 몹시 낙담한 모습이었다. 웬디가 떠난다는 사실 때문만이 아니었다. 자신들은 초대받지 못한 멋진 어딘가로 떠난다는 부러움 때문이었다. 늘 그렇듯 새로운 것은 소년들에게 무척 매력적으로 느껴졌다.

웬디는 아이들이 그저 자신과 헤어지고 싶지 않아서 그러는 줄 알고 마음이 약해졌다.

"사랑하는 애들아, 같이 갈래? 내가 엄마 아빠한테 너희를 입양하라고 설득해 볼게."

그 초대는 특히 피터를 염두에 둔 것이었다. 하지만 소년들은 전부 자기한테 하는 말인 줄 알고 기뻐서 껑충 뛰었다.

"하지만 우리가 너무 많다고 생각하시진 않을까?"

닙스가 기뻐서 껑충 뛰다 말고 물었다.

"아, 아니야."

웬디는 재빨리 머리를 굴리며 대답했다.

"거실에 침대를 몇 개만 더 놓아도 될 거야. 첫째 목요일에는 칸막이를 쳐서 침대를 가리면 되고."

"피터, 우리 가도 돼?"

소년들이 애원하듯 물었다. 그들은 자기들이 가면 당연히 피터도 갈 거라고 생각했다. 하지만 사실은 별로 신경 쓰지 않았다. 아이들이란 신기하고 새로운 모험이 손짓하면 가장 소중한 사람마저도 버릴 준비가 되어 있는 존재들이니까.

"그래, 좋아."

피터가 쓴웃음을 지으며 대답했다. 소년들은 곧장 짐을 챙기러 우르르 몰려갔다.

"자, 피터."

모든 준비가 끝났다고 생각한 웬디가 말했다.

"출발하기 전에 너한테 약을 줄 거야."

웬디는 아이들에게 약 주는 걸 무척 좋아해서 지나칠 정도로 자주 주곤 했다. 물론 약이 아니라 그냥 물일뿐이었지만, 호리병에 담아 잘 흔든 다음에 방울 수를 세면서 줬기 때문에 진짜 약처럼 느껴졌다. 하지만 이번에는 피터에게 약을 주지 못했다. 약을 주려고 한 순간 피터의 표정을 보고 왠지 가슴이 철렁했기 때문이다.

"짐 챙겨, 피터."

웬디가 떨리는 목소리로 말했다.

"싫어."

피터가 무관심한 척하며 대답했다.

"난 너랑 같이 안 갈 거야, 웬디."

"아니. 같이 갈 거야, 피터."

"싫어."

피터는 웬디가 떠나도 아무렇지 않다는 것을 보여 주기 위해 신나게 피리를 불면서 방 안을 폴짝폴짝 뛰어다녔다. 품위 없는 행동이긴 했지만 피터를 쫓느라 웬디도 뛰어다녀야만 했다.

"가서 네 엄마를 찾는 거야."

웬디가 구슬렸다.

피터는 설령 진짜 엄마가 있다 해도 더는 엄마가 그립지 않았다. 엄마 없이도 잘 살 수 있었다. 피터는 엄마라는 존재에 대해 곰곰이 생각해 봐도 나쁜 점만 떠오를 뿐이었다.

"싫어, 싫어."

피터가 단호하게 말했다.

"엄마는 나보고 어려 보인다고 할지도 몰라. 난 언제까지나 이렇게 어린아이로 남아 재미있게 살고 싶단 말이야."

"하지만 피터……."

"싫어."

웬디는 다른 소년들에게도 이 사실을 전해야 했다.

"피터는 가지 않겠대."

피터가 가지 않는다니! 소년들은 그저 멍하니 피터를 쳐다보았다. 이미 저마다 보따리를 진 막대기를 어깨에 걸치고 있었다. 아이들의 머릿속에 가장 먼저 든 생각은 피터가 자기들도 가지 못하도록 마음을 바꾸면 어쩌나 하는 것이었다.

하지만 피터는 그러기에 자존심이 강했다.

"너희들이 엄마를 찾는다면 말이지, 엄마가 꼭 너희들 마음에 들었으면 좋겠다."

피터가 은근히 험악하게 말했다.

비꼬는 피터의 말에 마음이 불편해진 소년들의 얼굴에 다들 동요의 빛이 나타나기 시작했다. 결국 아이들은 '가고 싶어하면 안 돼는 거 아니야?' 하는 표정을 지었다.

"자, 그럼. 그만 소란 떨고, 엉엉 울지도 마. 잘 가, 웬디."

피터가 명랑한 표정으로 손을 내밀었다. 마치 뭔가 중요한 일이 있으니 당장 가달라는 표시 같았다.

웬디는 피터가 내미는 손을 잡아야만 했다. 골무를 줄까도 생각했지만 그렇다고 더 좋아할 것처럼 보이지 않았으니까.

"바지 갈아입는 거 깜빡하지 않을 거지?"

웬디가 피터의 곁에서 꾸물대며 말했다. 웬디는 항상 소년들의 바지에 대해서 까탈스럽게 굴었다.

"응."

"약도 챙겨 먹을 거고?"

"그래."

할 말은 그게 전부인 듯했다. 어색한 침묵이 이어졌다. 하지만 피터는 남들이 보는 앞에서 약한 모습을 보일 아이가 아니었다.

"준비됐지, 팅커 벨?"

피터가 소리쳤다.

"그래, 그래."

"그럼 앞장 서."

팅크는 가장 가까이 있는 나무 구멍으로 잽싸게 날아갔다. 하지만 아무도 팅크의 뒤를 따르지 않았다. 바로 그 순간 해적들이 인디언들에게 무시무시한 공격을 가했기 때문이다. 고요하던 땅 위에서는 날카로운 비명과 무기들이 부딪치는 소리가 허공을 갈랐다. 땅속 집에서는 무거운 침묵이 흐르고 있었다. 모두들 놀라서 입을 다물지 못했다. 웬디는 자리에 주저앉아, 피터를 향해 팔을 뻗었다. 소년들도 마찬가지로 떠밀리듯 모두 피터를 향해 팔을 벌리며 다가갔다. 제발 자기들을 버리지 말라는 무언의 애원이었다. 피터는 해적 바비큐를 죽일 때 썼다는 단검을 꽉 움켜쥐었다. 두 눈은 전투의 열망으로 가득했다.

12

위험에 처한 아이들

해적의 공격은 전혀 생각지도 못한 순간에 이루어졌다. 파렴치한 후크가 비겁한 방법으로 기습했다는 증거였다. 백인의 어지간한 능력으로는 인디언을 놀라게 할 수 없기 때문이다.

인디언의 전쟁에 관한 불문율에 따르면 공격하는 쪽은 언제나 인디언이다. 교활한 면이 있는 인디언은 항상 동트기 직전 공격을 개시한다. 그때가 백인들의 사기가 제일 떨어지는 시간이기 때문이다. 한편 백인들은 그동안 파도처럼 기복이 큰 언덕 꼭대기에 대충 울타리를 만들어 둔다. 보통은 시냇물이 있는 언덕에 설치한다. 그 이유는 물에서 너무 멀리 떨어지면 죽는다는 믿음 때문이다. 그렇게 그곳에서 공격을 기다린다. 초짜 병사들은 권총을 꽉 움켜쥐거나 나뭇가지를 밟으며 초조해하지만 노련한 병사들은 새벽이 밝기 전까지 평온하게 잠을 잔다.

칠흑처럼 어두운 기나긴 밤, 사나운 인디언 정찰병만이 바쁘게 움직인다. 그들은 풀잎 하나 건드리지 않고 뱀처럼 스르르 교묘하게 풀밭을 지나다닌다. 그들이 지나간 덤불 숲에는 마치 모래 속을 파고드는 두더지처럼 흔적조차 남지 않는다. 아무런 소리도 나지 않는다. 이따금 인디언들이 내는 코요테의 외로운 울음소리가 들릴 뿐이다. 한 용사가 코요테의 울음소리를 내면 또 다른 용사가 이에 답하여 소리를 낸다. 심지어 어떤 소리는 제대로 소리를 내지 못하는 코요테보다 더 그럴 듯하다.

시간이 지날수록 긴장감은 더욱 커진다. 이런 상황을 처음 겪는 백인들에게는 이 시간이 끔찍하기만 하다. 하지만 노련한 이들에게는 무시무시한 코요테의 울음소리든, 소름끼치는 적막이든 그저 밤이 왔음을 알리는 신호일 뿐이다.

이런 전투의 일반적인 절차를 후크도 잘 알고 있었다. 따라서 이를 깨뜨려 놓고 그저 몰랐다는 핑계로 넘어갈 수는 없다.

피카니니 부족은 후크에게도 도의란 게 있을 것이라고 은연중에 믿고 있었다. 그날 밤 그들이 보여 준 행동은 후크와 대조를 이루었다. 그들은 부족의 명성에 걸맞게 모든 일을 처리했다. 인디언들은 백인들이 한편으로는 감탄하고, 한편으로는 두려워하는 예민한 감각을 가지고 있어 해적 하나가 마른 나뭇가지를 밟은 순간부터 그들이 섬에 있다는 사실을 알고 있었다.

그래서 그 순간 눈 깜짝할 사이에 코요테의 울음소리가 퍼져 나간 것이다. 모카신을 거꾸로 신은 인디언 용사들은 후크가 부하들을 내려 준 지점과 소년들의 땅속 집 사이를 은밀하게 살폈다. 아래쪽에 시냇물이 흐르는 언덕은 딱 한 군데밖에 없었다. 따라서 후크에게는 선택의 여지가 없을 터였다. 그래서 모두 거기에 자리를 잡고 동이 트기 직전까지 기다렸다. 후크가 악마처럼 사악하게 모든 계획을 세우고 있는 사이, 인디언의 주요 용사들은 담요를 덮고 남자다움의 정수인 침착함을 유지하면서, 창백한 죽음에 맞설 냉혹할 순간을 기다리고 있었다.

하지만 동 틀 무렵 후크에게 매우 격렬한 고통을 선사할 꿈에 빠져 있던 인디언들은 비겁한 후크에게 발각되고 말았다. 후크의 비열한 급습을 피했던 한 정찰병이 나중에 전하기를 후크는 언덕을 분명히 보았을 텐데도 거기서 발을 멈추지 않았다고 한다. 분명 저녁 어스름에 언덕을 봤을 텐데 말이다. 교묘한 후크는 인디언들이 공격할 때까지 기다릴 생각은 아예 처음부터 없었다. 심지어 그는 밤이 지나갈 때까지 기다리지도 않을 생각이었다. 전쟁의 법칙은 고려하지도 않은 채 맹공격을 퍼부었다. 그러니 평소 모든 전쟁 계략을 꿰뚫고 있는 정찰병 용사들도 놀랄 수밖에 없었다. 그들은 눈앞에 다가온 위험천만한 상황 속에 속수무책으로 자신들을 노출시키면서 후크를 뒤쫓는 수밖에 없었다. 애처로운 코요테의 울음소리를 내면서.

용감한 타이거 릴리의 곁에는 가장 체격 좋은 열두 명의 전사들이 있었다. 그들은 비겁한 해적들이 갑자기 들이닥치는 모습을 보았다. 지금까지 꿈꾸어 오던 승리가 완전히 산산조각 나버리는 순간이었다. 그들은 더는 말뚝에 박혀 괴로워하지 않아도 되리라. 그들에게는 지금 바로 이곳이 행복한 사냥터였다. 그들은 그걸 알고 있었다. 하지만 그들은 용사의 후예답게 처신했다.

그때라도 그들이 재빨리 일어나 전투 진영을 갖추었다면, 해적들이 이들을 물리치기는 힘들었을 것이다. 하지만 그것은 부족의 전통에 어긋나는 일이었다. 고결한 인디언은 절대로 백인 앞에서 놀라움을 드러내서는 안 된다고 전해 내려온다. 따라서 그들은 해적들의 갑작스러운 등장에 엄청나게 놀랐으면서도 한동안 미동도 하지 않았다. 마치 적들이 초대를 받고 온 것처럼 말이다. 그들은 용감하게 부족의 전통을 지킨 뒤에야 무기를 집어 들었다. 함성이 울려 퍼졌다. 하지만 이미 너무 늦어 버렸다.

전쟁이라기보다 대학살이라고 불러야 할 장면들을 묘사하는 것은 우리가 할 일이 아니다. 꽃다운 나이의 피카니니 부족 용사들이 수도 없이 목숨을 잃었다. 하지만 모두들 꼼짝 없이 당한 채 죽은 건 아니었다. 인디언 전사 '마른 늑대'는 카리브해를 휘젓고 다니던 알프 메이슨을 죽였다. 그 밖에도 지오 스커리, 채스 털리, 프랑스 알자스 출신 포게티를 비롯한 여러 해적들이 죽었다. 그중에서 털리는 무시무시한 인디언 용사 '흑표범'의 도끼에 맞아 죽었다. 흑표범은 타이거 릴리를 비롯해 얼마 남지 않은 동료들과 함께 해적들 사이를 뚫고 나아갔다.

이번 전쟁에서 후크가 쓴 비겁한 책략에 대해 어떠한 비난을 받을지는 역사가가 결정할 일이다. 만약 동트기 직전까지 언덕에서 기다렸다면 후크와 부하들은 잔인하게 살해당했을 것이다. 따라서 후크의 행동을 공정하게 평가하려면 그 사실도 염두에 두어야 한다. 어쩌면 후크가 해야만 했던 일은 적들에게 새로운 수법을 쓸 거라는 사실을 알리는 일이었는지도 모른다. 하지만 그랬다면 기습을 할 수 없어 그의 전략이 말짱 도루묵이 되고 말았을 것이다. 따라서 그의 행동을 평가하는 것은 그리 간단한 문제가 아니다. 어쨌거나 그렇게 대담한 음모를 생각해 낸 그의 꾀와 이를 실제 행동으로 옮긴 섬뜩한 재주에 대해서는 마지못해 감탄의 눈길을 보낼 뿐이다.

승리의 순간, 후크는 어떤 기분이었을까? 그의 쇠갈고리로부터 적당히 떨어진 곳에 모여, 숨을 몰아쉬며 단검을 닦고 있는 부하들은 알고 있었을까? 그들은 족제비처럼 가느다란 눈으로 이 비범한 남자를 쳐다보고 있었다. 그도 속으로는 한껏 의기양양했을 것이다. 하지만 그의 얼굴에는 그런 기미가 전혀 없었다. 그는 어느 때보다 어둡고 고독한 수수께끼 같은 존재처럼 자신의 추종자들과 육체적으로나 정신적으로나 홀로 떨어져 있었다.

그날 밤의 전투는 아직 끝나지 않았다. 후크가 물리치고 싶은 대상은 인디언들이 아니었으니까. 그들은 꿀을 얻기 위해 연기로 쫓아 버려야 하는 벌 떼일 뿐이었다. 그는 피터 팬을 원했다. 피터 팬과 웬디 그리고 소년들. 그중에서도 단연 관심사는 피터 팬이었다.

후크가 피터 팬처럼 어린 소년을 왜 그렇게 증오하는지 의아한 사람들도 있으리라. 물론 피터가 후크의 팔을 악어에게 던져 준 건 사실이었다. 게다가 그 뒤로 악어가 끈질기게 쫓아다니는 바람에 목숨이 위험해졌다고 해도 그렇게 무자비하면서 사악한 복수심을 품는다는 것은 선뜻 이해하기가 어렵다. 진짜 이유는 이거였다. 피터에게는 이 해적 선장을 광분하게 만드는 뭔가가 있었다. 그건 피터의 용맹함도 아니고 매력적인 외모도 아니었다. 그게 뭔지는 우리도 잘 알고 있을 테니 돌려 말하지 않겠다. 그건 바로 피터의 건방진 태도였다.

그것이 늘 후크의 신경을 거슬리게 했던 것이다. 피터가 잘난 척하는 꼴은 밤마다 벌레처럼 후크를 괴롭혔고, 그 생각만 하면 쇠갈고리 손이 휘둘러졌다. 피터가 살아 있는 한 후크는 우리에 갇힌 사자가 되어 참새의 성가신 방해를 받아야만 했다.

이제 문제는 후크가, 아니 후크의 부하들을 어떻게 나무 구멍으로 내려보내느냐였다. 후크는 탐욕으로 가득한 눈동자를 굴리며 부하들 중에서 가장 마른 녀석을 찾았다. 부하들은 불편한 기색으로 몸을 꼼지락거렸다. 선장이 조금도 개의치 않고 자기들을 나무 구멍 속으로 쑤셔 넣으리라는 걸 알고 있었기 때문이다.

한편 소년들은 뭘 하고 있을까? 앞에서 처음 전투가 일어나, 무기들이 부딪치는 소리가 들렸을 때 아이들은 돌처럼 굳은 몸으로 입을 떡 벌린 채 피터를 향해 간절히 팔을 벌리고 있었다. 이제 그들의 입은 다물어져 있고 팔도 양쪽에 늘어뜨려져 있었다. 땅 위에서 벌어진 대혼란은 마치 매서운 돌풍처럼 갑자기 왔다가 갑자기 끝난 듯했다. 하지만 소년들은 돌풍이 지나가는 동안 자신들의 운명이 결정된다는 걸 알고 있었다.

"어느 쪽이 이겼을까?"

나무 구멍에 대고 열심히 귀 기울이던 해적들은 저마다 묻는 소년들의 목소리를 들었다. 아이고! 그리고 그들은 피터의 대답도 듣고 말았다.

"만약 인디언들이 이겼다면 북을 두드릴 거야. 그게 바로 인디언들이 전투에서 이겼다는 신호니까."

피터가 말했다.

그때 스미는 북을 발견하고 그 위에 앉으려던 참이었다.

"너희들은 다시는 북소리를 듣지 못할 거다."

그가 중얼거렸다. 물론 잘 들리지 않을 만큼 작은 소리였다. 소리 내지 말라는 엄중한 명령이 떨어졌으니까. 그런데 스미는 북을 두드리라는 후크의 명령에 놀라고 말았다. 스미는 한참 뒤에야 그 명령에 담긴 끔찍할 정도로 사악한 뜻을 알아챘다. 단순한 스미는 그때만큼 후크가 존경스러웠던 적이 없었다.

스미는 북을 두 번 두드리고 신난 표정으로 귀 기울였다.

"북 소리다. 인디언들이 이겼어!"

악당들의 귀에 피터가 외치는 소리가 들려왔다.

불행한 운명에 빠진 아이들은 환호성을 질렀다. 그 소리는 땅 위의 시커먼 악당들에게는 음악처럼 들렸다. 아이들은 곧바로 피터에게 다시 작별 인사를 했다. 해적들은 작별 인사를 듣고 어리둥절했지만 적들이 곧바로 나무 위로 올라올 거라는 기쁨에 사로잡혀 다른 생각을 할 틈이 없었다. 그들은 서로 히죽히죽 웃으며 양손을 비벼 댔다. 곧바로 후크는 부하들에게 조용히 명령을 내렸다. 한 사람당 나무 하나씩 맡았고, 나머지는 2미터 간격으로 떨어져 대기했다.

13

요정을 믿니?

매도 먼저 맞는 편이 낫다. 나무에서 제일 먼저 나온 아이는 컬리였다. 컬리는 나오자마자 세코의 손아귀에 들어갔다. 세코는 컬리를 스미에게 내던졌고, 스미는 스타키에게, 스타키는 빌 주크스에게로, 빌 주크스는 누들러에게 내던졌다. 그렇게 컬리는 차례대로 내던져지다 마침내 이름이 여러 개라는 흑인 해적의 발 아래로 굴러 떨어졌다. 해적들은 나머지 소년들 역시 모두 나무 구멍에서 무자비하게 빼냈다. 그중 몇 명은 짐짝 던지듯 공중으로 던져졌다.

하지만 맨 마지막으로 나온 웬디에게만은 대접이 달랐다. 후크는 웬디를 향해 모자를 들어 정중하게 인사하고 팔을 내밀더니, 웬디를 자신의 부하들에게 재갈이 물린 소년들이 있는 곳까지 호위해 주었다. 후크의 그런 행동에서 어찌나 기품이 묻어나던지, 마음을 사로잡힌 웬디는 비명을 지르는 것조차 잊어버렸다. 웬디도 결국 아직 어린 소녀에 불과했던 것이다.

웬디가 한순간이나마 후크에게 푹 빠졌다는 사실을 밝히는 게 고자질처럼 느껴질 수도 있겠다. 하지만 이 사실을 꼭 짚고 넘어가야 할 이유가 있다. 웬디의 그 실수가 기이한 결과를 가져왔기 때문이다. 만약 웬디가 거만하게 후크의 손을 뿌리쳤다면(아, 그렇게 말할 수 있었다면 얼마나 좋았을까) 다른 소년들처럼 공중으로 던져졌을 것이고, 후크는 아이들이 묶여 있는 곳에 가지도 않았을 것이다. 후크가 그곳에 가지 않았다면 슬라이틀리의 비밀도 발견하지 못했을 테고, 그 비밀을 발견하지 못했다면 후크가 비열하게 피터의 목숨을 노리는 수작도 부리지 못했을 것이다.

소년들은 날아서 도망치지 못하도록 얼굴을 바짝 숙인 채 무릎을 꿇은 자세로 묶여 있었다. 흑인 해적은 소년들을 묶기 위해서 밧줄을 똑같은 길이로 아홉 개 잘라 두었다. 슬라이틀리를 묶기 전까지 아무런 문제가 없었다. 슬라이틀리는 용량이 넘치는 소포 같았다. 돌돌 말고 나니 끈이 모자라서 매듭을 짓지 못하는 짜증나는 소포 말이다. 해적들은 불같이 화를 내면서 슬라이틀리가 정말로 소포 꾸러미라도 되는 것처럼 발로 차버렸다(원래대로라면 밧줄을 차버려야 공정한 일이겠지만). 그런데 뜻

233

밖에도 후크가 폭력을 그만두라
고 하는 게 아닌가. 그의 입술은 악의적인 승리감으로 씰룩거렸
다. 후크의 부하들이 불쌍한 슬라이틀리의 한쪽 부분을 묶으려
고 할 때마다 다른 쪽 살집이 튀어나오는 바람에 애를 먹고 있는
사이, 얍삽한 후크는 슬라이틀리의 겉모습만 꼼꼼히 살펴본 게
아니었다. 그는 결과가 아니라 원인을 찾고 있었다. 그리고 마
침내 후크의 표정은 의기양양해졌고, 이는 문제의 원인을
찾았다는 표시였다.

슬라이틀리는 후크가 자신의 비밀을 알아챘다는 사실
을 알고는 얼굴이 하얗게 질려 버렸다. 슬라이틀리의 비밀이

란, 그처럼 살이 찌면 보통 몸집의 남자 어른은 막대기로 쑤셔 넣어야 들어갈 정도로 좁은 나무 구멍을 들락날락할 수 없다는 사실이었다. 지금 슬라이틀리의 모습은 소년들 중에서 가장 불쌍해 보였다. 그는 자기 때문에 피터가 당할 일에 대한 생각으로 겁에 질린 채 자신의 행동을 뼈저리게 후회했다. 더울 때마다 물을 마셔야만 직성이 풀렸던 탓에 지금처럼 몸이 불어났고, 나무 구멍에 맞게 살을 빼는 대신 몰래 나무를 자기 몸에 맞게 깎아 버린 것을 말이다.

마침내 피터가 자신의 손바닥 안으로 들어왔다. 하지만 후크는 머릿속 지하 동굴에서 떠오른 사악한 계략을 입 밖에 내지 않았다. 단지 포로들을 배로 옮기라는 명령을 내렸을 뿐이었다. 그래야 혼자 있을 수 있으니까.

묶은 포로들을 어떻게 배로 옮겨야 할까? 웅크린 채 밧줄에 묶인 아이들을 언덕 아래로 통처럼 굴릴 수도 있었다. 하지만 길 곳곳에 있는 늪을 헤쳐야만 한다. 다시 한 번 후크의 천재적인 머리가 곤란한 상황을 해결했다. 그는 웬디의 작은 집을 활용해 포로들을 옮기라고 명령했다. 아이들은 작은 집 안으로 내던져졌고, 네 명의 우락부락한 해적들이 집을 통째로 어깨에 짊어졌다. 나머지 해적들은 그 뒤를 따랐다. 무시무시한 해적의 노래와 함께, 이 괴상한 행렬은 숲을 헤치고 나아갔다. 아이들 중에 울음을 터뜨린 아이가 있었는지도 모르겠다. 만약 울었다고 해도 해적들의 노랫소리에 묻혔으리라. 그런데 작은 집이 숲속을 지나는 도중 후크에게 반항이라도 하듯 굴뚝으로 연기를 뿜어 냈다.

후크는 그 장면을 놓치지 않고 보았다. 결국 이는 피터에게 나쁜 영향을 끼쳤다. 그렇지 않아도 분노로 가득한 해적 선장의 가슴에 조금이라도 남아 있을지 모를 피터를 향한 일말의 동정심마저 싹 날려 버렸기 때문이다.

빠르게 밤이 깊어가는 가운데 홀로 남겨진 후크가 가장 먼저 한 일은 슬라이틀리의 나무로 살금살금 다가가 그 안에 틈이 있는지 살펴본 것이었다. 그런 다음 후크는 곰곰이 생각에 잠겼다. 불길한 분위기를 풍기는 모자를 풀밭에 벗어 놓자, 그의 머리카락 사이로 가벼운 산들바람이 상쾌하게 불어왔다. 그의 머릿속 생각은 암흑처럼 어두웠지만 그의 푸른 눈동자는 빙카꽃처럼 부드러웠다. 그는 땅속에서 들려오는 작은 소리도 놓치지 않기 위해 귀 기울였지만 땅속은 땅 위만큼이나 고요했다. 마치 텅 빈 집처럼. 피터는 잠든 걸까? 아니면 슬라이틀리의 나무 입구에서 단검을 든 채 기다리고 있는 걸까?

내려가 보지 않고는 도저히 알 수 없었다. 후크는 살며시 망토를 벗어 땅에 내려놓고 피가 베어나도록 입술을 깨물며 나무 구멍 속으로 들어섰다. 그는 용감한 남자였지만 이마에서 촛농처럼 뚝뚝 떨어지는 땀을 닦느라 잠시 멈춰 서야 했다. 그리고 다시 무엇이 기다리고 있을지 알 수 없는 세계로 조용히 들어갔다.

아무런 방해 없이 나무 구멍의 바닥에 도착한 그는 다시 멈춰서서 가쁜 숨을 골랐다. 눈이 어둑한 빛에 익숙해지자 땅속 집의 여러 가지 물건들이 보이기 시작했다. 하지만 그의 탐욕스러운 시선이 멈춘 곳은 딱 한 곳, 커다란 침대였다. 그 침대에는 그가 오랫동안 찾아 헤맨 피터가 곤히 잠들어 있었다.

피터는 땅 위에서 벌어진 비극을 모른 채 아이들이 떠난 뒤 한동안 즐겁게 피리를 불었다. 자신이 전혀 아무렇지도 않다는 걸 보여 주기 위한 애처로운 노력이었다. 피터는 웬디를 슬프게 하기 위해 약을 먹지 않기로 결심했다. 그러고는 웬디를 더더욱 화나게 만들 작정으로 이불도 덮지 않고 침대에 누웠다. 웬디는 밤이 되면 추워질지도 모른다는 생각에 항상 아이들에게 단단히 이불을 덮어 주었다. 그런 생각을 하자, 피터는 거의 울 뻔했다. 하지만 우는 대신 웃어 버리면 웬디가 얼마나 분해할까 하는 생각이 떠올랐다. 그래서 피터는 아주 거만하게 웃음을 터뜨렸다. 그렇게 웃다가 도중에 잠들었다.

피터는 자주는 아니지만 가끔씩 꿈을 꾸었다. 그 꿈은 다른 소년들의 꿈보다 훨씬 고통스러웠다. 피터는 꿈속에서 애처롭게 울부짖으면서 몇 시간이고 깨어나지 못했다. 내 생각에는 그 꿈들이 피터에 관한 수수께끼와 관련이 있는 것 같다. 아무튼 그

릴 때면 웬디가 피터를 침대에서 데리고 나
와 무릎베개를 해주고는, 자기가 고안해 낸
다양한 방법으로 다정하게 달래 주곤 했
다. 그러다 피터가 어느 정도 진정되
면 잠에서 깨기 전에 얼른 침대에 눕
혔다. 자기가 그렇게 달래 주었다는
걸 피터가 알면 창피해할 테니 모르
게 하려는 거였다. 하지만 이날 피
터는 꿈도 꾸지 않고 곧장 깊은 잠
에 빠져들었다. 한 쪽 팔은 침대 밖으로 늘어뜨리고, 한 쪽 다리
는 세운 채. 아직 웃음이 가시지 않은 입 사이로 진주알처럼 작
은 이가 드러났다.

한마디로 후크는 무방비 상태의 피터를 발견했다. 후크는 조
용히 나무 밑치 아래에 선 채로 방 안에 있는 적을 바라보았다.
혹시 그의 어두운 가슴이 연민의 감정으로 어지러워진 것은 아
니었을까? 후크는 완전히 사악한 인간은 아니었다. 그는 꽃을
좋아했고(그렇다고 들었다) 감미로운 음악도 좋아했다(하프시코
드의 연주 솜씨도 뛰어났다). 솔직히 말하자면 눈앞에 펼쳐진 소
박하고 평화로운 광경은 후크의 마음을 크게 흔들어 놓았다. 따
라서 일말의 양심대로라면 마지못해 나무 위로 올라갔을 수도
있었다. 하지만 딱 하나가 그를 가로막았다.

그를 가로막은 건 바로 잠자는 피터의 건방진 모습이었다. 벌어진 입, 축 늘어진 팔, 구부린 다리. 건방지기 짝이 없는 모습 그 자체였다. 후크처럼 그런 모습에 쉽게 비위가 상하는 사람이라면 다시는 봐서는 안 되는 장면이었다. 만약 후크가 분노로 폭발해 백 개의 조각으로 갈라졌다면, 한 조각도 빠짐없이 눈앞에 펼쳐진 광경이 평화롭든 말든 잠자는 피터를 향해 날아갔을 것이다.

램프 하나가 침대를 흐릿하게 비추고 있는 가운데 후크는 어둠 속에 서 있었다. 그가 살며시 앞으로 한 걸음 내밀자 장애물 하나가 그를 가로막았다. 슬라이틀리의 나무에 달린 문이었다. 문은 나무 구멍보다 작았다. 다시 말해서 지금까지 후크는 위쪽의 문틈으로 방 안을 들여다보고 있었다. 손잡이를 더듬어 찾던 후크는 손잡이가 너무 낮은 곳에 있어서 손이 닿지 않자 울화가 치밀었다. 그 순간 머릿속이 뒤죽박죽이 되어 버린 후크의 눈에 피터의 거슬리는 얼굴이며 건방진 자세가 더욱 선명하게 들어왔다. 후크는 덜컹덜컹 문을 잡고 흔들다가 결국 문을 향해 몸을 던졌다. 피터는 과연 이런 적으로부터 벗어날 수 있는 걸까?

그런데 저게 뭘까? 빨갛게 핏발 선 그의 눈에 선반에 놓인 피터의 약병이 들어왔다. 그는 그게 뭔지 단번에 알아보았고, 그와 동시에 잠자고 있는 피터가 이제 자신의 손아귀에 들어왔음을 깨달았다.

후크는 산 채로 붙잡히지 않기 위해서 항상 독약을 몸에 지니고 다녔다. 후크가 직접 만든 것으로, 여기저기에서 얻은 독약들을 함께 끓여 만든 노란색 독약이었다. 아직 과학계에는 알려지지 않았지만, 아마도 세상에서 가장 치명적인 독일 것이다.

후크는 피터의 컵에 이 독약을 다섯 방울 떨어뜨렸다. 그의 손은 떨리고 있었다. 자신의 행동에 대한 수치심 때문이 아니라 어쩔 줄 모를 기쁨 때문이었다. 그는 독약을 떨어뜨리면서 피터를 보지 않으려고 애썼다. 동정심에 마음이 약해질까봐서가 아니라 약을 흘리지 않기 위해서였다. 일을 끝마친 다음 그는 매우 흡족한 표정으로 자신의 희생양을 오랫동안 바라보았다. 그러고는 뒤돌아서서 나무 위로 힘겹게 올라갔다. 나무 밖으로 나온 그의 모습은 마치 악의 굴에서 나온 악마처럼 보였다. 자신을 밤으로부터 완전히 가리려는 듯, 그는 모자를 한껏 삐딱하게 쓰고 망토를 걸친 다음 망토의 한쪽 끝자락을 앞으로 잡아당겼다. 그리고 이상한 혼잣말을 중얼거리며 나무 사이로 스르르 사라졌다.

피터는 여전히 잠들어 있었다. 램프의 불빛마저 차츰 약해지더니 이내 집 안은 어둠에 잠겨 버렸다. 그래도 피터는 일어나지 않고 잠만 잤다. 그러다가 뭔지 모를 소리를 듣고 갑자기 벌떡 침대에서 일어났다. 악어의 배 속 시계가 적어도 10시쯤 되었을 때였다. 피터를 깨운 소리는 그의 나무에 달린 문을 조심스럽게 두드리는 작은 소리였다.

작고 조심스러웠지만, 집 안의 정적을 깨고 들려오는 노크 소리는 대단히 불길했다. 피터는 손으로 더듬어 단검을 찾아 움켜쥔 다음에 입을 열었다.

"누구야?"

한동안 아무런 답이 없었다. 또 다시 문 두드리는 소리가 들렸다.

"누구냐고?"

또 답이 없었다.

피터는 온몸에 오싹한 전율을 느꼈다. 피터는 그런 오싹함을 매우 좋아했다. 그는 큰 걸음으로 성큼성큼 문가로 갔다. 슬라이틀리의 문과 달리 피터의 문은 나무 구멍에 꼭 맞아서 문 너머에 누가 있는지 보이지 않았고, 밖에서도 피터를 볼 수 없었다.

"대답 안 하면 안 열어 줄 거야."

피터가 소리쳤다.

그러자 마침내 방문객이 입을 열었다. 딸랑거리는 방울 소리처럼 사랑스러운 목소리였다.

"들여보내 줘, 피터."

팅크였다. 피터는 얼른 문을 열었다. 잔뜩 흥분한 팅크는 얼굴이 새빨갛고 옷에는 진흙이 잔뜩 묻어 있었다.

"무슨 일이야?"

"아, 넌 짐작도 못 할 거야!"

틩크는 이렇게 외치며 피터에게 알아맞힐 기회를 세 번 주겠다고 했다.

"그냥 말해!"

피터가 소리쳤다. 틩크는 마술사의 입에서 끝도 없이 끈이 뽑아져 나오듯이, 웬디와 소년들이 붙잡히게 된 이야기를 문법이 하나도 맞지 않는 문장으로 늘어놓았다.

그 이야기를 듣는 동안 피터의 심장이 마구 요동치기 시작했다. 웬디가 해적선에 묶여 있다니. 그것도 모든 게 반듯하게 정리되어 있는 걸 좋아하는 웬디가!

"내가 웬디를 구해야겠어."

피터는 이렇게 소리치며 즉각 무기가 있는 곳으로 달려갔다. 달려가는 동안 피터는 웬디를 기쁘게 해줄 수 있는 일을 생각해 냈다. 약을 먹으면 웬디가 기뻐하지 않을까? 피터의 손이 치명적인 독약을 움켜쥐었다.

"안 돼!"

틩크가 비명을 질렀다. 틩크는 후크가 숲속을 빠져나가면서 자기가 저지른 일에 대해 중얼거리는 소리를 들었던 것이다.

"왜 안 돼?"

"거기에 독이 들었어."

"독이 들었다고? 누가 여기에 독약을 넣을 수 있는데?"

"후크."

"바보 같은 소리 하지 마. 후크가 여기까지 어떻게 내려올 수 있겠어?"

아아! 팅커 벨은 그걸 설명할 수 없었다. 팅크마저도 슬라이트의 나무에 숨겨진 암울한 비밀을 알지 못했으니까. 하지만 후크가 중얼거린 말은 의심의 여지가 없었다. 약에는 독이 들어 있었다.

"게다가 난 잠들지도 않았는걸."

피터가 매우 자신 있게 말했다.

피터는 약을 집어 들었다. 더는 말씨름할 시간이 없었다. 행동으로 보여 줘야 할 때였다. 팅크는 번개처럼 피터의 입술과 독약 사이로 날아가 단숨에 독약을 마셔 버렸다.

"이런, 팅크. 어떻게 감히 내 약을 먹을 수 있어?"

하지만 팅크는 대답하지 않았다. 팅크는 이미 공중에서 비틀거리고 있었다.

"너 왜 그래?"

갑자기 두려워진 피터가 소리쳐 물었다.

"약에 독이 들어 있어, 피터. 난 이제 죽을

거야."

팅크가 힘없는 목소리로 말했다.

"맙소사, 팅크. 날 구하려고 그걸 마신 거야?"

"응."

"하지만 왜 그런 거야, 팅크?"

팅크는 더는 날갯짓하기도 힘겨웠지만 그에 대한 대답으로 피터의 어깨에 내려앉아 그의 뺨을 사랑스럽게 깨물었다. 이어서 피터의 귀에 대고 "이 바보 멍청이."라고 속삭이고는, 비틀거리며 자신의 방으로 들어가 침대에 누웠다.

피터가 괴로워하며 팅크의 곁에 무릎을 꿇고 앉았다. 팅크의 방은 워낙 작아서 피터의 얼굴이 한쪽 벽면을 거의 모두 가려 버렸다. 팅크의 불빛은 점점 희미해지고 있었다. 피터는 그 불빛이 완전히 사라지면 팅크도 세상에서 사라진다는 사실을 알고 있었다. 팅크는 피터가 자신을 위해 눈물을 흘리는 게 너무 좋아서 아름다운 손가락을 내밀어 그 위로 눈물이 흘러내리게 했다.

팅크의 목소리가 너무 낮아서 피터는 처음에 무슨 말인지 알아들을 수 없었다. 간신히 들어 보니, 팅크는 아이들이 요정의 존재를 믿는다면 자기가 원래대로 기운을 차릴 수 있다고 말하고 있었다.

피터는 두 팔을 벌렸다. 그곳에는 아이들도 없었고, 시간은

이미 밤이었다. 하지만 지금 네버랜드에 대한 꿈을 꾸고 있는 아이들은 생각보다 가까운 곳에 있었다. 피터는 그 아이들에게 전부 말을 걸 수 있었다. 잠옷 차림의 남자아이들과 여자아이들, 또 나무에 걸린 바구니 안에 있는 벌거벗은 갓난아기들도 있었다.

"너희는 요정을 믿니?"

피터가 소리쳤다.

팅크는 자신의 운명을 결정짓는 대답을 듣기 위해서 기운을 내어 일어나 앉았다.

팅크는 긍정적인 대답을 들었다고 생각했지만 곧 자신이 없어졌다.

"뭐라고 한 거야?"

"너희들이 요정을 믿는다면 손뼉을 쳐봐. 팅크를 죽게 내버려 두지 마."

피터가 아이들에게 소리쳤다.

많은 아이들이 손뼉을 쳤다. 못된 몇몇의 아이들은 쉭쉭거리며 야유를 보냈다. 그러다 갑자기 손뼉 치는 소리가 멈추었다. 엄마들이 아이들 방에 무슨 일이 일어났는지 보려고 급하게 달려온 것 같았다. 하지만 이미 팅크는 살아난 뒤였다. 팅크의 목소리에 힘이 생기는가 싶더니 이내 침대에서 홱 튀어 올랐고, 그 어느 때보다 명랑하고 도도하게 방 안을 마구 날아다녔다. 팅크는 요정의 존재를 믿어 준 아이들에게 고마워할 생각 같은 건 없었다. 하지만 야유를 보낸 아이들을 혼내 주고 싶은 마음은 가득했다.

"이제 웬디를 구하러 가자."

피터는 위험한 모험을 떠나기 위해 가벼운 옷차림에 무기만 잔뜩 짊어진 채로 나무 밖으로 나왔다. 구름이 잔뜩 낀 하늘 사이로 달이 보였다. 평소라면 이런 밤에는 모험을 떠나지 않을 터였다. 피터는 수상한 물체가 없는지 낱낱이 살피기 위해 땅에 바짝 붙어서 날고 싶었다. 하지만 이렇게 달빛이 잠깐씩 비추었다 사라지는 밤에 낮게 날면, 나무들 사이로 그림자가 질질 끌려서 잠자는 새들을 방해하게 된다. 이는 주시하고 있는 적에게 자신의 움직임을 알릴 우려가 있다.

피터는 섬의 새들에게 괴상한 이름을 지어 준 탓에 새들의 성질이 사나워지고 친해지기 어려워진 것을 지금에 와서야 후회했다.

결국 인디언들의 방식대로 땅에 붙은 채로 나아가는 수밖에 없었다. 다행히 피터에게는 매우 능숙한 일이었다. 하지만 피터는 어느 쪽으로 가야 할지 알 수 없었다. 아이들이 진짜로 해적선으로 끌려갔는지도 확실하지 않았다. 얇게 쌓인 눈 때문에 발자국도 전부 사라져 버렸고, 섬 전체가 쥐죽은 듯 고요했다. 마치 섬 전체가 방금 전에 일어난 대학살 장면을 보고 공포로 제자리에 얼어붙은 듯했다.

피터는 타이거 릴리와 팅커 벨에게 배운 숲속에서 사용할 수 있는 행동 요령을 아이들에게 가르쳐 준 적이 있었다. 그는 아이들이 아무리 끔찍한 상황에서도 그걸 잊어버리지 않았을 거라는 사실을 알고 있었다. 이를테면 기회가 있다면 슬라이틀리는 나무껍질을 벗겨 표시를 남겼을 테고, 컬리는 씨앗을 뿌리고, 웬디는 중요한 어딘가에 손수건을 떨어뜨렸을 것이다. 하지만 흔적을 찾으려면 아침이 되어야 했다. 피터는 그때까지 기다릴 수 없었다. 운명은 피터를 불러들였지만, 하늘은 아무런 도움도 주지 않을 작정이었다.

악어가 피터 옆을 지나갔다. 그 밖에 살아 움직이는 것은 아무것도 보이지 않았고, 소리도, 움직임도 없었다. 하지만 피터는 다음번 나무에서 갑자기 죽음과 맞닥뜨릴 수도 있고, 죽음이 가만히 뒤따라오고 있을 수도 있다는 사실을 알고 있었다.

피터는 속으로 섬뜩한 맹세를 했다.

"이번에는 후크와 나, 둘 중 한 명은 죽는다."

그는 뱀처럼 스르르 기어갔다. 그러다 곧 벌떡 일어서서 달빛이 비추는 곳을 향해 휙 달려갔다. 한 손은 입술에 댄 채 또 한 손으로는 언제라도 단검을 휘두를 수 있도록 꽉 잡고서. 피터는 너무도 행복했다.

14

해적선

'해적의 강' 어귀에 있는 '키드 만'을 비추는 가느다란 한 줄기 초록빛에 쌍돛대 범선 졸리 로저호가 물에 낮게 떠 있는 모습이 나타났다. 이 배는 날렵하게 생겼지만 선체는 혐오스러웠다. 갑판 위는 짓이겨진 깃털이 흩어져 있는 땅처럼 흉측한 모습이었다. 졸리 로저호는 배의 식인종이었고 망 볼 필요도 없었다. 이름에서 풍기는 공포 분위기만으로도 아무도 근처에 얼씬대지 못했으니까.

이 해적선은 칠흑 같은 밤에 완전히 뒤덮여 있어 그 어떤 소리도 해안까지 들리지 않았다. 약간의 소리가 나긴 했지만 재봉틀이 "윙윙" 돌아가는 소리를 빼고는 흥겨운 소리 같은 건 전혀 없었다. 재봉틀에는 스미가 앉아 있었다. 늘 부지런하고 친절하여, 평범함 그 자체라고 할 수 있는 애처로운 스미였다. 스미가 한없이 애처로운 이유는 나도 딱히 모르겠다. 자기가 그렇다는 걸 그가 알아차리지 못했기 때문이라고 생각할 수 밖에. 강인한 남자라 할지라도 스미를 쳐다보고는 허둥지둥 시선을 돌려야만 했다. 여름 밤에 스미가 후크의 눈물샘을 자극해서 눈물을 흘리게 만든 적이 한두 번이 아니었다. 물론 스미는 늘 그렇듯이 그 사실마저도 알아차리지 못했다.

　암울한 기운이 감도는 어두운 밤, 해적 몇 명이 갑판 난간에 기댄 채 술을 마시고 있었다. 또 다른 해적들은 술통 옆에 아무렇게나 누워서 주사위와 카드 게임을 하고 있었다. 그런가 하면 작은 집을 짊어지고 오느라 진이 다 빠진 해적 네 명은 갑판에 엎드려 자고 있었다. 그들은 자는 동안에도 후크의 쇠갈고리를 이리저리 교묘하게 피해 굴러다녔다. 후크가 지나가면서 습관처럼 휘두르는 쇠갈고리에 언제 긁힐지 모를 일이었기 때문이다.

　후크는 생각에 잠긴 채 갑판을 거닐었다. 아, 도대체 무슨 생각을 하는지 알 수 없는 남자, 후크! 그에게 지금은 승리의 시간이 아닌가. 그의 길을 가로막던 피터가 영영 사라진 데다 다른 소년들은 전부 배로 붙잡혀와 널빤지에 오르기 직전이었으니까. 이것은 그가 바비큐를 굴복시킨 이후로 해낸 가장 무시무시한 일이었다. 지금은 후크가 자신이 거둔 성공에 한껏 취해 갑판을 이리저리 휩쓸고 다닌다 한들 놀라울 게 없다. 우리는 인간이 허영심에 가득 찬 껍데기뿐이라는 것을 잘 알고 있지 않은가?

하지만 후크의 걸음걸이는 전혀 신바람이 난 것처럼 보이지 않았다. 지금의 걸음걸이는 평소 그의 시커먼 마음과 닮은 듯했다. 그는 몹시 낙담한 모습이었다.

고요한 밤, 후크는 배에서 혼자 깊은 생각에 빠질 때마다 종종 이런 기분에 빠져들었다. 사실 그는 지독하게 외로운 사람이었다. 이 수수께끼 같은 남자는 부하들에게 둘러싸여 있을 때 가장 외로움을 느꼈다. 같이 어울리기에 그들은 후크에 비해 사회적 지위가 한참 낮은 존재들이었다.

사실 후크는 그의 본명이 아니다. 그가 진짜 누구인지 밝힌다면 지금이라도 나라 전체가 발칵 뒤집히리라. 눈치 빠른 독자라면 진즉에 짐작했겠지만, 후크는 명문 사립학교 출신이다. 그곳의 전통이 딱 달라붙는 옷처럼 지금도 여전히 후크의 몸에 배어 있다. 실제로 그 학교에서는 학생들의 복장을 매우 중요하게 여긴다. 그래서 후크는 전투한 복장 그대로 빼앗은 배에 오르는 걸 매우 불쾌하게 여겼다. 그리고 후크 특유의 구부정한 걸음걸이 역시 그 학교에서 강조한 가르침이었다. 무엇보다 후크는 그때와 마찬가지로 품격에 대한 열망이 가득했다.

품격! 후크는 지금은 비록 자신이 타락했지만, 품격이야말로 무엇보다 중요하다는 사실을 여전히 잘 알고 있었다.

후크는 자신의 마음속 깊은 곳에서 녹슨 문이 "삐그덕" 열리는 소리를 들었다. 그리고 그 사이로 엄중하게 "탕탕탕" 두드리는 소리를 들었다. 한밤중에 사람의 잠을 깨우는 망치질 같은 그 소리는 언제나 이런 질문을 던졌다.

"후크, 너는 오늘 품격을 지켰느냐?"

"명예, 명예, 그 반짝이는 보석은 내 거야!"

후크가 소리쳤다.

"남들보다 뛰어나기만 하면 품격이 있는 건가?"

후크의 학교에서 들려오는 "탕탕" 소리가 대답했다.

"난 바비큐가 두려워한 유일한 존재야. 그리고 플린트는 바비큐를 두려워했지."

"바비큐, 플린트……, 도대체 어느 집안 자제들이지?"

날카로운 대꾸가 돌아왔다.

하지만 무엇보다 후크를 불편하게 괴롭힌 것은 품격에 대해 생각하는 것이야말로 품격에 어긋난 행동은 아닐까 하는 것이었다. 이 문제는 후크의 정곡을 찌르고 괴롭혔다. 그것은 마음속에 자리한 날카로운 발톱과도 같았고, 그의 쇠갈고리 손보다 훨씬 매서웠다. 그 발톱이 사정없이 할퀴자 그의 혈색 나쁜 얼굴에 식은땀이 송글송글 맺히더니 상의를 타고 줄줄 흘러내렸다. 소매로 연신 얼굴의 땀을 훔쳐보지만, 줄줄 흘러내는 땀을 막을 수 없었다.

후크도 고민이 많은 사람이다.

후크는 문득 자신이 제명에 죽지 못할 거라는 예감이 들었다. 피터 팬의 무시무시한 맹세가 해적선에까지 쫓아온 걸까? 후크는 늦기 전에 유언을 남겨야겠다는 침울한 욕구를 느꼈다.

"후크의 야망이 조금 더 작았더라면 좋았을 것이다!"

그가 소리쳤다. 그는 침울할 때면 자신을 3인칭으로 불렀다.

"어린아이들은 나를 좋아하지 않는다."

한 번도 신경 써 본 적 없는 생각이 지금 떠오르다니 정말 이상한 일이었다. 아마도 스미의 재봉틀 때문에 떠오른 생각인지도 몰랐다. 후크는 한동안 스미를 빤히 쳐다보면서 혼잣말을 했다. 스미는 열심히 옷단을 만들면서, 아이들이 모두 자신을 무서워한다고 철석같이 믿고 있었다.

그를 무서워하다니! 스미를 무서워하다니! 그날 밤 해적선에 있던 아이들은 모두 스미를 좋아했다. 스미는 아이들을 차마 주먹으로 때릴 수는 없기에 아이들에게 말로 겁을 주거나 손바닥으로 때리기도 했다. 하지만 아이들은 스미에게 더 바싹 들러붙었다. 마이클은 스미의 안경을 써보기까지 했다.

가엾은 스미에게 아이들이 그를 좋아한다고 말해 준다면 어떻게 될까? 후크는 그 말을 해주고 싶어서 몸이 근질거렸지만, 너무 잔인한 일 같았다. 대신 그는 이 수수께끼에 대해 머릿속으로 곰곰이 생각해 보았다. 아이들은 왜 스미를 좋아하는 걸까? 그는 탐정이라도 되는 듯 이 문제를 끈질기게 파고들었다. 만약 스미가 사랑스러워 보인다면 무엇 때문일까? 갑자기 끔찍한 답이 떠올랐다.

"혹시, 품격 때문인가?"

갑판장이 자신도 모르는 품격을 갖고 있단 말인가? 자신도 모르게 지키는 품격이야말로 최고의 품격이 아니던가? 후크는 명문 이튼 칼리지 사교클럽의 회원으로 가입하려면 자신이 품격 있게 행동한다는 사실조차 모르게 품격을 지키고 있음을 증명해야 한다는 사실이 떠올랐다.

그는 분노의 함성과 함께 스미를 향해 쇠갈고리 손을 쳐들었다. 하지만 그를 찢어 버리지는 않았다. 바로 이 생각이 그를 저지했기 때문이다.

'품격을 지킨다는 이유로 누군가를 찢어 버린다면, 그건 도대체 무엇이란 말인가?'

'그야말로 품격에 반대되는 행동이 아닌가!'

비참해진 후크는 땀에 푹 젖은 꼴로 꺾인 꽃처럼 앞으로 고꾸라졌다.

그가 잠깐 넋을 놓고 있다고 생각한 부하들은 곧바로 군기가 빠지더니 흥에 겨워 멋대로 춤을 추기 시작했다. 이 소리에 후크는 물벼락을 뒤집어쓴 듯이 자리에서 벌떡 일어났다. 인간적인 나약함은 흔적도 없이 사라진 모습이었다.

"조용히들 해라, 이 덜떨어진 녀석들. 안 그러면 네놈들에게 닻을 던져 버리겠다."

후크가 소리쳤다.

시끌벅적한 소리가 단번에 멈추었다.

"아이들은 날아가지 못하게 전부 쇠사슬로 묶어 놨겠지?"

"네, 네."

"그럼 녀석들을 끌고 와라."

웬디를 제외하고 포로가 된 가엾은 아이들이 짐칸에서 끌려 나와 후크 앞에 한 줄로 세워졌다. 후크는 아이들의 존재를 한동안 모른 척했다. 그는 축 늘어져 기댄 채 가락에 맞춰 저속한 노래의 몇 소절을 흥얼거리면서 카드 한 벌을 만지작거렸다. 이따금씩 그가 피우는 시가 불빛에 그의 얼굴이 일렁였다.

"자, 그럼 이 녀석들아. 너희 여섯 명은 오늘 밤 널빤지 위를 걷게 될 거다. 그런데 마침 선실에서 잔심부름을 해줄 사람이 두 명이 필요하다. 너희들 중에 누가 할 거지?"

"괜히 후크를 화나게 하지 마."

웬디는 짐칸에 갇혀 있을 때 아이들에게 이렇게 신신당부했다. 그래서 투틀즈가 공손하게 앞으로 나갔다. 그는 후크 같은 사람 밑에서 일한다는 건 생각만으로도 싫었지만, 이 자리에 없는 사람한테 책임을 돌리는 게 현명하다는 것을 직감했다. 약간 어수룩한 투틀즈도 엄마들은 언제나 아이들의 보호막이 되어 주리라는 걸 잘 알고 있었다. 아이라면 누구나 엄마들의 이런 본성을 잘 알고 있다. 이런 점 때문에 엄마들을 무시하기도 하지만, 또 기회가 있을 때마다 그 점을 이용해 먹는다.

투틀즈가 신중하게 설명을 해나갔다.

"선장님도 아시겠지만 저희 엄마는 제가 해적이 되는 걸 원치 않으실 거예요. 너희 엄마는 네가 해적이 되는 걸 좋아하실까, 슬라이틀리?"

투틀즈가 슬라이틀리에게 눈을 찡긋했다.

"아마 좋아하지 않으실 거야."

슬라이틀리는 마치 그 반대였으면 좋겠다는 듯 침통하게 대답했다.

"너희 엄마는 너희가 해적이 되는 걸 좋아하실까, 쌍둥이야?"

"아니, 싫어하실 거야. 닙스, 너희 엄마는……."

똑똑한 쌍둥이 형이 다른 소년들처럼 답했다.

"쓸데없는 소리는 집어치워."

후크가 고함을 질렀다. 해적들은 말하고 있던 아이들을 대표로 뒤로 끌고 갔다.

"거기, 너."

후크가 존에게 말했다.

"너는 배짱이 좀 있어 보이는데. 해적이 되고 싶다는 생각은 안 해봤나?"

아닌 게 아니라 존은 산수 공부를 하다가, 때때로 해적이 되는 꿈을 꾼 적이 있었다. 게다가 후크가 자신을 지목했다는 사실에 기분이 좋았다.

"'피투성이 손의 잭'이라고 불렸으면 좋겠다고 생각한 적은 있어요."

존이 쭈뼛거리며 대답했다.

"좋은 이름이군. 네가 내 밑으로 들어온다면 그렇게 불러 주지."

"넌 어떻게 생각해, 마이클?"

존이 물었다.

"제가 밑으로 들어가면 뭐라고 불러 주실 건데요?"

마이클이 물었다.

"검은 수염 조."

마이클의 마음에 든 것은 당연한 일이었다.

"어떻게 생각해, 형?"

마이클은 존이 결정해 주기를 바랐고, 존은 마이클이 결정해 주기를 바랐다.

"해적이 되더라도 우리는 여전히 왕의 충실한 백성인가요?"

존이 물었다.

후크의 이 사이로 대답이 흘러나왔다.

"너희는 '왕을 타도하자.'라고 맹세해야만 해."

지금까지 존은 행동이 바른 아이가 아니었다. 하지만 지금의 존은 그 어느 때보다 올곧아 보였다.

"그럼 안 할 거예요!"

존은 후크 앞에 있는 통을 "쾅" 하고 치면서 소리쳤다.

"나도 안 해요!"

마이클도 외쳤다.

"브리타니아여, 지배하라!"

컬리도 "꽥" 소리 질렀다.

격분한 해적들은 아이들의 입을 막아 버렸고, 후크는 호통을 쳤다.

"이제 너희들은 끝장이다. 녀석들의 엄마를 데려와. 널빤지를 준비해."

아직 어린아이에 불과한 소년들은 주크스와 세코가 널빤지를 준비하는 모습을 보자 얼굴이 하얗게 질렸다. 그럼에도 웬디가 끌려나오자, 용감한 모습을 보이려고 애썼다.

웬디가 해적들을 얼마나 경멸했는지 어떻게 다 설명할 수 있을까? 소년들은 해적이라는 직업에 약간이라도 매력을 느꼈지만, 웬디의 눈에 들어오는 거라곤 수년 동안 청소라고는 하지 않은 지저분한 해적선뿐이었다. 뱃전의 둥근 유리창마다 시커멓게 때가 껴서 손가락으로 '더러운 돼지'라고 쓰고 싶을 정도였다. 웬디는 벌써 여러 창문에 그렇게 낙서를 했다. 하지만 소년들이 가까이 몰려들자 웬디의 머릿속에는 오로지 아이들 생각뿐이었다.

"자, 아름다운 아가씨. 이제 네 아이들이 널빤지 위를 걷는 모습을 보게 될 거야."

후크가 달콤한 목소리로 말했다.

후크는 평소 깔끔한 신사였지만 방금 전까지 혼자만의 생각에 심각하게 빠져 있었던 탓에 주름 칼라가 지저분해져 있었다. 그는 문득 웬디가 그걸 가만히 쳐다보고 있음을 알아차렸다. 그는 얼른 더러운 주름 칼라를 숨기려고 했지만 이미 너무 늦어 버렸다.

"아이들이 죽게 되나요?"

웬디가 경멸에 가득 찬 표정으로 물었다. 그 표정에 후크는 거의 기절할 뻔했다.

"그래."

후크가 으르렁거리듯 대답했다.

"모두 조용히 해. 너희들의 엄마가 너희들에게 마지막 말씀을 남기신단다!"

후크는 이어서 고소하다는 듯이 외쳤다.

이때 웬디는 매우 위엄 있게 행동했다.

"사랑하는 아이들아, 이게 내가 너희들에게 전하는 마지막 말이겠지. 아마도 이건 너희들의 진짜 엄마가 하고 싶은 말일 거야. 우리는 '아들들이 영국 신사처럼 죽기를 바란다.' 바로 이거란다."

해적들조차 이 말을 듣고 경외심에 사로잡혔다. 투틀즈는 발작을 일으키듯 고래고래 소리 질렀다.

"난 우리 엄마가 바라는 대로 할 거야. 넌 어떻게 할 거야, 닙스?"

"우리 엄마가 바라는 대로 할 거야. 너희는 어떻게 할 거야, 쌍둥이야?"

"우리도 엄마가 바라는 대로 할 거야. 존, 너는……."

하지만 이때 후크가 다시 끼어들었다.

"여자애를 묶어라!"

그가 소리 질렀다.

웬디를 돛대에 묶은 사람은 스미였다.

"있잖아, 애야. 우리의 엄마가 되어 준다고 약속하면 내가 널 구해 줄게."

스미가 속삭였다.

하지만 웬디는 아무리 스미라 할지라도 그런 약속을 할 수가 없었다.

"차라리 아이가 없는 게 낫겠어요."

웬디가 무시하는 투로 말했다.

안타까운 일이지만 스미가 웬디를 돛대에 묶을 때 소년들 중 누구도 웬디를 쳐다보지 않았다. 그들의 시선은 온통 널빤지에 쏠렸다. 곧 저 널빤지를 걸어 최후를 맞이하게 되겠지. 머릿속이 새하얘진 소년들은 그저 널빤지를 쳐다보며 벌벌 떨기만 했다.

후크는 소년들을 보며 이를 꽉 다문 채 씩 웃어 보였다. 그러더니 웬디에게 한 걸음 다가갔다. 웬디의 얼굴을 돌려 아이들이 차례대로 널빤지 위를 걷는 모습을 보게 하려는 의도였다. 그러나 그는 웬디의 고통스러운 비명을 듣기는커녕 웬디에게 다가가지도 못했다. 대신 후크는 전혀 다른 소리를 들었다.

"째깍째깍."

바로 악어한테서 나는 끔찍한 소리였다.

해적들, 소년들, 웬디까지 모두 그 소리를 들었다. 모두 일제히 같은 방향으로 고개를 돌렸다. 소리가 들리는 쪽이 아니라 후크가 있는 쪽으로 말이다. 모두들 이제 오직 후크에게만 벌어질 일들을 알고 있었다. 갑자기 모두 배우에서 관객으로 바뀌었다.

후크가 돌변하는 모습은 정말 볼 만했다. 그는 몸의 모든 관절이 전부 꺾인 듯 "쿵" 하고 쓰러져 움직이지 않았다.

악어의 시계 소리가 점차 가까워지자 무시무시한 생각이 떠올랐다.

'악어가 곧 배로 올라올 거야.'

지금 쳐들어오는 적이 원하는 건 쇠갈고리가 아니라는 것을 알고 있는 듯, 쇠갈고리 손마저도 힘없이 매달려 있었다. 일반 사람 같으면 이렇게 무서운 상황에 홀로 처하게 된다면, 바닥에 쓰러진 채 눈을 질끈 감아 버릴 것이다. 그러나 후크의 교묘한 두뇌는 이 순간에도 부지런히 돌아가고 있었다. 그는 두뇌가 시키는 대로 시계 소리에서 최대한 멀리 떨어지기 위해 무릎으로 갑판을 기어갔다. 해적들은 그를 위해 정중하게 길을 비켜 주었다. 갑판 난간에 이르러서야 후크는 몸을 일으키며 입을 열었다.

"나를 숨겨라."

그가 쉰 목소리로 외쳤다.

해적들이 후크를 둘러쌌다. 시시각각 배를 향해 다가오는 악어에게서 모두 얼굴을 돌렸다. 그들은 악어와 싸울 생각이 없었다. 그건 숙명이었던 것이다.

후크가 부하들에 둘러싸여 보이지 않자 호기심에 가득 찬 소년들은 묶인 밧줄을 풀고 악어가 기어오르는 모습을 보기 위해 뱃전으로 달려갔다. 그런데 이 밤, 그러니까 '밤 중의 밤'에 일어난 일들 중 가장 놀라운 일이 그들을 기다리고 있었다. 그들을 도우러 온 건 악어가 아니라 피터였던 것이다.

의심을 사면 안 되므로 피터는 소년들에게 환호성을 내지 말라는 신호를 보냈다. 그러고는 계속 '째깍째깍' 시계 소리를 냈다.

15

후크와 피터, 최후의 대결

당시에는 미처 알아차리지 못하지만, 살다 보면 누구나 이상한 일을 겪기 마련이다. 예를 들어 한쪽 귀가 안 들리는데도 삼십 분 동안 모를 수도 있다. 그날 밤 피터도 그런 경험을 하게 되었다. 우리가 마지막으로 본 피터는 한 손가락을 입술에 대고 단검을 움켜쥔 채 섬을 나아가는 모습이었다.

그 직전에 피터는 악어가 지나가는 모습을 보았지만, 당시에는 별다른 사실을 알아차리지 못했다. 그런데 얼마 지나지 않아 째깍거리는 소리가 들리지 않았다는 것을 깨닫게 되었다. 처음에는 그저 이상한 일이라고만 생각했지만, 이내 시계가 멈춰 버렸다는 것을 알아차렸다.

피터는 가장 친한 벗을 잃어버린 악어의 기분 따위는 신경 쓰지도 않은 채, 이 재앙과도 같은 일을 어떻게 자신에게 유리하게 써먹을 수 있을지 고민했다. 그리고 고민 끝에 자신이 "째깍" 소리를 내기로 결심했다. 그러면 들짐승들이 자기를 악어라고 생각해 귀찮게 방해하지 않을 거라고 생각했다. 피터의 "째깍" 소리는 정말 똑같았다.

하지만 미처 예상치 못한 일이 생겼다. 피터가 낸 시계 소리를 듣고 악어가 따라온 거였다. 잃어버린 시계를 되찾으려는 건지, 친구인 시계가 다시 "째깍" 소리를 냈기 때문인지는 확실히 알 수 없었다. 누구나 한 가지 생각에 푹 빠져 버리면 바보가 되는데, 악어가 바로 그런 것이리라.

무사히 해안에 도착한 피터는 곧장 앞으로 나아갔다. 땅이 아니라 바다로 바뀐 것도 느끼지 못하는 듯 아무런 망설임 없이 물속으로 들어갔다. 육지와 바다를 오가는 동물은 많지만, 내가 아는 사람들 중에서는 보지 못했다. 헤엄치는 동안 피터에게는 오로지 한 가지 생각뿐이었다.

'이번에야말로 후크와 나의 최후 대결이다.'

피터는 오랫동안 "째깍" 소리를 내면서 와서인지 이제는 의식도 하지 못한 채 소리를 내고 있었다. 만약 알았더라면 그만두었을 것이다. 어쨌든 그때까지만 해도 시계 소리의 도움으로 해적선에 오르겠다는 기발한 생각을 떠올리지 못했으니까.

사실 피터는 생쥐처럼 소리 없이 뱃전으로 올라갈 생각이었

267

다. 그래서 해적들이 등을 보이고, 마치 악어라도 나타난 것처럼 부하들에 둘러싸여 웅크리고 앉아 있는 후크의 모습을 보고 깜짝 놀랐다.

악어! 악어가 떠오르자마자, 피터의 귀에 "째깍" 소리가 들렸다. 처음에는 그 소리가 악어한테서 나는 줄 알고 재빨리 뒤돌아보았다. 하지만 이내 자기한테서 나는 소리라는 걸 깨닫고, 순식간에 상황이 파악되었다.

'난 정말 똑똑하다니까.'

우쭐해진 피터는 소년들에게 박수 따위는 치지 말라는 신호를 보냈다.

바로 그때 갑판수인 에드 테인트가 선실에서 나와 갑판으로 걸어가고 있었다.

자, 독자들이여, 지금부터 시계로 시간을 잴 준비를 하기 바란다. 피터는 정확하게, 그리고 깊숙이 갑판수를 찔렀다. 존은 불운한 해적이 죽어가면서 내는 신음을 막으려고 해적의 입을 손으로 틀어막았다. 그가 앞으로 쓰러졌다. 바닥에 부딪쳐 "쿵" 소리가 나기 전에 네 명의 소년들이 그를 붙잡았다. 그리고 피터의 신호에 따라 시체를 배 밖으로 던졌다. "첨벙" 소리가 들리더니 곧 조용해졌다. 자, 시간이 얼마나 걸렸는가?

"하나!"

(슬라이틀리가 무찌른 해적들의 숫자를 세기 시작했다)

피터는 까치발을 하고 살금살금 선실에 숨어들었다. 아주 운이 좋았다. 해적들이 하나둘씩 용기를 내어 주변을 둘러보고 있었으니까. 그들은 이제 서로의 괴로운 신음을 들을 수 있었다. 그 끔찍한 악어 소리가 사라졌다는 뜻이다.

"악어가 갔어요, 선장님. 다시 조용해졌어요."

스미가 안경을 닦으며 말했다.

후크는 옷깃에 파묻은 얼굴을 천천히 들더니 시계의 메아리 소리까지 들으려는 듯 필사적으로 귀를 기울였다. 그리고 아무 소리도 들리지 않자 고개를 들고 꼿꼿이 일어섰다.

"자, 그럼 널빤지 조니에게 가 볼까?"

후크가 뻔뻔스럽게 소리쳤다. 그는 자신의 약한 모습을 봤을 거라 생각하니 아까보다 소년들이 더욱 싫어졌다. 그의 입에서 악당의 노래가 흘러나오기 시작했다.

에야디야 에야디야, 기운이 펄펄 넘치는 널빤지,

네놈들은 그 위를 걸어가야지.

네놈들이 올라서면 널빤지가 아래로 내려가고

네놈들은 바다에 빠지지.

바다 귀신 데비 존스가 있는 곳으로!

체면 따윈 아랑곳하지 않고, 아이들을 공포에 질리게 할 작정으로 후크는 널빤지 위를 걷는 흉내를 내며 덩실덩실 춤을 추었다. 노래가 끝나자 그가 외쳤다.

"널빤지 위에 올라가기 전에 아홉 가닥으로 만든 고양이 채찍 맛이라도 좀 보여 줄까?"

그 말에 소년들은 전부 무릎을 꿇었다.

"싫어요, 싫어!"

소년들의 가엾은 외침에 해적들이 전부 피식 웃었다.

"주크스, 채찍을 가져와. 선실에 있다."

선실! 피터가 바로 선실에 있었다. 소년들은 서로를 쳐다보았다.

"네, 네."

주크스는 힘차게 대답하고 선실로 성큼성큼 걸어갔다. 소년들의 시선이 일제히 그에게 쏠렸다. 아이들은 후크가 부하들까지 합세하여 노래를 부르기 시작한 것도 모를 지경이었다.

에야디야 에야디야, 고양이처럼 할퀴는 고양이 채찍.

너희들도 알겠지, 꼬리가 아홉 개라네.

채찍이 너희들의 등을 후려치면⋯⋯.

하지만 아무도 마지막 소절을 듣지 못했다. 갑자기 선실에서 들리는 날카로운 비명에 노래가 끊겼기 때문이다. 비명은 해적선 안에 길게 울려 퍼지다가 잦아들었다. 곧이어 "꼬끼오" 소리가 들려왔다. 소년들에게는 낯익은 소리였지만, 해적들에게는 끽끽대는 비명만큼 괴기스러운 소리였다.

"도대체 무슨 소리지?"

후크가 소리쳤다.

"둘."

슬라이틀리가 엄숙하게 말했다.

이탈리아인 세코가 잠시 주저하다 잽싸게 선실로 들어갔다. 그러고는 핼쑥해진 얼굴로 비틀거리며 나왔다.

"이 녀석아, 빌 주크스는 어떻게 된 거냐?"

후크가 세코를 내려다보며 쉭쉭거렸다.

"녀석이 죽었어요. 칼에 찔려서."

세코가 허탈한 목소리로 대답했다.

"빌 주크스가 죽었다고!"

깜짝 놀란 해적들이 소리쳤다.

"선실 안은 완전 캄캄했어요."

세코는 완전히 공포에 질려서 횡설수설했다.

"그런데 안에 끔찍한 게 있었어요. 아까 '꼬끼오' 소리를 냈던 그거예요."

기뻐서 어쩔 줄 몰라하는 소년들과 어두워진 해적들의 표정이 동시에 후크의 눈에 들어왔다.

"세코."

후크가 차가운 목소리로 입을 열었다.

"가서 그 꼬끼오 녀석을 데려와라."

개중에 가장 용감한 세코지만, 선장 앞에서 몸을 웅크리며 소리쳤다.

"안 돼요, 안 돼요!"

그러자 후크가 쇠갈고리 손을 든 채로 그르렁거리며 생각에 잠긴 표정으로 말했다.

"지금 그러겠다고 말했지, 세코?"

세코는 체념한 듯 두 팔을 축 늘어뜨리고 발걸음을 옮겼다. 더 이상 노랫소리는 들리지 않았고 모두들 귀를 쫑긋 세우고 있었다. 또 다시 죽음을 알리는 날카로운 비명이 들리더니 곧 이어 "꼬끼오" 소리가 났다.

"셋."

모두 침묵하는 가운데 슬라이틀리만 입을 열었다.

후크가 손짓으로 부하들을 한데 모았다.

"이런 바보 멍청이들 같으니라고. 누가 저 꼬끼오 녀석을 내 앞에 대령하겠느냐?"

천둥 같은 목소리가 울려 퍼졌다.

"세코가 나올 때까지 기다려 보죠."

스타키가 무례하게 내뱉은 말에 나머지 해적들이 맞장구쳤

272

다.

"네가 나서서 갔다 오겠다는 거로구나, 스타키."

후크가 또 그르렁댔다.

"아닙니다. 아니에요!"

스타키가 소리쳤다.

"내 쇠갈고리는 분명히 들었다는데."

후크는 스타키에게로 다가갔다.

"쇠갈고리 손의 말을 안 듣는 게 과연 좋은 생각일지 궁금한데, 스타키?"

"거기 들어가느니 차라리 목을 매는 게 낫겠어요."

스타키의 완강한 대답에 이번에도 나머지 해적들이 맞장구쳤다.

"지금 반란을 일으키겠다는 건가? 주동자는 스타키로군."

후크의 목소리는 어느 때보다 쾌활했다.

"선장님, 제발요."

스타키는 벌벌 떨면서 훌쩍이기 시작했다.

"악수를 해라, 스타키."

후크가 쇠갈고리 손을 내밀었다.

스타키는 도움을 구하고자 주변을 둘러보았지만 모두들 외면할 뿐이었다. 후크가 다가오자 스타키는 뒤로 물러섰다. 후크의 눈에는 시뻘건 불꽃이 이글거렸다. 스타키는 절망스러운 비명과 함께 대포 위로 뛰어오르더니 바다로 몸을 던져 버렸다.

"넷."

슬라이틀리가 말했다.

"자, 또 반란을 일으키고 싶은 신사분이 있으신가?"

후크가 정중하게 물었다. 그는 등불을 움켜쥐고 위협적으로 쇠갈고리 손을 들어 올리며 말했다.

"좋다, 내가 직접 꼬끼오 녀석을 잡아오지."

후크는 재빠르게 선실로 들어갔다.

"다섯."

슬라이틀리는 어서 빨리 이렇게 말하고 싶어서 입술을 적시며 준비하고 있었다. 하지만 후크가 비틀거리며 선실에서 나왔다. 손에 들고 있던 등불은 보이지 않았다.

"뭔가가 불을 꺼버렸어."

그가 약간 떨리는 목소리로 말했다.

"뭔가라고요!"

멀린스가 후크의 말을 따라 했다.

"세코는 어떻게 됐나요?"

누들러가 물었다.

"주크스처럼 죽었다."

후크가 짤막하게 대답했다.

선실로 다시 들어가기 꺼려하는 후크의 모습은 해적들을 불안하게 만들었고, 또 다시 반항 섞인 목소리가 터져 나왔다. 아닌 게 아니라 해적들은 전부 미신을 믿는다. 쿡슨이 외쳤다.

"배가 저주받았다는 가장 확실한 증거는 실제로 탄 숫자보다 배에 탄 사람이 한 명 더 많다는 거라던데."

"나도 들은 적 있어. 놈은 항상 마지막에 해적선에 탄다고. 놈에게 꼬리가 있던가요, 선장님?"

멀린스가 중얼거리듯 말했다.

"또 이런 말도 있어. 놈은 배에서 가장 사악한 사람으로 둔갑해서 나타난다고."

누군가가 사나운 눈길로 후크를 보며 말했다.

"놈에게 쇠갈고리가 있던가요, 선장님?"

쿡슨이 건방지게 묻자 다른 해적들도 하나둘씩 외치기 시작했다.

"이 배는 끝장이다."

이걸 본 소년들은 환호성을 지르지 않을 수 없었다. 그 소리에 그동안 포로들을 까맣게 잊어버리고 있던 후크가 휙 뒤돌아보았고, 이내 그의 얼굴이 환하게 밝아졌다.

"아, 꼬맹이들이 있었지. 좋은 생각이 났다. 선실 문을 열고 녀석들을 밀어 넣는 거지. 녀석들이 목숨을 바쳐서 꼬끼오 녀석과 싸우도록 말이야. 꼬맹이들이 꼬끼오 녀석을 죽이면 좋은 거고, 죽임을 당한데도 어쩔 수 없는 거지."

이 말에 부하들은 마지막으로 후크를 존경스러운 눈빛으로 쳐다보았고, 충직하게 그가 시키는 대로 움직였다.

그들은 발버둥치는 척 연기하는 소년들을 선실에 처넣고 문을 닫아 버렸다.

"자, 이제 들어 보자."

후크가 말했다. 모두들 귀를 기울였다. 하지만 아무도 감히 문 쪽을 쳐다보지는 못했다. 딱 한 명, 지금까지 줄곧 돛대에 묶여 있던 웬디만은 예외였다. 웬디가 기다리는 건 비명도, "꼬끼오" 소리도 아니었다. 오직 피터, 피터 팬이 다시 나타나는 거였다.

웬디는 오래 기다리지 않아도 되었다. 피터가 선실에서 소년들의 수갑을 풀어 줄 열쇠를 발견했기 때문이다. 그가 선실에 간 이유도 그거였다. 이제 소년들은 수갑에서 풀려나 눈에 보이는 대로 무기를 집어 들었다. 피터는 소년들에게 숨으라는 신호를 보낸 뒤 웬디를 풀어 주었다. 이제 남은 일은 식은 죽 먹기였다. 다 같이 날아가기만 하면 되었으니까. 하지만 딱 하나가 그걸 가로막았다. 바로 "이번에야말로 후크와 나의 최후 대결이다."라는 맹세였다. 그래서 피터는 웬디를 풀어 준 뒤 소년들과 같이 숨어 있으라고 속삭였다. 그리고 웬디의 망토를 둘러 웬디로 변장한 채 돛대 옆에 섰다. 그런 다음 크게 숨을 들이마시고, "꼬끼오" 소리를 냈다.

해적들에게 그 소리는 선실로 들어간 소년들의 몰살을 알리는 신호였다. 그들은 공포에 휩싸였다. 후크가 그들을 격려해 보려 했지만, 오히려 이런 행동은 해적들이 그를 향해 송곳니를 드러내게 만들었다. 후크는 잠시라도 한눈 팔았다가는 부하들이 자신에게 덤벼들 거라는 사실을 알고 있었다.

"이봐들."

그러나 후크는 절대로 주눅 들지 않았다. 후크는 부하들을 달콤한 말로 꼬드기다 여차하면 후려칠 준비를 하며 말을 꺼냈다.

"내가 곰곰이 생각해 봤지. 이 배에는 요나가 타고 있어."

"맞아요. 쇠갈고리 손을 가진 남자로 둔갑했겠죠."

"아니야, 아니야. 저 계집애로 둔갑했어. 여자가 해적선에 타면 재수가 없는 법이거든. 저 계집애가 없어지면 배도 정상으로 돌아갈 거야."

몇 명이 예전에 플린트가 그런 말을 했었다는 걸 기억해 냈다.

"한번 시도해 보죠, 뭐."

부하들이 미심쩍어하며 대답했다.

"계집애를 바다로 던져라."

후크가 소리쳤다. 그러자 해적들은 망토를 쓴 아이에게 달려갔다.

"이제 널 구해 줄 사람은 아무도 없구나, 아가씨."

멀린스가 빈정거리며 놀려 댔다.

"한 명 있어요."
아이가 말했다.
"그게 누군데?"
"복수의 화신 피터 팬!"
끔찍한 대답이 돌아왔다. 피터는 이
렇게 말하면서 망토를 벗어 던졌다.
이제야 해적들은 선실에서 소동을 벌
인 주인공이 누구인지 알게 되었다.

후크는 뭔가 말하려고 두 번이나 시도했지만 그때마다 말문이 막혔다. 너무도 끔찍한 이 순간, 그는 몹시도 비통했으리라.

"저 녀석을 머리부터 가슴팍까지 둘로 쪼개 버려라!"

마침내 입을 뗀 그가 소리쳤지만 자신이 없는 목소리였다.

"얘들아, 모두 나와 녀석들을 덮쳐!"

다음 순간 피터의 목소리가 크게 울려 퍼졌고, 곧바로 무기가 부딪치는 소리가 배 안을 가득 채웠다. 해적들이 다 같이 뭉쳐서 싸웠더라면 분명히 이겼을 것이다. 하지만 소년들의 공격은 그들이 뿔뿔이 흩어져 있을 때 시작되었다. 해적들은 저마다 다들 죽고 혼자 남은 것 마냥 사방팔방 뛰어다니며 미친 듯이 무기를 휘둘렀다. 일대일로는 그들이 훨씬 강했지만, 지금은 방어에만 급급했다. 덕분에 소년들은 두 명씩 짝을 이뤄 사냥감을 고를 수 있었다.

바다로 뛰어들거나 어두컴컴한 곳에 숨는 해적들도 있었다. 슬라이틀리는 싸움에 참여하지 않는 대신, 등불을 들고 달려가 숨은 해적들의 코앞에 들이댔다. 해적들이 눈부신 빛에 정신을 차리지 못하는 틈을 이용해 다른 소년들이 피비린내 가득한 칼로 손쉽게 무찌를 수 있었다. 한동안 배 안에는 무기들이 "쨍그랑" 부딪치는 소리, 때때로 들려오는 날카로운 비명, 바다에 풍덩 뛰어드는 소리 그리고 슬라이틀리가 "다섯, 여섯, 일곱, 여덟, 아홉, 열, 열하나." 하며 단조롭게 숫자를 세는 소리뿐이었다.

소년들의 무리가 후크를 둘러쌌을 때는 해적들을 거의 무찌른 뒤였다. 후크는 불사신처럼 거리를 좁히며 다가오는 소년들을 혼자서 막아 내고 있었다. 부하들을 전부 해치운 소년들을 혼자서 대적하겠다는 기세였다.

소년들은 계속 후크에게 접근하려 시도했지만, 그때마다 후크는 거리를 만들어 냈다. 그는 쇠갈고리 손으로 소년 하나를 들어 올려 방패로 사용하고 있었다. 바로 그때, 방금 전 멀린스를 칼로 지른 소년이 불쑥 끼어들었다.

"얘들아, 다들 칼을 거둬. 놈은 내가 상대할 거야."

끼어든 소년이 말했다.

이렇게 갑자기 후크는 피터와 정면으로 마주서게 되었다. 나머지 소년들은 뒤로 물러나 그들을 빙 둘러쌌다.

후크와 피터는 오랫동안 서로 쳐다보았다. 후크는 약간 떨고 있었고, 피터의 얼굴에는 야릇한 미소가 번져 있었다.

"그래, 팬. 전부 다 네 짓이로군."

"그래, 제임스 후크. 전부 다 내 짓이지."

피터가 단호하게 답했다.

"건방지고 버릇없는 꼬마 같으니. 죽을 준비나 하시지."

"어둡고 사악한 어른 같으니. 내 칼에 맞을 준비나 하시지."

이제 두 사람은 대화를 멈추고 싸우기 시작했다. 한동안은 누

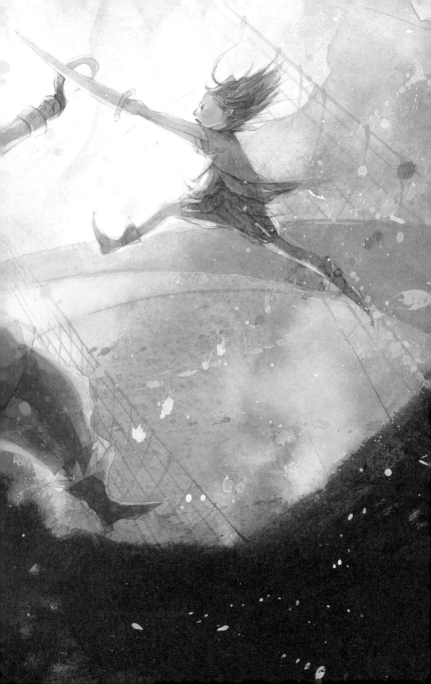

가 우세랄 것도 없이 막상막하의 대결이었다. 피터는 칼솜씨가 최고인 데다 민첩하게 공격을 피했다. 가끔씩 달려드는 척하면서 적의 방어를 유도했다가 정작 다른 곳을 찌르는 속임수도 썼다. 하지만 팔이 짧다는 약점 때문에 칼을 후크의 몸 깊숙이 찔러 넣을 수가 없었다. 후크 역시 실력에서는 결코 피터 팬에 뒤지지 않았지만, 손목의 움직임이 빠르지 못했다. 하지만 힘이 세기 때문에 그가 공격할 때마다 피터는 뒷걸음쳐야 했다. 그는 오래전 리우데자네이루에서 바비큐에게 배운, 급작스러운 찌르기 공격 한 판으로 결투를 끝내 버릴 심산이었다. 하지만 그의 생각과 달리 그의 찌르기 공격은 계속 빗나가기만 했다. 이번에는 거리를 좁혀 피터의 숨통을 끊으려고 했지만 쇠갈고리는 계속 허공을 가를 뿐이었다.

몸을 숙여 공격을 피한 피터는 후크의 갈비뼈를 힘껏 찔렀다. 여러분은 후크의 피가 특이한 색깔이라는 사실을 기억할 것이다. 후크는 자신의 이상한 색깔의 피를 보고 모욕감에 칼을 떨어뜨리고 말았다. 이제 그는 피터의 손아귀에 놓이게 되었다.

"지금이야!"

소년들이 다 함께 소리쳤다. 그러나 피터는 기품 있는 몸짓으로 상대에게 칼을 다시 집어 들라고 했다. 후크는 재빨리 칼을 집어 들었지만 피터가 보여 준 품격 있는 행동에 비참함을 느꼈다.

지금까지 후크는 악마 같은 존재와 싸우고 있다고 생각했다.

그런데 이제는 그렇지 않을 수도 있다는 미심쩍은 생각이 불길
하게 떠오르기 시작했다.

"팬, 넌 누구이고 무엇이냐?"

후크가 쉰 목소리로 외쳤다.

"난 젊음이고 기쁨이다. 난 알에서 깨어난 작은 새지."

피터는 그냥 되는 대로 답했다.

물론 말로 안 되는 소리였다. 하지만 이 말은 후크에게 피터가
자신이 누구이고 무엇인지 모른다는 증거였다. 다시 말해서 이
런 태도야말로 품격의 극치였다.

"다시 싸우자."

후크는 깊은 절망을 느끼며 소리쳤다.

그는 인간 도리깨처럼 싸웠다. 방해하는 사람은 어른이든 아

285

이든 두 동강 낼 것 같은 무시무시한 칼놀림이었다. 그러나 피터는 후크의 주변에서 훨훨 날아다녔다. 마치 후크의 칼이 일으키는 바람이 피터를 안전한 곳으로 날려 보내 주는 듯했다. 피터는 몇 번이고 계속 쏜살같이 달려들어 후크를 찔렀다.

이제 후크는 아무런 희망도 없이 싸우고 있었다. 그의 열정적이던 가슴은 더는 피터의 목숨을 원하지 않았다. 하지만 딱 하나, 그가 간절히 바라는 것이 있었다. 바로 죽기 전에 피터가 품격에 어긋나는 행동을 하는 꼴을 보는 것이었다. 그는 싸우다 말고 화약고로 달려가 불을 붙였다.

"2분 뒤면 배가 산산조각 날 것이다."

후크가 소리쳤다.

그는 지금이야말로 피터의 본색이 드러날 거라고 생각했다.

하지만 피터는 화약고에서 포탄을 들고 나와 침착하게 바다로 던졌다.

그렇다면 지금 후크가 보인 품격은 대체 뭐였을까? 비록 후크가 잘못된 길을 걸어왔지만, 마지막 순간에는 자신의 학교 전통에 걸맞게 행동했다면 좋았을 텐데. 물론 그에게 동정심은 느껴지지 않겠지만 말이다.

이제 다른 소년들이 후크의 주위를 날면서 그를 무시하고 야유를 퍼부었다. 그는 갑판 위에서 휘청거리며 소년들을 향해 무력하게 칼을 휘둘렀다. 하지만 그는 더는 소년들을 신경 쓰고 있지 않았다. 그의 마음은 오래전 학교 운동장에서 구부정하게 걷던 순간, 강당에 올라가 상을 받던 순간, 담벼락에 앉아 축구 경기를 구경하던 순간에 가 있었다. 격식을 갖춘 신발을 신고 말이다. 조끼도, 타이도, 양말도…….

영웅다운 면모가 아예 없다고는 할 수 없는 제임크 후크, 이제 그와 작별을 해야 한다.

그에게 최후의 순간이 다가왔기 때문이다.

후크는 단검을 들고 천천히 다가오는 피터를 보자 바다에 몸을 던지기 위해 단숨에 갑판 난간으로 올라갔다. 그는 악어가 자기를 기다리고 있다는 사실을 알지 못했다. 그가 깨끗하게 목숨을 포기할 수 있도록 우리가 일부러 악어의 시계를 멈춰 놓았기 때문이다. 우리가 마지막으로 보여 주는 후크에 대한 작은 존경의 표시라고나 할까?

후크에게는 최후의 승리가 하나 남아 있었다. 모든 승리를 가지지 못했다고 해서 우리가 아쉬워할 일은 아니라고 생각한다. 갑판 난간에 올라선 그는 어깨 너머로 미끄러지듯 날아오는 피터를 보고 발을 쓰라는 신호를 보냈다. 결국 피터는 후크를 찌르는 대신 발로 걷어찼다.

마침내 후크는 마지막 소원 하나를 풀었다.

"이것은 격식에 어긋나는 행동이야."

후크는 조롱하듯 외치더니 만족스럽게 악어의 입속으로 떨어

졌다.

그렇게 제임스 후크는 죽었다.

"열일곱."

슬라이틀리가 말했다. 하지만 그의 계산은 정확하지 못했다. 그날 밤 죗값을 치른 해적은 열다섯 명이었다. 두 명은 바다에 뛰어들어 해안에 이르렀다. 스타키는 인디언들에게 붙잡혀 인디언 아기들을 돌보는 보모가 되었다. 해적의 암울한 몰락이었다. 한편 스미는 안경을 쓰고 세상 이곳저곳을 떠돌아다녔는데, 자신이 제임스 후크가 두려워한 유일한 사람이라고 말하면서 근근이 살아갔다.

웬디는 해적선에서 싸움이 벌어지는 동안 그저 반짝이는 눈으로 피터를 지켜볼 뿐이었다. 하지만 싸움이 끝나자 다시 바쁘게 움직이기 시작했다. 웬디는 소년들을 하나씩 전부 칭찬해 주었고 마이클이 해적 한 명을 죽인 장소를 보여 주었을 때는 기쁨에 겨워했다. 그리고 아이들을 선실로 데려가 벽에 걸린 시계를 가리켰다. '새벽 1시 반'이었다! 그렇게 늦은 시간까지 잠자리에 들지 않다니. 아이들은 매우 신이 났다. 웬디는 서둘러 아이들을 해적들의 침대에 눕혔다. 물론 피터는 예외였다. 피터는 뽐내듯 갑판을 왔다 갔다 하더니 결국 장거리 대포 옆에서 잠들었다. 그날 밤 피터는 늘 꾸던 꿈을 꾸면서 오랫동안 울었다. 웬디는 피터를 꼭 안아 주었다.

16

집으로 돌아가다

이튿날 아침 종소리가 두 번 울리자 모두들 쿵쾅거리며 바쁘게 움직였다. 항해하기 좋은 커다란 바람이 다가오고 있었다. 갑판장 투틀즈는 밧줄 채찍을 들고 담배를 씹고 있었다. 해적들의 옷을 무릎 부분에서 잘라내 입고 말끔하게 면도까지 한 소년들은 바지를 추켜올리며 갑판으로 모였다. 배가 마구 흔들렸다.

선장이 누구인지는 말할 필요도 없으리라. 닙스는 일등 항해사, 존은 이등 항해사였다. 배에는 여자도 한 명 타고 있었다. 나머지는 일반 선원들로 배 앞부분에 있는 선실에서 생활했다. 피터는 타륜(바퀴가 달린 손잡이)을 이미 잡고 있었는데, 피리를 불어 전원을 집합시킨 뒤 짧은 훈계를 하기도 했다. 그는 용감한 뱃사람답게 의무를 다하라고 했다. 또한 선원들이 리우데자네

이루와 '황금 해안'에서 몹쓸 짓을 일삼던 쓰레기라는 것을 알고 있으니, 함부로 대들면 찢어 죽이겠다는 말도 잊지 않았다. 이렇게 피터는 뱃사람만 알아들을 수 있는 말로 단단히 엄포를 놓았고 선원들은 환호성을 질렀다. 곧이어 날카로운 명령이 몇 개 떨어졌다. 선원들은 뱃머리를 돌려 본토(영국) 쪽을 향해 천천히 나아갔다.

팬 선장은 해도를 살펴보더니 이런 날씨가 계속된다면 6월 21일쯤엔 아조레스 제도에 도착할 수 있을 거라고 예상했다. 그 뒤부터는 시간을 줄이기 위해 날아갈 생각이었다.

몇몇 선원들은 배를 보통의 배처럼 바꾸자고 했지만, 다른 선원들은 해적선으로 두기를 원했다. 그러나 선장이 워낙 선원들을 노예 부리듯 한 탓에 그들은 탄원서에조차 솔직한 의견을 쓰지 못했다. 무사하기를 바란다면 그저 명령에 즉각 복종하는 수밖에 없었다. 슬라이틀리는 수심을 재라는 명령에 당황하는 모습을 보였다가 열두 대나 맞았다.

대부분의 선원들은 지금은 피터가 웬디의 의심을 잠재우기 위해 그냥 평범한 배처럼 가고 있지만, 새 옷이 다 만들어지면 바뀔 거라고 생각했다. 웬디는 본의 아니게 후크의 끔찍한 옷들을 이용해 피터의 옷을 만들고 있었다. 나중에 아이들이 수군대며 이야기하길, 피터는 새 옷을 처음 입은 날 밤, 후크의 시가 파이프를 물고 선실에서 한참을 앉아 있었다고 한다. 한 손은 꽉

주먹을 쥐고 들어 올렸는데, 집게손가락
을 구부리고 있어서 마치 쇠갈고리처럼 위
협적으로 보였다고 한다.

　이제 우리는 배 안을 살펴보는 대신 세 아이가
오래전 매정하게 떠나온 쓸쓸한 집으로 돌아가 보도록 하자. 지
금까지 14번지의 집을 내팽개쳐 두고 있었다니 참 부끄러운 일이
다. 그래도 달링 부인은 우리를 원망하지 않을 것이다. 만약 우리
가 그녀를 안타깝게 여겨 조금이라도 더 빨리 14번지로 돌아갔더

라면, 그녀는 이렇게 소리쳤을 테니까.

"쓸데없는 짓은 그만해요. 지금 내가 중요한가요? 돌아가서 우리 애들이나 잘 살펴 주세요."

엄마들이 항상 이런 식으로 나오는 한 아이들은 언제나 이걸 이용하려고 할 것이다. 일부러 꾸밀 수도 있다.

그렇지만 오랜만에 아이들의 방으로 돌아가 보도록 하자. 그 방의 주인들이 집으로 돌아오는 중이니까 말이다. 우리는 아이들의 이불이 잘 말랐는지, 달링 부부가 저녁 외출을 나가지는 않았는지 살펴보러 가는 것뿐이다. 우리는 그냥 심부름꾼에 지나지 않으니까. 그런데 매정하게 떠나 버린 아이들의 침대보가 굳이 햇볕에 잘 말라 있어야 하는 걸까? 집으로 돌아온 아이들에게 딱 맞는 벌은 부모님이 주말에 시골로 여행을 떠나 버린 걸 알게 되는 게 아닐까? 그것이야말로 세 아이가 깨우쳐야 할 도덕적인 교훈이 아닐까? 하지만 우리가 그런 식으로 이야기를 끌고 나간다면 달링 부인이 절대로 용서하지 않을 것이다.

솔직히 지금 나는 다른 작가들의 방식처럼 달링 부인에게 아이들이 돌아오고 있으며, 목요일에는 집에 도착할 것이라고 알려 주고 싶다.

하지만 그렇게 하면 엄마와 아빠를 깜짝 놀라게 해주려는 웬디와 존, 마이클의 계획을 망치게 되어 버린다. 세 아이는 배 안에서 전부 계획을 세워 놓았다. 너무도 행복해하는 엄마, 기쁨의 비명을 지르는 아빠, 아이들을 안으려고 뛰어드는 나나, 이를 위해서는 아이들은 무엇보다 잘 숨어야만 한다. 아이들이 돌아온다는 사실을 미리 알려서 그런 치밀한 계획을 망쳐 버린다면 얼마나 재미있을까? 그래서 아이들이 우쭐대며 집으로 돌아왔을 때, 엄마는 웬디에게 입을 맞추지도 않고, 아빠는 귀찮은 듯 "제기랄. 녀석들이 돌아왔군."이라고 하며 화를 낸다면 말이다.

그러나 우리가 아이들이 돌아온다는 기쁜 소식을 미리 알려 준다고 해도 고맙다는 말은 듣지 못할 것이다. 이제 우리는 달링 부인이 어떤 사람인지 잘 알고 있지 않은가. 그녀는 아이들의 기쁨을 빼앗았다고 우리를 나무랄 것이다.

"하지만 부인, 목요일까지는 열흘이나 남았어요. 그러니 우리가 아이들이 돌아온다는 소식을 미리 알려 주면 부인은 열흘 동안 슬퍼하지 않아도 되잖아요."

"그래요. 하지만 거기에는 대가가 있잖아요. 아이들에게서 10분 동안의 즐거움을 빼앗아야 하잖아요."

"부인이 그렇게 생각하신다면 어쩔 수 없네요."

"당연히 그렇게 생각하지 않겠어요?"

알다시피 달링 부인은 못 말리는 사람이다. 원래는 부인에 대해 좋은 이야기를 하려고 했지만, 부인에게 질려 그러지 않을 작정이다. 달링 부인에게는 아이들을 맞이할 준비를 하라고 말할 필요도 없었다. 늘 준비가 되어 있었으니까. 그녀는 침대보를 언제나 햇볕에 뽀송뽀송하게 말려 놓았고, 한시도 집을 비우지 않았다. 창문 역시 언제나 활짝 열려 있었다. 우리가 달링 부인에게 조금이라도 도움이 되고 싶다면 그냥 배로 돌아가는 게 최선일 것이다. 하지만 이왕 14번지로 돌아왔으니 그대로 머물면서 지켜보기로 하자. 어차피 우리는 구경꾼이니까. 아무도 우리를 필요로 하지 않는다. 그러니 그냥 주변이나 둘러보면서 잔소리나 하기로 하자. 누군가는 신경 쓰리라 기대하면서.

아이들 방에 생긴 유일한 변화는 아침 9시부터 저녁 6시 사이에 나나의 집이 보이지 않는다는 것이다. 아이들이 날아가 버리자 달링 씨는 모든 잘못이 나나를 묶어 놓았던 자신에게 있음을, 처음부터 끝까지 나나는 자기보다 훨씬 현명했음을 뼈저리게 느꼈다. 알다시피 그는 매우 단순한 사람이었다. 머리만 벗겨졌다뿐이지 여전히 소년이나 마찬가지다. 하지만 그에게는 숭고한 정의감과 옳다고 믿는 일을 실천하는 사자 같은 용기가 있었다. 아이들이 날아가 버린 뒤 괴로워하며 곰곰이 생각에 잠긴 그는 네 발로 기어서 개집으로 들어가 버렸다. 달링 부인이 제발 나오라고 할 때마다 슬프지만 단호하게 대답했다.

"그럴 수는 없소, 여보. 내가 있어야 할 곳은 여기오."

달링 씨는 엄청난 회한 속에서 아이들이 돌아올 때까지 절대로 개집을 나가지 않겠다고 다짐했다. 물론 측은하기 짝이 없는 일이었다. 하지만 달링 씨는 무슨 일이든 도가 지나치거나 혹은 작심삼일로 끝내 버리는 사람이었다. 개집에 앉은 채로 저녁에 아내와 함께 사랑스러운 아이들에 대해 이야기할 때면, 한때 오만했던 조지 달링은 사라지고 어느 때보다 겸손한 사람이 된 듯했다.

또한 나나를 대하는 달링 씨의 태도는 무척 감동스러웠다. 그는 나나를 개집에 들어오지 못하게 하는 것만 빼고, 나머지는 전부 나나가 원하는 대로 하게 해주었다.

달링 씨는 매일 개집에 들어앉은 채로 마차를 타고 사무실에 출근했고, 6시가 되면 같은 방법으로 퇴근했다. 알다시피 이웃의 시선에 그토록 민감했던 달링 씨가 그렇게까지 하다니 얼마나 의지가 강한지 알 수 있다. 그의 행동 하나하나가 사람들의 관심을 모으고 있으니 말이다. 마음속으로는 엄청나게 고통스러웠겠지만 그는 꼬마들이 작은 개집을 보고 비웃어도 겉으로는 절대 평상심을 잃지 않았다. 그리고 숙녀들이 개집 안을 들여다보면 항상 정중하게 모자를 벗어 들었다.

달링 씨의 행동은 좀 유별났지만 정말로 훌륭했다. 얼마 뒤 그가 개집에 들어가게 된 사연이 대중에게 알려지면서, 많은 사람이 큰 감동을 받았다. 많은 사람이 마차를 따라오며 큰 환호성을 보냈고, 아리따운 소녀들은 그의 사인을 받기 위해 마차에 매달렸다. 유력 일간지에 그의 인터뷰가 실리기도 했고, 사교계의 만찬 초대가 이어지기도 했다. 물론 "개집 안에 있는 상태로 오세요."라는 말과 함께.

드디어 목요일이 되었다. 달링 부인은 아이들 방에서 남편이 돌아오기를 기다리고 있었다. 부인의 눈에는 슬픔이 가득했다. 부인을 가까이에서 보고 있노라니 예전의 유쾌했던 모습이 떠오른다. 하지만 아이들이 사라진 뒤 그런 유쾌함은 전부 사라져 버리고 없었다. 역시 그런 부인에 대해 나쁘게 말하지는 못하겠다. 매정하게 떠나 버린 아이들이지만, 그녀는 아이들을 사랑하지 않을 수 없었다. 의자에 앉아 잠든 그녀를 보라. 가장 먼저 시선이 가는 부인의 입가 오른편은 거의 시들어 버렸다. 그리고 마음이 아픈 듯 손은 가슴을 쓸어내리고 있었다. 혹자는 피터를 가장 좋아하고, 또 다른 사람은 웬디를 가장 좋아한다고 말하겠지만, 나는 달링 부인이 제일 좋다. 잠든 부인에게 아이들이 돌아오고 있다고 속삭여 그녀를 기쁘게 해줄 수 있다면!

아이들은 힘차게 날아오는 중이다. 정말로 집까지 3킬로미터도 남지 않았다. 그러니 그냥 아이들이 오는 중이라고만 속삭여 주면 된다. 자, 어서 부인에게 그 말을 속삭여 주자.

그런데 애처롭게도 부인은 우리가 속삭여 주자마자 아이들의 이름을 부르며 잠에서 벌떡 일어났다. 하지만 방에는 나나뿐이었다.

"아, 나나. 아이들이 돌아오는 꿈을 꾸었지 뭐니."

나나의 눈가가 촉촉해졌다. 하지만 주인의 무릎에 가만히 앞 발을 올려놓는 것밖에 할 수 있는 일이 없었다. 달링 씨가 돌아 왔을 때도 부인과 나나는 그렇게 앉아 있었다. 달링 씨는 아내 에게 입 맞추기 위해 개집에서 얼굴을 내밀었다. 예전보다 지친 얼굴이었지만 표정은 훨씬 부드러웠다.

리자는 달링 씨가 건넨 모자를 경멸스러운 표정으로 받아 들 었다. 상상력이라고는 눈곱만큼도 없는 리자는 달링 씨가 개집 으로 들어간 이유를 이해할 수 없었다. 마차를 따라온 많은 사 람이 아직도 밖에서 환호성을 질렀다. 달링 씨는 가슴이 벅차올 랐다.

"저 소리를 들어 봐. 정말 기분 좋은 일이야."

달링 씨가 말했다.

"거의 다 어린애들이잖아요."

리자가 비웃으며 대꾸했다.

"오늘은 어른들도 몇 명 있었어."

달링 씨는 얼굴을 살짝 붉히며 리자에게 설명했다. 하지만 리 자는 얼굴을 홱 돌려 버렸고 달링 씨는 딱히 꾸짖을 말이 생각나 지 않았다. 그는 어느덧 유명인사가 되었지만 거만해지기는커 녕 오히려 겸손해졌다. 그는 잠시 동안 몸을 절반쯤 개집 밖으 로 내민 채 아내와 자신의 유명세에 대해 이야기했다. 그는 유 명세 때문에 거만해지지는 않았으면 좋겠다고 말하는 아내의 손을 꼭 잡으며 안심시켜 주었다.

"하지만 내가 약한 남자였다면, 아, 약한 남자였다면!"

그가 말했다.

"조지."

아내가 조심스럽게 말했다.

"당신 지금 많이 자책하고 있죠, 그렇죠?"

"그렇게 후회가 될 수가 없소. 그러니 이렇게 벌을 내리고 있지 않소. 개집에서 살다니!"

"맞아요, 그건 벌이에요. 그렇죠, 조지? 그걸 즐기고 있는 건 아니죠?"

"여보!"

당연히 달링 부인은 자신의 말실수에 대해 남편에게 사과했다. 잠시 뒤 달링 씨는 졸음이 몰려와서 개집 안에서 몸을 웅크렸다.

"내가 잠들 때까지 피아노 연주를 해주겠소? 아이들 방에 있는 피아노로."

부인이 놀이방으로 가는 동안 그는 무심코 덧붙였다.

"창문 좀 닫아 줘요. 바람이 들어오네."

"아, 조지. 그런 말은 하지 말아요. 아이들을 위해서 창문은 항상 열려 있어야 해요. 항상, 언제나."

이제는 달링 씨가 부인에게 사과했다. 부인은 아이들의 놀이

방으로 가서 피아노를 연주했고, 달링 씨는 곧 잠들었다. 그가 자는 동안 웬디와 존, 마이클이 방으로 날아들어 왔다.

아니, 그건 사실이 아니었다. 물론 우리가 배를 떠나기 전에 아이들이 세운 계획대로라면 그렇게 되어야 하지만 말이다. 그런데 그 뒤로 무슨 일이 생긴 게 분명하다. 방으로 들어온 건 세 아이가 아니라 피터와 팅커 벨이었다.

피터의 첫 마디가 모든 걸 말해 주었다.

"서둘러, 팅크."

그가 속삭였다.

"창문을 닫아. 얼른 잠가. 그래. 이제 우리는 문으로 빠져나가자. 웬디가 돌아와서 창문이 닫힌 걸 보면 엄마가 자길 내쫓았다고 생각할 거야. 그럼 웬디는 나하고 같이 돌아갈 수밖에 없겠지."

피터가 해적들을 전부 처치한 뒤에 팅크에게 아이들의 안내를 맡긴 채 네버랜드로 돌아가지 않았던 이유를 이제야 알게 되었다. 피터는 처음부터 이럴 계획이었던 것이다.

피터는 나쁜 짓을 했다는 죄책감을 느끼기는커녕 신이 나서 춤까지 추었다. 그러고는 피터는 누가 피아노를 연주하는지 몰래 놀이방을 엿보았다. 피터가 팅크에게 속삭였다.

"웬디의 엄마야. 아름다운 부인이지. 하지만 우리 엄마만큼은 아니야. 웬디 엄마의 입에는 골무가 가득해. 하지만 우리 엄마만큼 많지는 않아.”

물론 피터는 자신의 엄마에 대해 아는 게 없었다. 그런데도 이따금씩 엄마에 대해 자랑하듯 떠벌렸다.

피터는 지금 연주되는 곡이 '즐거운 나의 집(Home Sweet Home)'이라는 건 몰랐지만 그 노래에 “돌아와, 웬디, 웬디, 웬디.”라는 뜻이 담겨 있다는 것은 알았다.

피터는 기세등등하게 외쳤다.

“부인은 웬디를 다시 볼 수 없어요. 창문이 닫혀 있으니까.”

갑자기 연주가 멈췄다. 피터가 다시 놀이방을 엿보았다. 달링 부인이 피아노에 얼굴을 파묻고 있는 모습이 보였다. 부인의 눈가에는 눈물이 맺혀 있었다.

'부인은 내가 창문을 열어 놓기를 바라겠지. 하지만 난 절대로 그러지 않을 거야.'라고 피터는 생각했다.

피터는 다시 놀이방을 엿보았다. 부인의 눈가에는 여전히 눈물이 맺혀 있었다. 어쩌면 새로 흘러나온 눈물인지도 몰랐다.

“정말 끔찍하게도 웬디를 좋아하네.”

피터가 혼잣말로 중얼거렸다. 그는 이제 다시는 웬디를 만날 수 없다는 사실을 알지 못하는 부인에게 화가 났다.

그 이유는 간단했다.

“나도 웬디를 좋아해요. 우리 둘 다 웬디를 가질 순 없어요, 부인.”

하지만 달링 부인은 순순히 그 사실을 받아들이지 않을 터였다. 피터는 우울해졌다. 그는 달링 부인에게서 눈길을 거두었지만, 부인에 대한 생각이 떠나지 않았다. 피터는 이리저리 깡충깡충 뛰고 웃긴 표정을 지어 보기도 했다. 하지만 달링 부인이 그의 마음속으로 들어와 문을 두드리고 있는 느낌이 가시지 않자 그만두었다.

"알았어요, 알았다고요."

마침내 피터는 이렇게 말하고 침을 꿀꺽 삼켰다. 그리고 창문을 다시 열었다.

"이리 와, 팅크."

피터가 '혈육의 정'이란 것을 비웃으며 말했다.

"우린 바보 같은 엄마 따위는 필요 없어."

피터는 밖으로 날아갔다.

이렇게 해서 웬디와 존, 마이클이 집에 돌아왔을 때는 창문이 열려 있었다. 물론 아이들에게 매우 감지덕지할 일이었다. 그들은 전혀 미안한 마음도 없이 약간 뻔뻔하게 방 안에 내려앉았다. 가장 어린 마이클은 벌써 집에 대해 잊어버린 모양이었다.

"형."

마이클이 주위를 의심스럽게 둘러보며 말했다.

"전에 와 본 적 있는 것 같아."

"당연하지, 바보야. 저건 네가 옛날에 쓰던 침대잖아."

"그래, 맞아."

마이클은 대답했지만, 별로 확신하는 눈치는 아니었다.

"개집이다!"

존이 이렇게 외치고 재빨리 달려가서 들여다보았다.

"안에 나나가 있을 거야."

웬디가 말했다.

그런데 갑자기 존이 휘파람 소리를 냈다.

"이것 봐. 개집에 웬 남자가 있는걸."

"아빠다!"

웬디가 소리쳤다.

"나도 아빠를 볼래."

마이클은 애원하듯 간절하게 말하며 안을 들여다보았다.

"내가 죽인 해적보다 덩치가 작네."

마이클의 목소리에는 실망감이 그대로 묻어났다. 달링 씨가 잠들어 있어서 다행이었다. 오랜만에 돌아온 막내 마이클에게 들은 첫 마디가 이런 것이었다면 아주 슬퍼했을 테니 말이다.

웬디와 존은 아빠가 개집에 들어가 있는 모습을 보고 놀랐다.

"아빠가 예전에는 개집에서 주무시지 않았던 게 확실해?"

존은 더는 자신의 기억력을 믿을 수 없었다.

"존, 우린 생각만큼 옛날 일을 잘 기억하지 못하는 건지도 몰라."

웬디가 더듬거리며 말했다.

그들은 온몸이 오싹해졌다. 하지만 그런 일을 당해도 그들에게는 할 말이 없었다.

"엄마는 너무 무심해. 우리가 집에 돌아왔는데도 보이지 않다니."

존이 어린 악당처럼 말했다.

그때 달링 부인의 피아노 연주가 다시 시작되었다.

"엄마다!"

웬디가 소리치며 놀이방을 살짝 쳐다보았다.

"정말 엄마다!"

존도 소리쳤다.

"그럼 웬디 누나는 정말로 우리 엄마가 아닌 거야?"

졸린 눈으로 마이클이 물었다.

"맙소사!"

웬디가 처음으로 양심의 가책을 느끼며 외쳤다.

"우리가 정말 오랫동안 집을 떠나 있었구나."

"살금살금 다가가서 엄마의 눈을 가리자."

존이 제안했다.

하지만 이 기쁜 소식을 조심스럽게 알려야 한다고 생각한 웬디는 더 좋은 계획을 내놓았다.

"우리 모두 침대에 누워서 엄마가 올 때까지 기다리자. 우리가 집을 떠나지 않았던 것처럼 말이야."

　이렇게 해서 남편이 잠들었는지 보기 위해 방에 들어온 달링 부인은 침대마다 아이들이 누워 있는 모습을 보게 되었다. 아이들은 엄마가 기뻐하며 소리치기만을 기다렸다. 하지만 아무 소리도 들리지 않았다. 물론 달링 부인은 아이들을 보았다. 그러나 진짜 아이들이라고 믿지 않았던 것이다. 그녀는 워낙 꿈에서 아이들이 침대에 누워 있는 모습을 자주 보았기 때문에 꿈에서 본 장면이 눈앞에 어른거리는 거라고 생각했다.

　부인은 난롯가에 놓인 의자에 앉았다. 오래전 아이들에게 젖을 먹이던 바로 그 자리였다.

　아이들은 엄마의 행동을 이해할 수 없었다. 세 아이는 모두 두려움에 온몸이 오싹해졌다.

　"엄마!"

　웬디가 소리쳤다.

　"웬디구나."

　부인은 대답은 했지만 여전히 꿈이라고 생각했다.

　"엄마!"

　"존이구나."

　"엄마!"

　마이클도 소리쳤다. 마이클은 이제야 엄마가 기억났다.

　"마이클이구나."

부인은 다시는 안아 보지 못할 철부지 세 아이를 향해 팔을 벌렸다. 그런데 정말로 아이들이 품에 안기는 것이 아닌가. 웬디, 존, 마이클이 침대에서 일어나 엄마에게 달려온 것이다.

"조지, 조지!"

　겨우 말문이 열린 부인이 소리쳤다. 달링 씨가 잠에서 깨어났고 나나도 달려왔다. 너무도 사랑스러운 장면이었다. 하지만 그 모습을 본 사람은 아무도 없었다. 창문으로 방 안을 물끄러미 쳐다보고 있는 이상한 소년 외에는. 그 소년은 다른 아이들이 결코 알 수 없는 수많은 기쁨을 경험해 왔다. 하지만 지금 그가 창문을 통해 바라보고 있는 기쁨은, 그가 영원히 느껴 볼 수 없는 단 하나의 즐거움이었다.

17

어른이 된 웬디

여러분은 다른 소년들이 어떻게 되었는지 궁금할 것이다. 소년들은 웬디가 부모님에게 자신들에 대해 설명할 수 있도록 밑에서 기다렸다. 그리고 숫자를 500까지 센 다음에 위로 올라갔다. 좋은 인상을 주기 위해서 계단으로 걸어서 올라갔다. 그들은 모자를 벗고 달링 부인 앞에 일렬로 섰다. '해적 옷을 입고 있지 않았더라면 더 좋았을 텐데.' 하고 생각하면서. 그들은 아무런 말도 하지 않았지만 눈으로는 자기들을 받아 달라고 애원하고 있었다. 달링 씨에게도 인사를 했어야 했는데, 그들은 그만 깜빡 잊어버리고 말았다.

물론 달링 부인은 당장 소년들을 받아들이겠노라고 말했다. 하지만 달링 씨는 왠지 기분이 나빠 보였다. 여섯 명은 너무 많다고 생각하는 것 같았다.

"이렇게 일을 어중간하게 하면 쓰나."

달링 씨가 유감스럽다는 듯이 웬디에게 말했다. 쌍둥이는 그게 자기들을 두고 하는 말이라고 생각했다.

자존심 강한 쌍둥이 형이 얼굴을 붉히며 물었다.

"우리가 너무 많아서 그러시나요, 달링 씨? 그럼 저희들은 돌아가도 돼요."

"아빠!"

충격을 받은 웬디가 소리쳤다. 하지만 달링 씨의 얼굴은 여전히 어두웠다. 그는 자신이 부끄러운 행동을 하고 있다는 걸 알면서도 어쩔 수 없었다.

"우린 몸을 웅크리고 누울 수 있어요."

닙스가 말했다.

"저 애들의 머리는 제가 직접 잘라 줬어요."

웬디도 말했다.

"조지!"

사랑하는 남편이 모두의 앞에서 좋지 않은 모습을 보이는 걸 더는 두고 볼 수 없었던 달링 부인이 소리쳤다.

그러자 달링 씨는 울음을 터뜨리며 속내를 털어놓았다. 자기도 아이들이 생겨 부인만큼이나 좋지만, 아이들이 자신을 있으나마나한 사람 취급하고, 부인의 의견만 물어보아서 섭섭했다는 것이다.

"전 달링 씨가 있으나마나한 사람이라고 생각하지 않아요. 넌 달링 씨가 있으나마나한 사람이라고 생각하니, 컬리?"

투틀즈가 곧바로 외쳤다.

"아니, 난 그렇게 생각하지 않아. 넌 달링 씨가 있으나마나한 사람이라고 생각하니, 슬라이틀리?"

"그렇지 않아. 쌍둥이야, 너희는 어떻게 생각하니?"

알고 보니 달링 씨를 있으나마나한 사람이라고 생각하는 아이는 하나도 없었다. 그러자 달링 씨는 몹시 기뻐하면서 소년들이 전부 들어갈 수만 있다면 응접실에 공간을 마련해 보겠다고 말했다.

"저희는 다 들어갈 거예요."

소년들이 달링 씨에게 장담했다.

"자, 그럼 나를 따르라."

달링 씨가 유쾌하게 말했다.

"사실 우리 집에 응접실이 있는지 확실하진 않단다. 하지만 다 같이 있는 척 하자꾸나. 이러나저러나 똑같으니까 말이야. 야호!"

달링 씨는 춤추면서 걸어갔다. 소년들도 "야호!"라고 소리치고 달링 씨와 함께 춤추면서 응접실을 찾아다녔다. 그들이 응접실을 찾았는지는 기억나지 않지만 어쨌든 그들은 적당한 자투

리 공간을 찾아냈다. 모두가 들어갈 자리가 마련된 셈이었다.

피터는 떠나기 전에 웬디를 한 번 더 보러 왔다. 정확히 말하면 창문으로 날아온 것이 아니라, 창문을 스쳐 날기만 했다. 웬디가 원하면 창문을 열고 자기를 부를 수 있도록 말이다. 물론 웬디는 피터를 불렀다.

"아, 웬디구나. 잘 있어."

피터가 말했다.

"이런, 너 가려고?"

"그래."

"피터, 혹시 말이야."

웬디가 더듬거리며 말했다.

"우리 부모님한테 뭔가 좋은 이야기를 해주고 싶지 않아?"

"아니."

"나에 대한 이야기 말이야. 피터."

"아니."

그때 웬디에게서 한시도 눈을 떼지 않고 있던 달링 부인이 창가로 다가왔다. 부인은 피터에게 소년들을 전부 입양했으며 피터도 입양하고 싶다고 말했다.

"저를 학교에 보내실 건가요?"

피터가 능청스럽게 물었다.

"물론이지."

"나중에는 회사에도 보내실 건가요?"

"그렇겠지."

"전 어른이 되어야만 하나요?"

"금방 어른이 되지."

"전 학교에 가고 싶지도, 심각한 것들 따위는 배우고 싶지도 않아요."

피터가 열띤 목소리로 외쳤다.

"전 어른이 되고 싶지 않다고요, 웬디 엄마. 어느 날 아침에 일어났는데 수염이 나 있으면 어떡해요?"

"피터!"

어르고 달래기를 잘하는 웬디가 말했다.

"수염이 나도 난 널 좋아할 거야."

달링 부인은 피터를 향해 팔을 뻗었지만 피터는 거절했다.

"다가오지 마세요, 부인. 아무도 날 잡아서 어른으로 만들 순 없어요."

"하지만 넌 어디서 살 거니?"

"웬디를 위해 지은 집에서 팅크랑 살 거예요. 요정들이 자기들이 자는 나무 꼭대기에 그 집을 올려 줄 거예요."

"아, 정말 환상적이야."

웬디가 동경하듯 말하자 달링 부인은 웬디를 꽉 붙잡았다.

"난 요정들이 다 죽은 줄 알았는데."

달링 부인이 말했다.

"어린 요정들은 언제나 잔뜩 있어요."

이제 제법 전문가가 된 웬디가 설명하기 시작했다.

"아기가 태어나서 처음으로 웃는 순간, 요정이 태어나요. 새로운 아기들이 태어나는 한 새로운 요정들도 계속 태어날 거예요. 요정들은 나무 꼭대기에 있는 둥지에서 살아요. 자줏빛 요정은 남자애고, 하얀 요정은 여자애에요. 파란색 요정은 자기가 남자애인지 여자애인지도 모르는 멍청한 요정들이고요."

"난 정말 재미있게 지낼 거야."

피터가 한쪽 눈으로 웬디를 슬쩍 쳐다보며 말했다.

"하지만 밤에 혼자 난롯가에 앉아 있으면 쓸쓸할 거야."

"나한텐 팅크가 있어."

"팅크는 내가 해내는 집안일의 20분의 1도 못해."

웬디가 약간 톡 쏘듯 말했다.

"이 앙큼한 고자질쟁이 같으니!"

팅커 벨이 구석 어딘가에서 소리쳤다.

"상관없어."

피터가 말했다.

"피터, 상관있다는 걸 너도 알잖아."

"그럼 나랑 같이 작은 집으로 가자."

"그래도 돼요, 엄마?"

"당연히 안 돼지. 이제 겨우 집에 돌아왔는데, 엄마는 절대로 보내지 않을 거란다."

"하지만 피터한테는 엄마가 필요해요."

"애야, 너한테도 엄마가 필요하단다."

"그럼 됐어."

피터는 마치 예의상 물어봤다는 투로 말했다. 그러나 피터의 입이 씰룩거리는 걸 본 달링 부인은 아주 멋진 제안을 했다. 매년 봄맞이 대청소를 할 때가 되면 웬디를 1주일 동안 보내 주겠다는 거였다. 웬디는 '네버랜드에서 좀 더 오래 머무를 수 있으면 좋을 텐데.' 하고 생각했다. 게다가 봄은 아직도 한참 멀었다. 하지만 피터는 이 약속으로 다시 명랑해졌다. 그는 시간에 대한 감각이 없었던 것이다.

더군다나 그의 생활에는 항상 모험이 차고 넘쳤다. 지금까지 이야기한 피터의 모험은 지극히 일부에 불과할 뿐이다. 웬디는 그 사실을 너무도 잘 알았다. 웬디가 피터에게 건넨 작별 인사가 애처롭게 들린 이유도 그때문이었으리라.

"피터, 봄맞이 대청소를 할 때가 되기 전에 혹시 날 잊어버리는 건 아니지?"

피터는 잊어버리지 않겠다고 약속하고 날아갔다. 피터는 달링 부인의 키스도 함께 가져갔다. 그 누구도 가질 수 없었던 키스를 피터는 재미있게도 너무도 손쉽게 가져가 버렸다. 하지만 달링 부인은 만족스러워 보였다.

당연히 소년들은 전부 학교에 들어갔다. 대부분은 3반으로 들어갔지만, 슬라이틀리만 처음에 4반으로 들어갔다가 5반으로 옮겼다. 1반이 일등 반이다. 소년들은 학교에 들어간 지 일주일도 채 안 되어 네버랜드에 남지 않다니 바보 같은 짓을 했다며 후회했다. 하지만 이미 너무 늦었다. 머지않아 소년들은 익숙해져 갔고, 나나 여러분처럼 평범한 사람들이 되었다.

그리고 안타깝지만 소년들은 점차 나는 능력을 잃어 갔다. 처음에 나나는 소년들이 밤에 날아가지 못하도록 침대 기둥에 발을 묶어 놓았다. 낮이면 소년들은 버스에서 떨어지는 척하는 놀이를 즐겨 했다. 하지만 시간이 지날수록 침대 기둥에 묶인 발을 잡아당기는 버릇이 사라졌고, 버스에서 떨어지면 다친다는 사실도 알게 되었다. 이내 그들은 모자를 쫓아 날아갈 수도 없었다. 연습 부족이라는 핑계를 댔지만, 사실은 그들이 더는 하늘을 날 수 있다는 사실을 믿지 않는다는 뜻이었다.

마이클은 비록 다른 소년들의 비웃음을 샀지만 날 수 있다는 사실을 가장 오랫동안 믿었다. 그래서 첫 번째 해가 끝날 무렵 피터가 웬디를 데리러 왔을 때 마이클도 함께 갔다. 웬디는 예전에 네버랜드의 나뭇잎과 나무 열매로 만든 원피스를 입고 피터와 함께 날아갔다. 웬디는 걱정이 하나 있었는데, 그 원피스가 몹시도 작아진 것을 피터가 알아차리지 않을까 하는 거였다.

하지만 피터는 자기에 대한 이야기를 하느라 알아차리지 못했다.

웬디는 피터와 신나게 옛날 일들에 대해 이야기하기만을 손꼽아 기다렸다. 하지만 피터의 머릿속은 옛날 모험들이 사라지고 새로운 모험들로 가득했다.

"후크 선장이 누구야?"

웬디가 후크 이야기를 꺼내자 피터가 관심을 보이며 물었다.

"기억 안 나? 네가 후크를 죽이고 우리를 전부 구해 줬잖아."

웬디는 깜짝 놀라며 물었다.

"난 죽이고 나면 다 잊어버리거든."

피터가 무심하게 대꾸했다.

웬디가 헛된 바람인 줄 알면서도 팅커 벨이 자기를 반겨 줬으면 좋겠다고 말하자 피터는 대뜸 이렇게 말했다.

"팅커 벨이 누구야?"

"피터!"

웬디가 충격에 휩싸인 채 소리쳤다. 하지만 피터는 웬디의 설명을 듣고도 팅커 벨을 기억하지 못했다.

"그런 요정은 너무 많아. 아마 팅커 벨은 죽었을 거야."

원래 요정들은 오래 살지 못하니 피터의 말이 맞을지도 모른다. 요정들은 워낙 작으니 짧은 시간도 길게 느껴진다.

웬디는 피터에게 지난 한 해가 바로 어제와도 같다는 사실을

알고 슬펐다. 웬디에게는 일 년의 기다림이 너무도 길었는데 말이다. 하지만 피터는 여전히 웬디의 마음을 사로잡았다. 그들은 나무 꼭대기의 작은 집에서 즐겁게 봄맞이 대청소를 했다.

다음 해에 피터는 웬디를 데리러 오지 않았다. 웬디는 원피스가 작아져서 새 원피스를 입고 기다렸지만 피터는 오지 않았다.

"피터가 아픈가 봐."

마이클이 말했다.

"너도 알잖아. 피터는 절대로 아프지 않다는 거."

마이클은 웬디에게 다가오더니 떨리는 음성으로 속삭였다.

"피터는 실제로 없는 사람일지도 몰라, 웬디 누나!"

마이클이 울음을 터뜨리지 않았다면 웬디가 울 뻔했다.

피터는 그 다음 해 봄맞이 대청소 때 다시 왔다. 하지만 이상하게도 피터는 작년에 오지 않았다는 사실을 전혀 알지 못했다.

소녀 웬디가 피터를 본 건 그때가 마지막이었다. 웬디는 피터를 위해서 성장통을 겪지 않으려고 한동안 애썼다. 그리고 일반 상식 퀴즈 대회에서 상을 탔을 때는 피터에게 미안한 마음이 들었다. 하지만 몇 년이 지나도록 무심한 피터는 찾아오지 않았다.

웬디와 피터가 다시 만났을 때, 웬디는 이미 결혼한 여인이 되어 있었다. 이제 웬디에게 피터는 어린 시절의 장난감을 넣어 두는 상자 속의 작은 먼지와도 같은 존재가 되어 버렸다. 웬디는 어른이 되어 있었다. 하지만 웬디를 안타까워할 필요는 없다. 웬디는 원래 어른이 되고 싶어했고, 자신의 의지로 다른 소녀들보다 한 발 앞서 어른이 되었다.

이제 소년들도 모두 자라서 어른이 되어 있었다. 그러니 소년들의 이야기는 더는 하지 않아도 될 것 같다. 쌍둥이와 닙스와 컬리는 매일 작은 가방과 우산을 들고 회사에 출근했고, 마이클은 기관사가 되었다. 슬라이틀리는 높은 가문의 여자와 결혼해서 귀족이 되었다. 가발을 쓰고 철문을 나오는 재판관이 보이는가? 그건 투틀즈다. 그리고 아이들에게 들려줄 옛날이야기 하나 알지 못하는, 저 수염 난 남자가 존이다.

웬디는 하얀 드레스에 분홍색 허리띠를 두르고 결혼식을 올렸다. 피터가 교회로 날아와서 결혼식을 중지시키지 않았다니 이상한 일이다.

세월이 흘러 웬디에게는 딸이 생겼다. 이 문장은 검정색 잉크가 아니라 화사한 황금색 잉크로 써야 하는데.

딸의 이름은 제인이었다. 제인은 마치 질문을 하기 위해 태어난 것처럼 언제나 호기심이 가득 찬 묘한 표정을 지었다. 실제로 질문할 수 있을 만큼 자라자 대개는 피터 팬에 관한 질문을 했다. 제인은 피터 팬에 대한 이야기를 무척 좋아했다. 웬디는 처음 하늘을 날게 된 바로 그 방에서 제인에게 기억나는 대로 피터 팬 이야기를 들려주었다. 웬디와 남동생들의 방은 이제 제인의 방이 되어 있었다. 제인의 아빠가 계단을 좋아하지 않게 된 달링 씨에게 아주 싼 값으로 사들인 것이다. 달링 부인은 오래전에 세상을 떠났다.

이제 그 방에는 침대가 두 개뿐이다. 제인의 침대와 보모의 침대였다. 나나도 오래전에 세상을 떠났으므로 개집은 없었다. 나나는 늙어서 죽었는데, 말년에는 자기 외에는 아무도 아이를 제대로 돌볼 줄 모른다고 고집피우는 바람에 같이 지내기가 힘들 정도였다.

일주일에 한 번, 제인의 보모는 저녁 외출을 나갔다. 그때마다 웬디가 제인을 재웠다. 이야기를 들려주는 시간이기도 했다. 제인은 엄마가 옆에 비스듬히 누우면 이불을 머리 위로 잡아당겨서 텐트처럼 만들었다. 그리고 컴컴한 어둠 속에서 이렇게 속삭이는 것이었다.

"지금 뭐가 보여요?"

"오늘 밤에는 아무것도 안 보이는구나."

웬디가 대답했다. 나나가 있었더라면 대화를 중단시켰을 거라고 생각하면서.

"아니에요. 보이는 게 있어요. 엄마가 어린 소녀였을 때가 보이잖아요."

"그건 아주 오래전 일이란다, 얘야. 아, 세월은 정말 쏜살같이 날아가는구나!"

웬디가 말했다.

"엄마가 어릴 때 하늘을 날았던 것처럼 시간이 그렇게 빨리 날아갔어요?"

제인이 제법 멋지게 표현하며 물었다.

"내가 날았던 것처럼이라고? 제인, 엄마는 가끔 내가 정말로 날기는 날았나 싶단다."

"엄마는 진짜 날았어요."

"날 수 있었던 어린 시절이 그립구나!"

"엄마, 왜 지금은 날지 못해요?"

"그건 엄마가 어른이 되었기 때문이란다. 어른이 되면 나는 법을 잊어버리지."

"왜 어른이 되면 나는 법을 잊어버려요?"

"어른들은 더는 명랑하고 순수하고 제멋대로이지도 않기 때문이야. 명랑하고 순수하고 제멋대로인 사람만 날 수 있단다."

"명랑하고 순수하고 제멋대로라는 게 뭔데요? 나도 명랑하고 순수하고 제멋대로였으면 좋겠어요."

이제야 웬디는 자기 눈에 무엇인가가 보인다고 말했다.

"이 방이 보이는구나."

웬디가 말했다.

"그럴 줄 알았어요. 계속 이야기해 주세요."

웬디와 제인은 피터가 그림자를 찾으러 온 그날 밤의 대모험에 대해 이야기하기 시작했다.

"그 바보 같은 녀석은 비누로 그림자를 붙이려고 했지만 잘 붙지 않자 울음을 터뜨렸어. 그 소리에 잠에서 깬 내가 녀석의 그림자를 꿰매 주었단다."

웬디가 말했다.

"빼먹은 부분이 있어요."

제인이 끼어들었다. 제인은 이제 엄마보다 그 이야기를 잘 알고 있었다.

"바닥에서 우는 피터한테 엄마가 뭐라고 하셨죠?"

"엄마는 침대에서 일어나. '얘, 왜 울고 있니?'라고 물었지."

"맞아요. 그걸 빼먹었어요."

제인이 크게 한숨을 내쉬며 말했다.

"그런 다음 우리는 피터를 따라 네버랜드로 날아갔고 요정, 해적, 인디언, '인어의 호수', 땅속 집, 작은 집 이야기가 이어지지."

"맞아요! 엄마는 그중에서 뭐가 제일 좋았어요?"

"엄마는 땅속 집이 제일 좋았단다."

"나도 그래요. 피터가 엄마에게 마지막으로 한 말은 뭐였어요?"

"피터가 나에게 마지막으로 한 말은 '항상 날 기다려. 그러면 언젠가 내가 외치는 꼬끼오 소리가 들릴 거야.'였지."

"맞아요."

"아이! 하지만 피터는 나를 완전히 잊어버렸단다."

웬디는 미소 지으며 말했다. 웬디는 그만큼 성숙한 어른이 되어 있었다.

"피터의 '꼬끼오' 소리는 어떤 소리였어요?"

어느 날 저녁 제인이 물었다.

"이런 소리였지."

웬디는 피터의 "꼬끼오" 소리를 흉내 내려고 애썼다.

"아니에요."

제인이 단호하게 말했다.

"이런 소리에요."

제인은 엄마보다 훨씬 흉내를 잘 냈다.

웬디는 약간 놀랐다.

"얘야, 네가 그걸 어떻게 아니?"

"잘 때 자주 듣는 걸요."

제인이 말했다.

"아, 그래. 많은 소녀들이 잠자면서 그 소리를 듣지. 하지만 깨어 있을 때 그 소리를 들은 소녀는 엄마밖에 없었단다."

"엄마는 운이 좋아요!"

제인이 말했다.

그런데 어느 날 밤 비극이 찾아왔다. 봄의 어느 날이었다. 제

인은 엄마의 이야기를 듣고 침대에서 잠들어 있었다. 방에는 다른 불빛이 없었으므로 웬디는 난롯가에 앉아 바느질을 하고 있었다. 바닥에 앉아 바느질을 하고 있을 때 "꼬끼오" 소리가 들렸다. 옛날처럼 창문이 활짝 열리더니 피터가 방으로 내려앉았다.

피터는 옛날하고 똑같았다. 웬디는 피터의 젖니가 그대로인 걸 한눈에 알 수 있었다.

피터는 어린 소년이었고, 웬디는 어른이었다. 웬디는 감히 움직일 생각도 하지 못한 채 난롯가에 웅크리고 있었다. 영락없이 죄책감에 사로잡혀 어쩔 줄 몰라하는 여인의 모습이었다.

"안녕, 웬디."

항상 자기 생각에만 빠져 있는 피터는 웬디의 달라진 점도 알아차리지 못하고 인사했다. 웬디가 입고 있는 하얀 드레스는 흐릿한 불빛 속에서 처음 만났을 때 입고 있던 잠옷처럼 보였으리라.

"안녕, 피터."

웬디는 최대한 몸을 작게 보이려고 웅크리며 힘없이 말했다. 웬디의 마음속에서는 '여자, 여자. 나한테서 사라져.'라는 외침이 들려왔다.

"그런데 존은 어디 있어?"

침대가 두 개뿐인 걸 보고 피터가 물었다.

"존은 여기 없어."

웬디는 숨이 턱 막히는 기분으로 대답했다.

"마이클은 자?"

피터가 무심코 제인을 쳐다보며 물었다.

"응."

웬디가 대답했다. 하지만 피터는 물론이고 제인에게도 솔직하지 못하다는 생각이 들었다.

"그건 마이클이 아냐."

웬디는 비난받고 싶지 않아서 재빨리 덧붙였다.

피터가 그쪽을 쳐다보았다.

"그럼 새로운 애야?"

"응."

"남자애야 여자애야?"

"여자애야."

이 정도면 이해할 줄 알았는데 피터는 전혀 그런 기색이 없었다.

"피터."

웬디가 더듬거리며 말했다.

"내가 너하고 같이 날아가기를 바라는 거니?"

"당연하지. 그래서 이렇게 온 거잖아."

그러더니 피터는 약간 단호하게 덧붙였다.

"봄맞이 대청소를 해야 할 때라는 걸 잊었어?"

웬디는 지금까지 피터가 봄맞이 대청소를 수없이 많이 걸렀다는 사실을 말해 봤자 소용없다는 사실을 잘 알고 있었다.

"난 못 가. 나는 법을 잊어버렸어."

웬디가 미안해하며 말했다.

"내가 금방 다시 가르쳐 줄게."

"아, 피터. 나에게 요정가루를 뿌려도 아무 소용없어."

웬디가 자리에서 일어났다. 마침내 두려움이 피터를 엄습했다.

"무슨 일이야?"

피터가 움츠러들며 소리쳤다.

"이제 불을 켤 거야. 그러면 무슨 일인지 알 수 있을 거야."

피터는 태어나서 처음으로 겁에 질렸다.

"불 켜지 마."

피터가 소리쳤다.

웬디는 두려움에 빠진 소년의 머리카락을 어루만졌다. 웬디는 더는 피터의 행동에 가슴 아파하는 어린 소녀가 아니었다. 이제는 그저 모든 일을 미소로 받아들일 수 있는 성숙한 여인이었다. 하지만 웬디의 미소는 젖어 있었다.

웬디가 불을 켜자 피터는 웬디의 모습을 보았다. 그는 고통스러운 비명을 내질렀다. 키가 크고 아름다운 여인이 몸을 굽히며 안아 올리려고 하자 피터는 재빨리 뒤로 물러났다.

"어떻게 된 거야?"

피터가 또 다시 소리쳤다.

"난 어른이 되었어, 피터. 스무 살하고도 훨씬 더 먹었어. 오
래전에 어른이 되었어."

"어른이 되지 않겠다고 약속했잖아!"

"어쩔 수 없었어. 난 결혼도 했어, 피터."

"아니야. 그럴 리 없어."

"맞아. 침대에서 자고 있는 여자애가 내 딸이야."

"아니야. 그럴 리 없어."

하지만 피터는 그 말이 사실이라고
생각했다. 그는 단검을 든 채로 잠자
는 아이에게 다가갔다. 물론 아이를

찌르지는 않았다. 대신 피터는 바닥에 앉아 흐느껴 울었다. 웬디는 피터를 어떻게 달래야 할지 알 수 없었다. 예전에는 그렇게 쉽게 달래 주었는데. 이제 웬디는 그저 여자 어른일 뿐이었다. 웬디는 생각을 정리하기 위해 방을 뛰쳐나갔다.

피터는 계속 울었고, 그 소리에 제인이 잠에서 깼다. 침대에 일어나 앉은 제인은 즉각 호기심을 느꼈다.

"얘, 왜 울고 있니?"

제인이 물었다.

피터는 자리에서 일어나 제인에게 고개 숙여 인사했고, 제인도 침대에 앉은 채 인사했다.

"안녕."

피터가 말했다.

"안녕."

제인이 말했다.

"내 이름은 피터 팬이야."

피터가 제인에게 말해 주었다.

"그래. 나도 알아."

"난 우리 엄마를 찾으러 왔어. 같이 네버랜드로 가려고."

"그래. 나도 알아. 난 널 기다리고 있었어."

제인이 말했다.

웬디가 조심스럽게 방으로 돌아왔을 때 피터는 침대 기둥에 앉아 기분 좋게 "꼬끼오" 소리를 내고 있었고, 제인은 잠옷을 입은 채로 방 안을 날아다니며 황홀감에 빠져 있었다.

"저게 우리 엄마야."

피터가 설명했다. 제인은 바닥으로 내려와 피터 옆에 섰다. 제인은 숙녀들이 피터를 바라볼 때의 그 표정을 짓고 있었다. 피터는 숙녀들의 그런 표정을 가장 좋아했다.

"피터한테는 엄마가 필요해요."

제인이 말했다.

"나도 안단다."

웬디가 쓸쓸하게 말했다.

"나만큼 그걸 잘 아는 사람은 없지."

"안녕. 잘 있어."

피터가 웬디에게 말했다. 피터가 날아오르자 매정하게도 제인도 같이 날아올랐다. 제인은 벌써 자유자재로 날 수 있었다.

웬디는 서둘러 창가로 달려갔다.

"안 돼. 안 돼!"

"봄맞이 대청소만 하고 올 거예요. 피터가 매년 봄맞이 대청소하는 걸 도와 달래요."

"나도 너희들하고 같이 갈 수 있다면."

웬디가 한숨을 쉬었다.

"엄마는 못 날잖아요."

제인이 말했다.

물론 웬디는 제인을 피터와 함께 보내 주었다. 웬디는 창가에서서 하늘을 날아가는 두 아이가 별처럼 작아질 때까지 바라보았다.

이제 웬디는 머리가 희끗희끗해지고 몸집도 자그마해졌다. 지금까지 이야기들은 너무도 오래전에 일어난 일들이다. 제인도 어느새 다 커서 평범한 어른이 되었고 마거릿이라는 딸이 생겼다. 이제 피터는 매년 봄맞이 대청소를 할 때면 마거릿을 네버랜드로 데려간다. 물론 깜빡 잊을 때도 있다. 마거릿이 그곳에서 피터에 대한 이야기를 들려주면 피터는 열심히 귀 기울인다. 마거릿이 어른이 되어 딸이 생기면 그 아이가 피터의 엄마가 되겠지. 아이들이 명랑하고 순수하고 제멋대로인 한 언제까지나 그렇게 계속될 것이다.

지은이 제임스 매튜 배리

영국의 소설가이자 극작가. 에든버러대학 졸업 후, 익명으로 수많은 수필을 발표해 오다 1900년부터 극작가로 활약했다. 《주택가》《훌륭한 크라이턴》등으로 영국 근대극의 일류작가로 인정받기 시작했다. 상상과 현실이 교차하는 세계를 묘사하는, 낭만적이고 신비로운 경향을 대표하는 작가로, 1904년 이후에는 아동 문학에 주력해 《피터 팬》같은 훌륭한 작품을 남겼다.

그린이 김민지

JC엔터테인먼트에서 온라인 게임을 디자인했고, 애니메이션 〈아크〉의 캐릭터 디자인과 컬러 코디네이션 및 일러스트 작업을 했다. 그린 책으로는 《어린왕자》《왕자와 거지》《이상한 나라의 앨리스》《오즈의 마법사》《나무, 바람을 사랑하다》 등이 있다.

옮긴이 정지현

충남대학교를 졸업하고, 현재 번역 에이전시 하니브릿지에서 아동 도서 및 소설 전문 번역가로 활동하고 있다. 번역 작품으로는 《하이디》《오페라의 유령》《엄지공주》《평화의 왕과 어린 나귀》《핑크리본》《우체부 프레드 2》《감사》《길 위에서 사랑은 내게 오고 갔다》 등 다수가 있다.

피터 팬 아름다운 고전 리커버북 시리즈 ❻

지은이 | 제임스 매튜 배리　**일러스트** | 김민지　**옮긴이** | 정지현
펴낸이 | 김종길　**펴낸곳** | 인디고
출판등록 | 1998년 12월 30일 제2013-000314호　**주소** | (04029) 서울특별시 마포구 월드컵로8길 41 (서교동483-9)
홈페이지 | indigostory.co.kr　**전화** | (02)998-7030　**팩스** | (02)998-7924
블로그 | http://blog.naver.com/geuldam4u　**페이스북** | www.facebook.com/geuldam4u
이메일 | geuldam4u@naver.com
초판 1쇄 발행 | 2018년 8월 5일　**초판 4쇄 발행** | 2024년 11월 10일　**정가** | 15,800원
ISBN 979-11-5935-036-8(03840)

이 도서의 국립중앙도서관 출판시도서목록(CIP)은 e-CIP홈페이지(http://www.nl.go.kr/ecip)와
국가자료공동목록시스템(http://www.nl.go.kr/kolisnet)에서 이용하실 수 있습니다.(CIP제어번호 : CIP 2018021541)